HEYNE
BÜCHER

Von John D. MacDonald
sind als Heyne-Taschenbücher erschienen:

An einem Sonntag · Band 01/6858
Die Inselhaie · Band 01/6965
Der letzte Ausweg · Band 01/7855
Vogelfrei · Band 01/7855
Zimtbraune Haut · Band 02/2049
Das John D. MacDonald Krimi Lesebuch · Band 02/2092
Gefangen im Silberregen · Band 02/2163
Tausend blaue Tränen / Alptraum in Rosarot /
Tod in der Sonne · Band 02/2174
Rote Lady Schwarz auf Weiß / Gold wirft blutige Schatten /
Giftgrün für Vivian · Band 02/2188
Geld oder Leben · Band 02/2192
Dunkler als Bernstein / Die gelben Augen /
Grau auf weißer Weste · Band 02/2200
Das Mädchen im braunen Paket / Der Hippie im Indigo-Dress /
Die Frau im Silbersarg · Band 02/2217
Das blutrote Schweigen / Der Trick ist schmutziggrau /
Mord in Türkis · Band 02/2233
Der Tod wirft gelbe Schatten / Der dunkelschwarze Betrug /
Der grüne Tod · Band 02/2249

JOHN D. MacDONALD

DU LEBST NUR EINMAL

Roman

Deutsche Erstausgabe

WILHELM HEYNE VERLAG
MÜNCHEN

HEYNE ALLGEMEINE REIHE
Nr. 01/7980

Titel der amerikanischen Originalausgabe
YOU LIVE ONCE
Übersetzt von Uschi Gnade

2. Auflage

Printed in Germany 1990
Umschlagfoto: Photodesign Mall, Stuttgart
Umschlaggestaltung: Atelier Ingrid Schütz, München
Satz: IBV Satz- und Datentechnik GmbH, Berlin
Druck und Bindung: Elsnerdruck, Berlin

ISBN 3-453-03682-4

1

Das Wachwerden ist mir noch nie leichtgefallen. Ich habe schon immer insgeheim die Menschen beneidet, die es anscheinend schaffen, aus dem Bett zu springen und vollkommen funktionsfähig zu sein. An Arbeitstagen brauche ich morgens zwei Wecker. Schließlich weckte mich das ausgedehnte Hämmern an meiner Tür. Ich tastete mit geschlossenen Augen nach meinem Bademantel und schlüpfte hinein, während ich mit schweren Schritten und immer noch schlaftrunken aus dem Schlafzimmer meiner Wohnung durch das Wohnzimmer zur Eingangstür lief.

Ich wußte, daß es ein Sonntagmorgen im Mai war, und ich wußte auch, daß ich wahrhaft üble Kopfschmerzen hatte, die in keinem Verhältnis zu dem standen, was ich am Samstagabend getrunken hatte – zwei Cocktails vor dem Abendessen und hinterher zwei Highballs, an denen ich auffällig lange gesessen hatte. Ich fragte mich, ob ich mir beim Essen eine Lebensmittelvergiftung zugezogen hatte. Die Kopfschmerzen schienen sich auf eine empfindliche, apfelgroße Stelle über meinem rechten Ohr zu konzentrieren. Meine Katerkopfschmerzen verteilen sich rundum. Und wie kam ich zu der schmerzenden Stelle?

Ich öffnete meine Haustür und blinzelte die beiden Männer an, die in der strahlenden Morgensonne auf der schmalen Veranda vor dem Haus standen. Einer war uniformiert, der andere nicht. Ihr Streifenwagen stand da, wo ich im allgemeinen meinen Wagen parkte. Ich erinnerte mich, wo mein Wagen stand.

»Sie sind Clinton Sewell?« fragte der Mann im grauen Anzug. Ich sagte, daß ich der sei, und sie traten ein.

»Sind Sie gestern abend mit Mary Olan ausgegangen?«

Ich setzte mich und sah zu ihnen auf. Ich fürchtete zu wissen, was hier eigentlich los war. »Ein Unfall? Ist sie verletzt?«

Der im grauen Anzug war der Sprecher. »Wie kommen Sie dazu, diese Frage zu stellen?«

»Ich schwöre Ihnen, daß es mir vorkam, als sei sie in Ordnung gewesen. Die Nachtluft hat sie wieder aufgerichtet. Sie hat gesagt, sie könne fahren, und ich habe ihr geglaubt.«

»Sie waren gestern abend mit ihr verabredet?«

»Ja, das stimmt. Sie hat gestern nachmittag mit irgendeiner Frau im Locust Ridge Club Golf gespielt. Wir hatten ausgemacht, daß ich sie später zusammen mit den Raymonds träfe und wir dort gemeinsam zu Abend äßen. Gestern abend hat dort eine Party stattgefunden. Ich bin etwa um sechs rausgefahren, und die Raymonds sind kurz darauf eingetroffen. Mary hatte Kleider zum Wechseln mitgebracht und erwartete uns in der Cocktailbar.«

»Wann sind Sie aufgebrochen?«

»Etwa um zwei Uhr morgens. Das ist nach meiner Uhr... circa neun Stunden her.«

»Aber Sie haben sie nicht nach Hause gefahren?« Der Uniformierte schlenderte in mein Schlafzimmer und sah sich dort um, dann ins Badezimmer, und dann kam er zurück.

»Nein. Sie hatte ihren Wagen dabei. Sie war etwas daneben. Zu angetrunken, um noch sicher fahren zu können. Das hat den Fall kompliziert gemacht. Ich hatte meinen Wagen dort stehen. Er steht sogar immer noch da. Nach einer Diskussion willigte sie ein, sich von mir nach Hause fahren zu lassen. Ich wollte von ihr aus ein Taxi nehmen und entweder hierher oder zurück zu meinem Wagen fahren, je nachdem, wonach mir zumute wäre. Ich hatte mich noch nicht entschieden. Wir hatten das Verdeck ihres Wagens aufgeklappt. Kurz bevor wir bei ihr ankamen, sagte sie, es ginge ihr wieder gut. Sie schien in Ordnung zu sein. Also wendete ich und fuhr hierher und stieg aus, und dann ist sie nach Hause gefahren. Ist ihr auf dem Heimweg etwas zugestoßen?«

»Sie ist nie zu Hause angekommen, Mr. Sewell. Ihre Tante hat den Staatssicherheitsbeauftragten heute morgen aus dem Bett geholt. Daher wird der Fall vordringlich behandelt. Ich vermute, Sie wissen, welche Bedeutung die Olans und die

Pryors in dieser Stadt haben. Hat Miß Olan vielleicht erwähnt, sie hätte noch etwas vorgehabt?«

»Nein. Sie war ziemlich müde. Sie hatte beim Golf siebenundzwanzig Löcher gespielt. Wir wollten heute nachmittag zum Smith Lake und Wasserski fahren.«

»Warum hat sie Sie hierher gebracht und nicht zurück zu Ihrem Wagen?«

»Das hatte sie ursprünglich vor, aber dann haben wir beschlossen, heute in ihrem Wagen an den Smith Lake zu fahren. Sie wollte mich hier abholen. Wenn wir am späten Nachmittag zurückkämen, wollte sie mich am Club absetzen.«

Sie waren beide etwas lockerer geworden. Der Uniformierte sagte: »Es wird sich sicher herausstellen, daß sie noch jemanden besucht hat und dort geblieben ist.«

Der graue Anzug zuckte die Achseln. »Kann gut sein. Danke, Mr. Sewell. Tut mir leid, daß wir Sie geweckt haben.«

Ich blieb in der Tür stehen und sah zu, wie sie in den Streifenwagen stiegen, wendeten und fortfuhren. Es war ein wunderschöner Tag – strahlend hell und warm und ein klarer Himmel. Es sollte mein zweiter Sommer in Warren werden, mein zweiter Sommer im Mittleren Westen. Ich fragte mich, was Mary zugestoßen sein mochte. Ich machte mir keine weiteren Sorgen um sie; sie war unberechenbar. Ich entschied mich, so oder so an den See zu fahren, für den unwahrscheinlichen Fall, daß sie dort auftauchen würde. Ein paar Freunde von ihr würden dort sein.

Ich stand dicht neben dem Telefon, als es läutete.

»Clint?« Das war die verhaltene Stimme von Dodd Raymond, meinem neuen Boß. »Ich wünsche dir einen wunderschönen guten Morgen, Dodd. Geht es dir auch so schlecht wie mir? Du hast doch auch den Hummer gegessen, oder nicht? Hast du auch solche Kopfschmerzen wie ich?«

»Clint, haben sie dich schon nach Mary gefragt?« Ich konnte seinem Tonfall anmerken, daß er bemüht war, seine Frau Nancy kein Wort von diesem Gespräch mitanhören zu lassen. Am liebsten hätte ich ihn als einen Idioten beschimpft.

»Die Polizei war hier. Mary ist gestern abend nicht nach Hause gekommen. Sie hat mich hier abgesetzt.«

»Ich dachte, du würdest sie nach Hause bringen?«

»Wir hatten das Verdeck runtergeklappt. Nach einer Weile ist es ihr besser gegangen.«

»Mich haben sie angerufen. Ihre Tante hat ihnen gesagt, sie hätte gehört, daß Mary uns im Club treffen wollte. Ich habe ihnen gesagt, sie hätte ein Rendezvous mit dir gehabt.«

»So kann man es auch nennen.«

»Laß den Quatsch! Ich habe ihnen auch gesagt, wo du wohnst.«

»Besten Dank. Und warum hast du mich nicht angerufen und mir gesagt, daß sie kommen?«

»Clint, dieses verfluchte Telefon hat dreiundzwanzig Mal geläutet, ehe ich dazu gekommen bin.«

»Na ja, bisher wissen sie jedenfalls nichts. Sie wird schon wieder auftauchen. Ich fahre so oder so an den See. Ihr auch?«

»Ich weiß es noch nicht. Andernfalls sehen wir uns am Montag.«

Er legte auf. Ich ging an den Kühlschrank, öffnete die Dose mit kaltem Tomatensaft, goß mir ein großes Glas ein und würzte den Saft mit ein paar Spritzern Tabasco. Ich lehnte mich an das Spülbecken und trank das Glas langsam leer. Die Kopfschmerzen ließen den Bereich über meinem rechten Ohr pochen.

Ich dachte über Mary und über meinen verdammt dämlichen Boß, Dodd Raymond, nach. Mein Rendezvous mit Mary Olan hatte als Ablenkungsmanöver dienen sollen, die Form der Irreführung, mit der Zauberer arbeiten. Ich hätte mich nicht für solche blöden Mätzchen hergegeben, wenn es nicht um Nancy, Dodds Frau, gegangen wäre. Ich hatte wirklich versucht, Nancys unausgesprochene Bitte zu erfüllen. Sogar gestern nacht, als ich Marys Wagen in der dunklen Einfahrt vor meiner Wohnung geparkt, die Scheinwerfer ausgeschaltet und ausgiebige Annäherungsversuche unternommen hatte. Mary hatte sich von mir küssen lassen. Aber sie war nur halbherzig bei der Sache gewesen. Sie war eine hochgradig aufregende und erregbare Frau, aber ich war nichts weiter als ein guter Freund. Das hatte sie mir selbst gesagt. Die Alkoholmenge, die sie, nicht etwa ich, konsumiert hatte, machte mir Mut, und ich hatte ihr vorgeschlagen, die Finger von Dodd zu lassen. Sie war nicht wütend geworden; sie hatte lediglich gelacht. Ich hatte noch einen weiteren halbherzigen Versuch unternommen, doch der war von einem verfluchten Idioten zunichte gemacht worden, der meine Auffahrt zum Wenden benutzt hatte. Er hatte uns angestrahlt wie auf einer Bühne.

Damit war die Stimmung des Augenblicks hinüber. Wir hatten den Ausflug an den See geplant, und ich hatte ihr meine einzigartigen Schlafgewohnheiten erklärt. Nachdem sie mir versprochen hatte, kein kaltes Wasser einzusetzen, falls ich noch nicht auf sei, machte ich mich auf den Weg, schloß meine Wohnungstür auf und brachte ihr den Schlüssel raus. Der Ersatzschlüssel lag in meiner Schreibtischschublade. Ich prägte mir ein, daß ich ihn zum See mitnehmen mußte.

Mir fiel wieder ein, daß ich mich, nachdem ich ins Bett gegangen war, in den wenigen Minuten, ehe der Schlaf wie ein wolliger Bär auf mich herabfiel, erotischen Phantasien darüber hingegeben hatte, daß Mary Olan am kommenden Tag da sein und mich wecken würde. Es bestand nicht die geringste Chance, daß sie mich sanft wecken und sich von mir in mein warmes Bett ziehen lassen würde, aber Träume waren schließlich nicht verboten.

In mancher Hinsicht konnte ich Dodd Raymond keine Vorwürfe machen. Mary Olan war klein gewachsen, aber kräftig. Ich glaube, ich hätte ihre Taille mit meinen Händen umspannen können. Sie war dunkelhäutig, stramm und rundlich, hatte pechschwarzes Haar, mit dem sie nichts weiter anstellte, als dafür zu sorgen, daß es ihr nicht in die Augen fiel. Sie hatte ein schmales Gesicht, volle Lippen, einen aufmüpfigen Ausdruck, unbändige Energie und etliche Millionen Mäuse, die in verschiedenen Treuhandfonds stecken. Sie wirkte einflußreich. Kellner und Hotelangestellte huschten herbei, gaben sich übersprühend und machten Männchen, wenn sie einen Finger rührte oder eine ihrer dichten, beweglichen Augenbrauen einen Millimeter hochzog. An der vollen Jones Beach wäre sie in einem ausgeblichenen Badeanzug immer noch eine unübersehbare Persönlichkeit gewesen. Von ihr ging eine Elektrizität aus, die eine Störung in den Präzisionsgeräten eines Forschungslabors hätte herbeiführen können. Selbst die halbherzigen Küsse, die sie mir gewährt hatte, hätten über Nome einen Hektar Dauerfrost geschmolzen.

In der kurzen Zeit, seit ich mit ihr ausging, hatte ich erfahren, daß ihr Privatleben undurchsichtig genug war, um ohne die dicken Mäuse eine Schlampe aus ihr zu machen. Das Treuhandvermögen verhalf ihr zu der Umschreibung ›exzentrisch‹ und ›lebhaft‹. Sie hatte eine Heirat hinter sich, eine Nichtigkeitserklärung der Eheschließung, andere Eskapaden und einige Skandale. Dieses Wissen trug nicht gerade zu meiner Selbstachtung bei. Das Unvermögen, in irgendeiner Form bei einer Jungfrau zu landen, prägt einem noch nicht den Stempel des Versagers auf, aber ein Korb von einem lebenslustigen Mädchen führt zu etwas, was man als unerwünschte Neubewertung seiner selbst bezeichnen könnte. Sie sorgte dafür, daß ich mich allmählich so maskulin und faszinierend wie ein Teeblatt fand. Ich sagte mir immer wieder, daß nur ihre zielgerichtete Entschlossenheit mir den Weg versperrte. Sie hatte nur Dodd im Kopf.

Vielleicht, dachte ich, wird sie heute zu einer klaren Einsicht gelangen. Und dann wäre Nancy Raymond wieder glücklich. Dodd würde leiden und darüber hinwegkommen. Mary würde schmelzen, und Sewell würde sich wie die Made im Speck fühlen.

Ich schnalzte mit meinen Tabascolippen, ließ den Bademantel und den Schlafanzug fallen und stellte mich unter die Dusche. Nach fünf Minuten Wasser – erst warm, dann kalt – ging es meinem Kopf besser, und ich testete die Resonanz der Duschkabine mit einer lautstarken Wiedergabe von

›April Showers‹. Ich schabte braune Stoppeln aus meinem Gesicht, striegelte den braunen Bürstenhaarschnitt, zeigte mir meine Zähne im Spiegel und tappte aus dem Bad, um mir sorgsam ein Freizeithemd auszusuchen. Das gelbe, entschied ich. Und die neue graue Hose. Das weiße Leinenjakkett würde ich auch mitnehmen, falls wir in einem der Restaurants am See essen würden.

Ich ging zur Kleiderkammer, um mich anzuziehen. Meine Kleiderkammer ist hübsch und geräumig. Die Sonne schien hinein, und es war hell, als ich die Tür öffnete. Während ich die graue Hose herausholte, richtete sich mein Blick nach unten, und ich sah einen braunen Frauenfuß in einem hochhakkigen Paillettenpumps. Ich sah ihn so ausdruckslos an wie noch nichts bisher in meinem Leben. Mein Wintermantel und mein Übergangsmantel hingen im Weg. Ich schob sie auf der Kleiderstange zur Seite und sah in das gräßliche, aufgedunsene, bläulich verfärbte Gesicht von Mary Olan, das kaum noch zu erkennen war. Ihre geschwollene Zunge quoll durch die Lippen.

Die Welt blieb stehen. Ich konnte meinen Blick nicht von ihrem Gesicht abwenden. Von ihm ging die scheußliche, grauenerregende, beängstigende Faszination einer offenen Wunde aus.

Keine andere Stille ist so wie die der Toten. Langsam und sorgfältig schloß ich die Schranktür. Das Schloß schnappte zu. Ich setzte mich aufs Bett. Ich fröstelte, obwohl es warm im Zimmer war. Ich ging zur Kommode und nahm eine Zigarette aus dem offenen Päckchen. Ich wollte auf irgendeine Weise dahinterkommen, daß all das nicht wahr war. Und doch wußte ich, daß es sich um keine Lichtspiegelung handelte, um keine Sinnestäuschung, die mit dem nachlassenden Kopfschmerz verflog.

Betäubt von der Ungeheuerlichkeit dessen, was ich vorgefunden hatte, setzte ich mich hin. Wenn ich die geschlossene Tür zur Kleiderkammer ansah, konnte ich das Grauen sehen, das sich dahinter verbarg. Sie konnte nicht tot sein, und sie konnte nicht in meinem Schrank sitzen – aber sie war da. Ich drückte die Zigarette aus und öffnete wieder die Schranktür. Ich zwang mich, mich hinzuknien und ihren Knöchel anzufassen. Ihr Fleisch war kalt – eine ganz spezielle Art von Kälte. Und im Kleiderschrank hing vermischt mit dem Moschusduft des Parfums, das sie benutzte, der naßkalte, faulige Geruch des Todes.

Nach einer Weile räumte ich weitere Kleidungsstücke aus dem Weg und schaltete das Licht in der Kammer an. Dann sah ich, was sie um den Hals hatte.

Im vergangenen Herbst, als ich ein paar Hemden erstanden hatte, hatte mir ein geschäftstüchtiger Verkäufer einen roten Stoffgürtel mit etlichen Metallringen anstelle einer Schnalle angedreht. Es war nicht gerade ein Gegenstand, den ich normalerweise gekauft hätte. Ich glaube, ich habe den Gürtel zweimal getragen. Als ich ihn das letzte Mal gesehen hatte, hing er von einer Stange für Gürtel und Krawatten an der Innenseite der Schranktür.

Jetzt war er um Mary Olans Hals geschlungen, und die Metallringe schnitten sich an den Seiten ihres Halses in das zarte Fleisch, das über dem Gürtel dunkler und grotesk angeschwollen war. Das lange, rote Gürtelende hing über ihre Schulter und zwischen ihren Brüsten herunter. Sie trug noch das Kleid vom Vorabend, ein ärmelloses, trägerloses Ding mit einem engen Röhrenoberteil und einem weiten, weißen Rock. Sie lehnte in der Ecke des Schrankes an der Rückwand, und ihr Kopf war auf die rechte Seite gefallen. Ein Bein war ausgestreckt – diesen Fuß hatte ich als erstes gesehen. Ihr anderes Bein war angewinkelt. Der weiße Rock war auf die Oberschenkel gerutscht, und der weiße Schimmer eines hauchdünnen Slips setzte sich gegen ihre dunkelbraunen Beine ab. Die rechte Hand lag mit der Handfläche nach oben und mit verkrampften Fingern auf dem Boden. Die linke Hand lag auf ihrem Schoß und war in den Rockfalten verborgen.

Nach einer Weile stellte ich fest, daß ich sie ruhiger betrachten konnte. Das einfallende Licht spiegelte sich in einem blitzenden goldenen Ohrring. Eine nähere Untersuchung ergab nicht mehr, als daß sie tot war und eines gewaltsamen Todes gestorben war. Diese Lippen, die jetzt so gräßlich aussahen, waren noch warm gewesen, als ich sie geküßt hatte. Diese Arme hatten mich umschlungen. Diese braunen Beine waren vor mir hergelaufen, der weiße Rock hatte geschwungen, und sie hatte sich über die Schulter umgesehen und mich einen Moment lang schief angelächelt. Sie hatte gestern abend gut ausgesehen, und sie hatte es gewußt.

Ich schloß die Schranktür ein zweites Mal. Die Existenz der Leiche lastete wie ein erdrückendes Gewicht auf mir. Ich wußte nur, daß ich sie loswerden wollte, daß ich sie aus meiner Wohnung entfernen und woanders unterbringen wollte. Solange sie da war, konnte ich nicht klar denken.

Ich spielte mit dem Gedanken, die Polizei anzurufen, und ich versuchte mir auszumalen, wie ich diese spezielle Unterhaltung führen würde. »Zwei Männer waren hier und haben nach Miß Olan gefragt. Ich habe sie gerade in meinem Kleiderschrank gefunden. Sie ist tot, mit meinem Gürtel stranguliert.« Ich hatte sie in der letzten Zeit häufig gesehen, und ich hatte den letzten Abend mit ihr zusammen verbracht. Ich hatte etwas getrunken, aber ich konnte unmöglich beweisen, wie wenig es war. Die beiden Beamten konnten bezeugen, daß ich noch im Bett gelegen hatte und so schwer weckbar gewesen war, daß ich ohne weiteres einen Vollrausch hätte ausschlafen können. Die Tür war abgeschlossen gewesen.

Die Alternative war einfach nicht plausibel. Ich war ins Bett gegangen und eingeschlafen. Jemand hatte sie in die Wohnung gebracht. Sie war noch am Leben gewesen, als sie hereingebracht worden war, und folglich mußte sie hier stranguliert worden sein. Und ich hatte während all dessen fest geschlafen.

Und doch mußte jemand das getan haben. Jemand, der sie gehaßt hatte – und mich auch. Jemand, der mich gern so tot wie Mary Olan gesehen hätte. Es war nicht gerade wohltuend, sich einen solchen Haß vorzustellen.

Ich zog mich langsam an und kochte eine Kanne Kaffee. Ich trank den Kaffee zu heiß und verbrühte mir den Mund.

Als ich die Tasse hinstellte, traf sie klappernd auf die Untertasse. Ich konnte spüren, wie die Zeit verging, während ich um eine Entscheidung rang. Mehrfach streckte ich die Hand nach dem Telefon aus, aber es kam nie ganz so weit, daß ich den Anruf machte. Ich wagte es nicht, der Polizei mit der blödsinnigen, gar nicht einleuchtenden Wahrheit zu kommen. Als ich auf meine Armbanduhr sah, stellte ich zu meinem Erstaunen fest, daß eine Stunde vergangen war, seit ich die Leiche gefunden hatte. Ich glaube, diese Stunde war es, die in die Waagschale fiel. Ich sagte mir, es sei zu spät, um die Polizei jetzt noch anzurufen. Ich wußte, daß ich die Leiche aus dem Haus schaffen mußte.

Sowie es mir gelang, darin das eigentliche Problem zu sehen, funktionierte mein Verstand wieder besser. Mechanisch machte ich das Bett und spülte die wenigen Geschirrstücke, die ich benutzt hatte, während ich einen Plan ausarbeitete, der sich in die Tat umsetzen ließ. Beim Bettenmachen stieß ich auf etwas, was mir Rätsel aufgab. Auf dem Kissen und auf der Zudecke fand ich feinkörnige Erde. Eine Zeitlang machte ich mir Gedanken darüber, aber mir fiel nichts dazu ein, wie sie dort hingekommen sein konnte. Ich bürstete sie ab.

Als ich absolut nichts mehr zu tun hatte, befand ich, ich könnte eigentlich auch den Wagen holen. Schließlich konnte ich die Leiche nicht auf dem Rücken aus dem Haus tragen. Wenn ich sie fortschaffen wollte, brauchte ich einen Wagen. Ich bestellte ein Taxi, und zehn Minuten später kam es. Ich holte den Ersatzschlüssel aus der Schreibtischschublade, ging aus dem Haus und probierte das Türschloß aus, nachdem die Tür hinter mir zugefallen war.

Der Taxifahrer brachte mich zum Club und erwähnte dabei mehrfach, was für einen wunderschönen Tag wir doch hätten. Mein schwarzer Mercedes stand träge in der Sonne. Ich fuhr unter Herzklopfen zu meiner Wohnung zurück. Ich erwartete Sirenen und rechnete damit, daß das Haus von Streifenwagen umstellt wäre. Alles war unverändert. Bienen krabbelten auf dem Löwenzahn herum, und unter den Ulmen neben dem Haus war es schattig.

Als ich die Wohnung wieder betreten hatte, sah ich durch das Fenster auf meinen Wagen. Frage: Wie kommt die Leiche aus dem Kleiderschrank in den Kofferraum? Niemand konnte mir dafür garantieren, daß Mrs. Speers, meine emsige Hauswirtin, mich nicht durch eines ihrer vielen Fenster beobachtete. Die Leiche mußte nicht nur wie etwas anderes wirken, sondern ich mußte auch den Beweis erbringen können, daß es sich dabei um etwas anderes handelte, falls ich später noch verhört werden sollte. Die Leiche mußte in etwas verpackt werden, dessen man sich anschließend entledigen konnte. Ich hatte gehört, daß die Polizei mit Staubsaugern an Personenwagen herangeht und dann eine Spektralanalyse von Gesichtspuder und dergleichen anstellt. Und daß ein einziges menschliches Haar zur Identifikation ausreicht.

Ich wußte, was ich als Verpackung benutzen würde. Hinten im Wagen lag eine alte Plane, ein schmieriges Ding. Im Winter hatte ich sie unter die Reifen gelegt, um aus hohem Schnee herauszukommen. In den kältesten Nächten hatte ich sie über die Motorhaube meines Mercedes gelegt, der im Freien parkte. Unter der Motorhaube brannte an einer Verlängerungsschnur eine Hundertwattbirne. Ich ging durch die Küche in die Abstellkammer und sah mir das Gerümpel an, das sich dort gesammelt hatte. In Warren gibt es eine Müllabfuhr, aber Dosen und Flaschen werden nicht mitgenommen. Man hebt sie auf, bis es so viele sind, daß sich eine Fahrt zur Schutthalde lohnt. Ich hatte eine beträchtliche Menge beisammen.

Mein Plan stand fest, und er erschien mir durchführbar. Ich ging ins Freie und stieß mit dem Wagen zurück, bis er dicht vor meiner Haustür stand. Ich öffnete den Kofferraum und nahm die Plane mit ins Haus. Ich belud einen kleinen Pappkarton mit Dosen und Flaschen, trug ihn raus und stellte ihn in eine Ecke des Kofferraums. Mrs. Speers tauchte wie üblich durch die reinste Hexerei auf; sie materialisierte sich zwanzig Meter vor mir, schlenderte lächelnd auf mich zu, eine stämmige, ungebeugte Frau in einem schwarzweiß bedruckten Sonntagskleid, und sie trug einen weißen Gartenhandschuh und hielt eine kleine, rote Gartenschere in der Hand.

»Sie fahren zur Müllhalde, Mr. Sewell?«

»Ich dachte, es sei mal wieder an der Zeit. Ich muß eine Menge Kram wegwerfen.«

»Ach, sagen Sie, meinen Sie, Sie könnten vielleicht auch meine Abfälle mitnehmen? Joseph hat es vergessen, als er am Donnerstag den Hof saubergemacht hat.«

»Meine Güte, das täte ich nur zu gern, aber ich habe diesmal selbst so viel. Ich will Ihnen etwas sagen: Am Montag nach der Arbeit fahre ich das Zeug für Sie rüber.«

»Ich will Ihnen nicht zur Last fallen.«

»Schon in Ordnung. Ich würde die Sachen heute hinbringen, aber ich fahre dann gleich zum See weiter.«

»Joseph ist in der letzten Zeit so zerstreut.«

Sie wollte unbedingt nett mit mir plaudern. Es war ein Jammer, daß sie ihre Wohnung nicht an jemanden vermietet hatte, mit dem sie reden konnte. Die Frau war offensichtlich einsam, und ihr war langweilig. Sie hatte ihr Leben lang mit dem Mann und den Kindern alle Hände voll zu tun gehabt. Jetzt waren die Kinder erwachsen und ausgezogen, und ihr Mann war gestorben.

»Den Montag halten wir fest, Mrs. Speers«, sagte ich.

»Sie sind zu liebenswürdig.« Sie lächelte und ging ein paar Schritte weiter, um etwas abzuschnippeln. Ich ging ins Haus und machte die Tür zu. Ich breitete die Plane auf dem Boden vor der Kleiderkammer aus und öffnete die Schranktür. Mir war schummerig; ich wollte sie nicht noch einmal anfassen. Ich trat näher und fummelte an dem Gürtel herum. Ich mußte zwischendurch aufhören und es dann noch einmal versuchen. Als er sich lockerte, zog ich ihn über ihren Kopf und öffnete die Schlinge dann ganz. Ich fand zwei Haare, die an dem Stoff klebten, zwei ihrer schwarzen Haare. Ich klopfte mit der Hand darauf, und sie fielen auf die Plane. Dann rollte ich den Gürtel zusammen und legte ihn in meine oberste Schreibtischschublade.

Als nächstes kam das Schlimmste. Sie war elend schwer.

Ich packte sie am Handgelenk und am Knöchel. Ich versuchte, sie weit vor mich hinzuhalten, doch sie prallte gegen meine Schienbeine. Der freie Arm und das freie Bein schleiften hinter ihr her, und ihr Kopf stieß gegen den Türrahmen. Ich legte sie mitten auf die Plane. Sie blieb auf der Seite liegen, und das Haar fiel über ihr dunkel angelaufenes Gesicht. Ich atmete schwer. Ich holte meine Taschenlampe und inspizierte sorgsam das Schrankinnere. Ich konnte nichts sehen, aber die Wände waren glatt genug für Fingerabdrücke. Ich nahm ein Handtuch aus dem Wäschesack und wischte den Schrank innen aus. Es war gut, daß ich das tat, denn an dem feuchten Handtuch blieben drei weitere lange, schwarze Haare hängen, die ich übersehen hatte. Ich wischte den Schrank noch einmal aus und fand nichts mehr.

Ich hob die vier Ecken der Plane an und nahm sie in eine Hand. Sie rollte sich in der Mitte zu einer Kugel zusammen. Ich hielt die vier Ecken fest und hob sie mit der rechten Hand vom Boden hoch. Sie mußte um die fünfundfünfzig Kilo gewogen haben. Ich trat an die Stelle, an der ich mich mit ihr von Kopf bis Fuß im Spiegel sehen konnte. Die Plane schmiegte sich an sie, und es handelte sich unverwechselbar um eine Frau in einer Plane. Und nichts anderes. Wenn ich so mit ihr rausgegangen wäre, wären Mrs. Speers die Augen aus dem Kopf getreten.

Ich legte sie wieder hin und machte mir weitere Gedanken. Dann ging ich in die Abstellkammer und kam mit einer Papiertüte voller Dosen und Flaschen zurück. Ich hielt die vier Zipfel wieder hoch und zwängte Dosen und Flaschen zwischen ihren Körper und die Plane, um etwas gegen die eindeutig runden Umrisse zu unternehmen. Beim ersten Versuch mißlang es mir. Beim nächsten Mal, nachdem ich ihre Hüften gepolstert hatte, sah sie nicht mehr nach einer Frau in einer Plane aus. Sie sah aus wie eine Plane, die mit kantigem Gerümpel vollgestopft ist.

Nachdem ich bis zehn gezählt hatte, hievte ich sie wieder vom Boden hoch und lief durch das Wohnzimmer und trat aus der Haustür. Mrs. Speers stand beunruhigend dicht neben mir und schnitt an einem Rosenstrauch herum. Ich wollte die Plane möglichst leicht wirken lassen. Ich nahm jeden Tropfen Kraft zusammen, um lässig damit umzugehen, als ich sie in den Kofferraum schwang und sie ohne allzu lauten Aufprall absetzte. Als ich mit Schwung ausholte, hörte ich, wie das morsche, alte Gewebe einriß. Ich knallte die Klappe runter und wagte nicht, Mrs. Speers anzusehen.

»Meine Güte, Sie haben aber wirklich eine Menge Abfall«, sagte sie.

»Diesmal ein ganzer Haufen. Ich habe ihn zu lange stehen lassen.«

»Und dabei dachte ich, Sie seien letzte Woche zur Abfallgrube gefahren!«

»Ich konnte nicht alles auf einmal mitnehmen.«

»Heute ist wirklich ein schöner Tag, um an den See zu fahren. Fahren Sie an den Smith Lake?«

»Ja, Ma'am.«

»Mr. Speers und ich sind vor Jahren oft hingefahren. Er hat leidenschaftlich gern Barsche gefangen. Viel Glück hat er nie gehabt, aber er war ein begeisterter Angler.«

»Ich nehme an, der See war früher gut für Barsche. Es ist im Gespräch, ihn wieder aufzustocken.«

»Es ist schön für Sie, daß Sie Freunde oben am Smith Lake haben, Mr. Sewell, wo doch jetzt der Sommer kommt und so. Das ist eine Abwechslung, die Spaß macht. Wen besuchen Sie dort? Eine der alteingesessenen Familien?«

»Mary Olan hat mich zu sich eingeladen.«

»Was Sie nicht sagen! Das Haus ist eines der ältesten am ganzen See. Das größte ist es mit Sicherheit, oder zumindest war es das, als ich das letzte Mal dort oben war. Wissen Sie, Mr. Speers und ich kannten Rolph und Nadine Olan recht gut. Ich meine, wir waren nicht eng befreundet. Als Mary noch ganz klar war, hat meine jüngste Tochter häufig mit ihr gespielt. Diese Tragödie war ein entsetzlicher Schock für unsere Stadt, Mr. Sewell, wo die Familie doch so bekannt war.«

»Ich habe nicht viel davon gehört. Mary spricht natürlich nicht darüber.«

»Gewiß nicht, das arme Kind. Ich kann mich noch daran erinnern, als sei es gestern gewesen – Mr. Speers Gesichtsausdruck, als er es in der Morgenzeitung gelesen hat. Nadine schien immer eine ganz stille Frau zu sein. Fast schüchtern. Und so einfühlsam. Und Rolph war so ein geschickter Geschäftsmann. Es heißt, sie hätte nie auf irgendwelche Behandlungen angesprochen, und sie müsse den Rest ihrer Tage dort verbringen. Ich vermute, es ist trotz allem ein Segen, wenn sie nicht so weit auf der Höhe ist, um zu begreifen, daß sie ihren Mann umgebracht hat. Hinterher haben wir dann gehört, daß er... sich mit einer anderen Frau getroffen hatte.« Mrs. Speers errötete verlegen. »Ich nehme an, das ist es, was die arme Nadine um den Verstand gebracht hat. Sie war eine Pryor, verstehen Sie. Willy Pryor ist ihr Bruder. Er ist eine Zeitlang mit meiner jüngsten Schwester gegangen, ehe er diese Myrna Hubbard geheiratet hat. Soweit ich weiß, lebt Mary Olan mit ihnen zusammen.«

»Ja, das stimmt.«

»Es ist ein Wunder, daß Mary, das arme Kind, über den Schock hinweggekommen ist, die Leiche ihres Vaters so vorzufinden. Aber wenn Sie am See erwartet werden, dürfen Sie sich nicht von einer alten Frau und ihrem Geschwätz und ihren Erinnerungen an alte Zeiten aufhalten lassen. Grüßen Sie Mary lieb von mir.«

»Wird gemacht.«

»Soweit ich weiß... natürlich geht es mich nichts an... zieht Mary mit recht eigenartigen Kerlen durch die Gegend. Es heißt, daß viel Alkohol im Spiel sei.«

»Ziemlich viel, soweit ich weiß.«

»Nun ja, ich nehme an, das müssen Sie ihr nachsehen. Wenn man an ihre Vergangenheit und all das denkt. Man kann ihr wirklich keine Vorwürfe machen, wenn sie es etwas zu wüst treibt. Und jetzt fahren Sie los, und machen Sie sich einen schönen Tag, Mr. Sewell.«

Ich winkte ihr, als ich losfuhr und mich auf den Weg zur städtischen Müllgrube machte. Ich fuhr wie über Eier. Noch vor ein paar Minuten war es eine Leiche, etwas, was ich mir vom Hals schaffen mußte. Das Gespräch mit Mrs. Speers hatte wieder Mary Olan daraus gemacht, das Mädchen, das ich gestern nacht geküßt hatte. Meine Hände lagen naß auf dem Steuer.

Ich mußte zur Mülldeponie fahren. Wenn es später zu Fragen käme, würde man diesen Punkt überprüfen. Die Mülldeponie von Warren liegt im Osten der Stadt. Es war eine sehr ordentliche Halde mit Gruben, die von Planierraupen ausgehoben worden waren. Ein kleiner Laster war beim Abladen, und weiter hinten stand ein Kombi mit einem Vater und zwei blonden Söhnen. Ich parkte ein gutes Stück von beiden entfernt und mit dem Kofferraum zur Grube. Niemand konnte in meinen Wagen sehen, und es war auch unwahrscheinlich, daß jemand direkt neben mir parken würde. Die Leute scheinen ihre Abfälle ungestört abladen zu wollen. Ich öffnete die Klappe, hob den Pappkarton heraus und warf ihn in die Grube. Dann schlug ich die Plane auseinander, holte die Dosen und Flaschen heraus und versuchte dabei, sie nicht zu berühren und sie nicht direkt anzusehen. Die Sonne ließ die beiden großen Diamanten ihrer Armbanduhr blinken. Ich bildete mir ein, den Geruch des Todes einzuatmen, den sie ausströmte. Hastig wickelte ich sie wieder ein, schloß die Klappe, stieg in den Wagen und fuhr fort. Als ich auf den Kombi zufuhr, wendete er gerade. Ich sah meine Chance, mir Zeugen zu suchen, die sich an mich erinnern würden. Der Platz hätte leicht ausgereicht, um einen Bogen um den Wagen zu machen. Statt dessen drückte ich die Hupe durch, lang und schrill. Der Mann und seine beiden Söhne drehten sich um und starrten mich entrüstet und angewidert an. Ich hupte nur noch einmal, musterte sie finster und fuhr ab.

Als ich wieder auf dem Highway war, fuhr ich in Richtung Stadt. Ich mußte durch die Stadt fahren, um auf den Highway zu kommen, der nach Norden in die Hügel und zum Seengebiet führte. Für einen frühen Sonntagnachmittag schien ein außergewöhnliches Polizeiaufgebot unterwegs zu sein. Ich fuhr in dem dichten Verkehr nach Norden über die Brücke. Eineinhalb Meilen nach dem Fluß kam ich an der

Warren Tube and Cylinder Division von Consolidated Pneumatic Products, Incorporated, vorbei – meinem Arbeitgeber. Die Gebäude waren sechs Jahre alt, würfelförmig und mit Bedacht angelegt und von praktischen Erwägungen bestimmt. Ich fuhr mit ihrer Leiche im Kofferraum an meinem Arbeitsplatz vorbei.

Ich bin noch nie so vorsichtig gefahren, mit der besonderen Behutsamkeit, mit der man sich zu bewegen scheint, wenn man mit einem Stapel teurer Grammophonplatten im Arm die Straße überquert. Ich malte mir immer wieder aus, was passieren könnte, wenn jemand gerade mit genügend Wucht auf meinen Wagen auffuhr, daß der Kofferraumdeckel aufspränge. Je vorsichtiger ich fuhr, desto öfter kam ich in heikle Situationen, in denen um ein Haar etwas passiert wäre. Auf der Straße wimmelte es von verdammten Idioten, die es alle eilig hatten.

Sowie ich in den Hügeln war, kam ich in eine Gegend, in der viele kleine Sträßchen zu kleinen Seen abzweigen. Ich bog in eine der weniger befahrenen Straßen ab. Die Asphaltschicht war schwarz, dünn, holprig, häufig ausgebessert und voller Schlaglöcher. Die Straße kroch über steile Hänge und fiel in gewundene Täler ab. Bisher war mir noch kein Wagen begegnet, und ich sah mich rasend nach einer Abfahrt um. Ich trat fest auf die Bremse, als ich einen alten Forstweg sah, schmale Fahrrinnen, die nach links abgingen. Laub und Äste streiften die Seiten des Mercedes, als ich abbog. Ich fuhr etwa hundert Meter weit. Von der Straße aus war ich nicht mehr zu sehen.

Ich stieg aus und horchte in die Stille. Ein Vogel sang, und eine Fliege schwirrte unter wichtigtuerischem Surren um meinen Kopf herum. Ich entschied, es sei das Beste, mir keinerlei Gedanken über Fliegen zu machen. Ich hörte den Motor eines Wagens. Es dauerte lange, bis er näherkam, doch als er vorbeigefahren war, war kurz darauf kein Laut mehr zu hören. Kein Schimmer des Wagens war durch das frühlingshafte Laubwerk zu sehen. Ich hörte irgendwo in der Nähe Wasser fließen. Der Wald roch nach der Feuchtigkeit des Frühlings.

Ich wußte, daß ich es hinter mich bringen mußte. Ich öffnete den Kofferraum, zog die Plane um sie und hob sie heraus. Ich schleifte die Plane an den Rand einer kleinen Senke, ließ zwei Zipfel los, hielt die beiden anderen fest und rollte sie heraus. Sie kullerte über den Rand, wälzte sich dreimal herum und blieb dann mit dem Rücken zu mir liegen, weil eine kleine Kiefer ihr Halt bot. Eine Saftdose, die mir entgangen war, rollte mit ihr heraus und den Hang hinunter. Ich stieg hinab und holte sie. Es hätte sein können, daß sie Fingerabdrücke aufwies. Ich warf sie in meinen Wagen zurück. Dann trat ich wieder an die Böschung und sah hinunter. Ich konnte keine deutlichen Fußspuren erkennen. Das brachte mich auf die Reifenspuren; ich erinnerte mich daran, gelesen zu haben, daß sich die Abdrücke identifizieren ließen. Ich sah mich um und fand zwei Stellen, wo sie deutlich zu sehen waren. Die Stellen konnte ich auf dem Rückweg meiden. Ich hob einen Stock auf und verwischte die Spuren.

Als nächstes faltete ich die Plane so klein wie möglich zusammen. Ich lief tiefer in den Wald hinein und fand den morschen Stumpf einer Birke mit einem großen Loch in der Seite, circa zwei Meter vom Boden entfernt. In dieses Loch stopfte ich die Plane, und es war nichts mehr von ihr zu sehen. Dann lief ich zurück und sah sie noch einmal an. Sie wirkte schrecklich klein, wie ein Kind, das man in Frauenkleider gesteckt hatte.

Die Kiefern warfen dichte Schatten, und ihr weißer Rock blendete fast. Zweige und Laub klebten an ihrem Rock, weil sie sich mehrfach herumgewälzt hatte, ehe der Baum ihren Fall auf Taillenhöhe gebremst hatte. Sie war um den Baum gewunden, und der weiße Rock spannte sich eng um ihre toten Hüften.

Ich stand da und sah auf sie hinab. Ich wäre gern fortgegangen, doch eine frische Erinnerung ließ mich erstarrt stehenbleiben. Ich dachte an einen Abend, an dem wir wie üblich mit Dodd und Nancy ausgegangen waren. Dodd war übellaunig gewesen und Mary Olan übertrieben heiter, als wollte sie uns alle drei verspotten. Nachdem Dodd und

Nancy nach Hause gegangen waren, wollte Mary weiterziehen. Wir hielten an vielen kleinen Raststätten. Mit zunehmender Trunkenheit wurde sie zutraulicher. Es war klar, daß sie sich über Dodd ärgerte. Ich hatte das Gefühl, ich könnte als Instrument ihrer Rache dienen, und mir war es recht.

Wir hielten vierzig Meilen außerhalb der Stadt vor einem schmuddeligen, abgelegenen, kleinen Motel an, und der fette Hotelangestellte verlangte mit einem hämischen, anzüglichen Grinsen zehn Dollar. Sowie wir das schäbige Zimmer betreten hatten, legte sie sich mit dem Gesicht nach unten quer über das Bett und weinte lange. Sie wollte mir nicht sagen, warum sie weinte. Als ich sie fragte, ob sie wieder fortgehen wollte, antwortete sie nicht. Als ich versuchte, sie zu küssen, stieß sie mich von sich. Ich setzte mich hin und rauchte und wartete ab.

Sie trocknete sich die Augen, schien sich wieder zu fassen, küßte mich flüchtig und ging ins Bad. Ich hörte die Dusche lange Zeit laufen, und dann hörte ich das Geräusch eines Sturzes. Ich ging ins Bad und fand sie auf dem Fußboden, halb in der Dusche, halb davor. Sie hatte sich den Kopf gestoßen. Ich trug die absolut regungslose Gestalt wieder zum Bett.

Ihr Körper war braungebrannt, seidenweich und makellos. Ihr Puls schlug stark und langsam. Ich holte Handtücher und trocknete sie ab. An ihrer Stirn war kaum etwas von dem Aufschlag zu sehen, und ich fragte mich, ob sie simulierte. Ich zog sie in meine Arme, doch sie zeigte nicht die geringste Reaktion. Ich unterstellte ihr, daß sie mir etwas vorspielte, und ich war versucht, sie Farbe bekennen zu lassen, indem ich sie nähme. Absolute Hilflosigkeit weckt in jedem atavistische Züge. Und doch bestand die Gefahr, daß sie wirklich ohnmächtig geworden war oder daß es sich um eine Art von hysterischem Anfall handelte.

Und so begehrenswert ihr Körper auch sein mochte und so hilflos sie auch war, konnte ich nicht so kaltblütig an die Sache herangehen. Ich fand ihre zerknitterten Kleider im Bad und hängte sie auf. Anschließend deckte ich sie zu und legte mich in das andere Bett.

Eine graue Dämmerung setzte ein, als sie mich wachrüttelte. Sie war angezogen und drängte ungeduldig zum Aufbruch, und ihre Grundstimmung schien mühsam beherrschte Wut zu sein. Auf dem Rückweg sagte sie kein Wort. Die Sonne kam heraus, als ich sie in der Nähe der Auffahrt der Pryors absetzte. Sie ging wortlos und ohne sich umzusehen auf das Haus zu. Als ich sie das nächste Mal sah, benahm sie sich, als sei es nie zu diesem Zwischenfall gekommen. So nah kam ich ihr nie mehr.

Als ich jetzt in dem dämmerigen Wald dastand und auf ihren reglosen Körper am Hang hinabsah, dachte ich an dieses andere Mal. Jetzt war es ein kalter Körper, kein warmer, dampfender, der aus der Dusche kam. Ich sah die Form ihrer Hüften, ihre rundlichen Arme, die zarte, gebräunte Haut ihrer Schultern. Nie wieder und niemandem gegenüber würde sie leidenschaftlich reagieren, ihren seidigen Körper verhalten bewegen, und ihre breiten Lippen würden nie mehr für jemanden warm sein. Das war der Tod, und es war eine Vergeudung. Ich dachte über mich selbst und über den unberechenbaren Zeitpunkt meines eigenen Todes nach. Ich zuckte zusammen, wandte mich von ihr ab und fuhr los. Ich war bedrückt und ängstlich. Und traurig.

2

Als ich wieder mit fünfzig Meilen in der Stunde auf der Hauptstraße fuhr, legte ich mit jeder Sekunde rund zwanzig Meter zwischen mich und die Leiche von Mary Olan. Ich redete mir ein, es ginge mir gut. Ich redete mir ein, ich hätte mich ausgezeichnet gehalten. Ich redete mir ein, ich sei wirklich ein ganz toller Kerl. Innerlich war mir eigentlich elend und miserabel zumute, und ich schämte mich.

Ich hielt an einer Raststätte an, die mit ordentlichen, gleichmäßigen, unechten Holzbalken verkleidet war. Ich trat ein und setzte mich an den Tresen, sah in die fleckige Speisekarte und roch das Imbißfett. Mein Magen schnürte sich zusammen. Ich bestellte heißen, schwarzen Kaffee.

Immer wieder sah ich sie vor mir. Gestern abend war sie vor mir hergelaufen, und ihr festes Hinterteil hatte unter dem weißen Rock keck gewackelt, und das schwarze Haar hatte auf ihrem Nacken gewippt. Jetzt hatte sie eine Kiefer in der Taille, und der erste Mensch, der dort hinkäme, würde den weißen Rock und die braunen Beine am Hang des Hügels sehen – etwas, was aufgebraucht und weggeworfen worden war.

Ihr Tod war nicht würdevoll, ihr Verstautwerden in meinem Kleiderschrank, aber ich hatte das Gefühl, dem noch eine weitere Erniedrigung hinzugefügt zu haben. Auf makabre Art hatte ich mich mit ihrem Mörder verbündet. Gemeinsam hatten wir beide Mary Olan den Rest gegeben.

Das Gespräch mit der Polizei – der Anruf, den ich hätte machen können – erschien mir nicht mehr ganz so idiotisch. Gewiß hätten sie mir schwer zugesetzt, aber nicht lange. Worin bestand mein Motiv? Sie hatten ihre Labormethoden, ihre ausgebildeten Techniker. Früher oder später wären sie auf etwas gestoßen. Es war unwahrscheinlich, daß jemand sie hatte töten und in meinen Kleiderschrank setzen können, ohne einen entscheidenden Anhaltspunkt zu hinterlassen.

Ganz allmählich wurde mir klar, daß ich zwar geglaubt hatte, vernünftig, logisch und zielstrebig zu handeln, in Wirklichkeit aber emotional unter Schock gestanden hatte. Ich hatte den Fall keineswegs klar durchdacht. Ich hatte es dämlicherweise geschafft, jeden möglichen Hinweis auf den Täter zunichte zu machen. Ich hatte mich selbst aus einer Klemme befreit – vielleicht. Und ich hatte dem tatsächlichen Mörder einen unschätzbaren Vorteil eingeräumt. Wenn die Leiche aufgefunden würde, wäre es durchaus drin, daß der Mörder beweisen könnte, er könnte sie unmöglich fünfundzwanzig Meilen nach Norden in den Wald transportiert haben. Er würde sich sehr über meine Mithilfe freuen. Stück für Stück brach die gesamte Erkenntnis meiner eigenen Dummheit über mich herein. Ich hatte aus reiner Angst heraus reagiert. Vielleicht war ich durch das, was ich getan hatte, aus dem Schneider, vielleicht aber auch nicht. Wenn nicht, wenn ich irgend etwas falsch gemacht hatte, etwas übersehen hatte, hatte ich das zunichte gemacht, was auch immer es sein mochte, was meine eigene Unschuld bewiesen hätte.

Wenn ich etwas falsch gemacht hatte, war es ein unwiderruflicher Fehler. »Meine Damen und Herren Geschworenen, die Staatsanwaltschaft hat die Absicht, den Beweis zu erbringen, daß der Angeklagte Clinton Sewell die verstorbene Mary Olan ermordet und ihre Leiche bis zum Mittag des folgenden Tages im Kleiderschrank in seinem Schlafzimmer versteckt hat, um dann unter dem Vorwand, Abfälle zur städtischen Müllhalde zu bringen, ihre Leiche in eine Plane gewickelt in den Kofferraum seines Wagens zu legen und sie an einen verlassenen Ort in den Bergen zu transportieren und sich ihrer dort zu entledigen. Der Staat hat die Absicht, den Beweis zu führen, daß Sewell, nachdem er die Leiche auf die vorgenannte Art losgeworden war, zum Smith Lake weiterfuhr und vorgab, er erwarte, die Verstorbene dort zu treffen.«

Sie konnten mich als ein Ungeheuer hinstellen. Mir wurde kalt von Kopf bis Fuß. Und dann kam ich auf einen Gedanken, bei dem mir noch kälter wurde. Angenommen, die Polizei käme dem wirklichen Mörder auf der Suche nach einem Motiv auf die Spur. Er weiß, was er mit der Leiche getan hat. Er würde Rückschlüsse ziehen und folgern können, was ich mit der Leiche getan hatte. Nichts auf Erden wäre einfacher für ihn, als sie wieder in meine Richtung zu lenken. Hier und dort eine kleine Lüge, vielleicht eine Lüge, wenn es darum ging, was die Verstorbene ihm über mich erzählt hatte – als Beweis nicht zulässig, aber ausreichend, um sie auf meine Fährte anzusetzen. »Ja, sicher, Mary hat mir erzählt, Sewell habe in der letzten Zeit die Kontrolle über sich verloren. Sie hat gesagt, er hätte versucht, sie zu würgen, und dann behauptet, es sei nur ein Scherz gewesen. Sie hat gesagt, daß sie sich ein wenig vor ihm fürchtete und daß sie nach diesem Samstagabend nicht mehr mit ihm ausgehen wollte.«

Ich bestellte noch einen heißen Kaffee. Ich hatte mich sehr geschickt angestellt. Genauso geschickt wie der Mann in der Fabrik in Fall River im ersten Jahr, an den ich mich heute noch erinnere. Er hatte in der Schmiede den Dampfhammer bedient. Der Hammer senkte sich einfach nicht mehr herunter. Also beugte er sich vor, zweifellos, weil er neugierig war und wissen wollte, warum der Hammer nicht herunterfiel. Er betätigte den Hebel. Diesmal fiel der Hammer herunter.

Ich geriet in eine derartige Panik, daß ich sogar mit dem Gedanken spielte, zurückzufahren und die Plane und die Leiche wieder zu holen, sie nach Hause zu bringen, den roten Gürtel wieder um ihren Hals zu schnüren und mit Verspätung den Anruf zu tätigen. Bei näherer Betrachtung ließ ich die Idee fallen. Ich hatte mich in diese Lage gebracht. Das einzige, was ich jetzt noch tun konnte, war weitermachen. Und beten. Beten, daß ich nichts verpfuscht hatte.

Die zweite Tasse war zu heiß zum Trinken. Ich stellte sie hin. Mein Kopf schmerzte immer noch unterschwellig. Diese Kopfschmerzen unterschieden sich von allen, die ich je gehabt hatte. Ein neuer schockierender Gedanke durchzuckte mich. Vielleicht boten die Kopfschmerzen einen Hinweis auf etwas. Vielleicht wiesen sie darauf hin, daß ich derjenige war, der es getan hatte. Vielleicht war sie noch einmal in die

Wohnung gekommen. Nach allem, was ich über sie wußte, wäre ihr ein solcher Impuls nicht gänzlich fremd gewesen. Und ich hatte...

Nein, verflucht nochmal. Der Verstand ist eine seltsame Angelegenheit, aber so seltsam nun doch nicht. Zumindest meiner nicht. Wenn die Polizei sie in meinem Kleiderschrank gefunden hätte, hätten sich einige Dinge sehr schnell feststellen lassen. Vorausgesetzt, sie war angegriffen worden. Vorausgesetzt, sie hatte Hautpartikel unter ihren spitzen Fingernägeln. Ich erinnerte mich, gelesen zu haben, daß sie Hautteile zuordnen können, genauso wie Blut.

Ich war zu unruhig, um noch länger dortzubleiben. Und mir ging auf, daß ich nicht allzuviel Zeit auf dem Weg von der Wohnung zum Smith Lake verstreichen lassen wollte. Ich bat um ein Glas Wasser, schüttete einen Teil davon in den Kaffee, trank die Tasse leer und ging.

Das Haus der Olans am Smith Lake wurde zu Zeiten erbaut, zu denen man noch ein Haus baute, wenn man am See sein wollte. Nichts von wegen Zelten oder solchem Quatsch. Es war aus Stein, zwei Stockwerke hoch und hatte einen Dachboden, doch die Decken beider Etagen waren so hoch, daß das Haus wie dreistöckig wirkte. Drei oder vielleicht sogar vier Generationen von Kindern, die in den Sommern hier herumtollten, hatten die ursprüngliche Pracht in einen Zustand zerschrammter Wohnlichkeit herunterkommen lassen. Die anderen Häuser am See waren von Bäumen und Büschen umgeben. Das Land der Olans war gerodet und bepflanzt worden. Das Haus lag auf einer großen Grünfläche, die sich zum Seeufer und zu den Bootshäusern neigte. Oben an der Straße lagen der Pferdestall und die Garagen. Ich war schon zweimal hier gewesen und hatte die ganze Sippe kennengelernt. Im Sommer waren vier Hausangestellte dort. Eine kräftige, alte Schwedin, die Mrs. Johannsen genannt wurde, war für das Kochen zuständig. Ihre rundliche, schüchterne, altjüngferliche Tochter putzte und half in der Küche mit. Sie kamen beide aus dem Stadthaus der Pryors, ebenso John Fidd, ein knochiger, sauertöpfischer Mann, der drei oder vier Reitpferde von der Farm der Pryors herbrachte und sich widerwillig um das Gelände kümmerte. Offensichtlich war er der Meinung, die Pflege des Grundstücks sei unter seiner Würde. Somit fehlte noch der letzte der Dienstboten, Nels Yeagger, ein stämmiger, liebenswerter junger Rohling, der aus dem Ort kam – in den vergangenen drei Sommern war er eingestellt worden, und er kümmerte sich um die Boote und erledigte dies und das.

Da das Personal komplett war, gingen die Olans und die Pryors nach Lust und Laune ein und aus. In den Schlafzimmern im großen Haus und den Schlafgelegenheiten im ersten Stock jedes Bootshauses ließ sich eine ganze Schar von Leuten unterbringen. Man lud seine eigenen Freunde ein und klebte zusammen, und daher war es ohne weiteres möglich, einen Tag dort zu verbringen, ohne auch nur auf die anderen Gäste zu treffen. Die beiden Male, die ich vorher dort war, hatte ich mich mehr als an alles andere an einen kleinen, alten Privatclub erinnert gefühlt, den es schon so lange gab, daß sich eigene Bräuche herausgebildet hatten und sogar eine eigene Sprache. Niemand unternahm die geringste Anstrengung, einen zu unterhalten. Wenn man keine Lust hatte, von sich aus etwas zu unternehmen, konnte man vereinsamen.

Ich zählte acht andere Wagen neben dem Pferdestall, als ich parkte. Ich nahm meine Badehose aus dem Handschuhfach und ging zum Haus. Marys jüngerer Bruder saß im Wohnzimmer. Er war ein dünner, blasser Junge mit dichtem schwarzen Haar, dessen Ansatz keine drei Zentimeter über seinen Augenbrauen lag. Er war ein zurückhaltender, schrecklich würdevoller Junge, und er hatte irgendwie Stil in seinem Auftreten. Er trug einen schwarzen Rollkragenpullover und weiße Shorts, und er saß da und starrte ein großes Schachbrett an, auf dem anscheinend ein Spiel im Gange war. Als ich ihn ansah, rückte er eine Figur von einem Feld auf ein anderes und machte einen Eintrag in ein Notizbuch.

Als ich eintrat, blickte er auf und sagte: »Hallo... äh... Clint.«

»Was tust du da?«

Er wirkte belustigt. »Soll ich es dir sagen?«

»Leg schon los.«

»Ich arbeite eine Variante aus, bei der es um die Diagonale des Königsläufers in der Nimzoindischen Verteidigung geht. Ich hoffe, daß ich sie nächsten Monat, direkt nach Schulschluß, in New York in einem Turnier einsetzen kann.«

»Du legst dir die Züge im voraus zurecht?«

Er bedachte mich mit einem herablassenden, geduldigen Blick. »*Alle* Turniere werden heute mit ausgedachten Variationen von dem einen oder anderen Schema gewonnen.«

»Spielst du gut Schach, John?«

»Nach diesem Turnier bin ich, wenn alles so gut läuft, wie ich hoffe, der Fünfte auf der Landesliste.« Plötzlich grinste er. »Es interessiert dich ja doch einen Dreck. Warum fragst du mich denn?« Einen Moment lang sah er Mary so ähnlich, daß es mir fast das Herz brach.

»Ist Mary da?«

»Hast du es denn noch nicht gehört? Tante Myrna macht einen Aufstand. Die kleine Mary ist gestern nacht überhaupt nicht nach Hause gekommen. Tante Myrna und Onkel Willy sind unten in der Stadt und setzen der Polizei zu.«

»Ich habe davon gehört. Die Polizei ist heute morgen bei mir gewesen, weil ich gestern abend mit Mary ausgegangen bin. Ich dachte mir, inzwischen sei sie sicher hier.«

»Sie wird schon noch auftauchen. Wie sonst auch. Aber Tante Myrna macht sich immer Sorgen. Mary ist kein Kind mehr, sie ist sechsundzwanzig. Ich bin auch kein Kind mehr, aber versuch mal, das Tante Myrna klarzumachen.« Ehe ich das Zimmer verlassen hatte, war er wieder in seine eigenartige zweidimensionale Welt zurückgekehrt und in den brutalen Schrägzug der Läufer vertieft, in die gierigen, exzentrischen Sätze der Springer.

Ich lief ans Ufer runter, zu dem Sandstreifen zwischen den beiden Bootshäusern. Dort waren viele Leute, von denen ich die meisten kannte. Ich winkte einigen von ihnen zu, ging zur Männerkabine und zog mich um. Dann drehte ich eine

Runde am Strand und hockte auf den Fersen, um mich mit verschiedenen Grüppchen zu unterhalten. Sie zeigten flüchtiges Interesse an dem Umstand, daß Mary vermißt wurde. Es war ein harmloses Spielchen, sich ausmalen zu wollen, was ihr zugestoßen war – was sie sich in den Kopf gesetzt hatte und jetzt auch tat.

Ich sah, daß die drei Töchter von Willy und Myrna Pryor da waren. Sie waren Marys Cousinen ersten Grades, fünfzehn, sechzehn und siebzehn Jahre alt, hatten braune Haut und gekräuseltes, braunes Haar und waren stämmig und hübsch. Da Willy nicht hier war, sondern in der Stadt, gingen sie wesentlich lockerer mit ihren drei männlichen Gästen um, als ich es bisher bei ihnen erlebt hatte. Ihre Badeanzüge waren ultrakonservativ geschnitten (wahrscheinlich Willys Idee), aber eine von ihnen benutzte den Rücken ihres Freundes als Kissen. Ein anderes Mädchen bot ihrem Begleiter ein Kissen in Form eines runden, braunen Oberschenkels an. Das dritte Pärchen hatte die Köpfe zusammengesteckt und flüsterte miteinander. Die Mädchen hießen Jigger, Dusty und Skeeter – aber ich weiß nicht, wer wer war. Sie gaben mir das Gefühl, sehr, sehr alt zu sein.

Einige der anderen Gäste hatte ich gestern abend im Club gesehen, und da sie wußten, daß ich mit Mary ausgegangen war, mußte ich meine Geschichte mehrfach wiederholen und immer sorgsam darauf achten, daß sie nicht von der abwich, die ich den beiden Beamten vorgesetzt hatte, als sie mich geweckt hatten. Immer wieder dachte ich an den regungslosen Körper, den ich im Wald zurückgelassen hatte.

Ich ging kurz schwimmen und kam dann ans Ufer zurück. Jemand reichte mir eine Dose kaltes Bier. Ich unterhielt mich mit einer zierlichen Blondine, die mir, benommen von der Sonne, auf den Leib zu rücken schien, als ich Dodd auf das Ufer zukommen und offensichtlich nach jemandem Ausschau halten sah. Er entdeckte mich und kam auf mich zu, und im Vorbeigehen begrüßte er Freunde mit einem Lächeln oder einem Winken.

Er war mein Boß, so groß wie ich, aber fünfzehn Kilo

schwerer. Dieses zusätzliche Gewicht konzentrierte sich nicht auf eine Stelle – es verteilte sich als gleichmäßige Schicht über seinen ganzen Körper und ließ seine Konturen verschwimmen. Sein bräunlichblondes Haar war gewellt, und er trug es eine Spur zu lang. Bis auf den Mund waren seine Gesichtszüge in Ordnung, und er hatte einen rosigen Teint. Sein Mund war etwas zu schmal, und daher wirkte sein Gesichtsausdruck leicht verkniffen und weibisch, wenn er wütend war. In seiner Gespreiztheit war er freundlich und herzlich. Er wäre fast ein netter Kerl gewesen. Das hat es mir so schwer gemacht, als er seinen Dienst antrat – festzustellen, daß er beinah ein netter Kerl war.

Sein Vorgänger, mein vorheriger Boß, war der beste Kerl, den man sich nur denken kann.

3

Ich war seit fünf Jahren bei der Consolidated Pneumatic Products. Sie gehörte zu den ganz großen. Man hörte mehr über G. E. und General Motors wegen ihres direkten Drahts zum Verbraucher und wegen ihres hohen Bekanntheitsgrades. C. P. P. verkaufte ausschließlich an die Industrie. Die zweiseitigen Anzeigen fand man in den Technikzeitschriften. Es gab siebzehn Niederlassungen, und die Tube and Cylinder Division in Warren war eine der kleineren.

Ich habe ursprünglich in Fall River angefangen und bin als nächstes nach Buffalo versetzt worden und dann vor einem Jahr nach Warren. Die C. P. P. hielt es für zweckmäßig, alle begabten Manager auf Trab zu halten. Mit mehr als drei Jahren an einem Ort konnte man nicht rechnen. Das war eine raffinierte Strategie. Somit waren die leitenden Angestellten auf allen Ebenen auswechselbar, und der Horizont der Männer wurde geweitet. Diese Taktik erleichterte es auch, standardisierte Methoden und Vorgehensweisen im Management zu errichten. Und wenn einer sich in diesem Zigeunerdasein bewährt hatte und ins Topmanagement aufstieg, dann kannte er etliche der Werke näher und war mit zahlreichen Mitarbeitern in anderen Niederlassungen persönlich vertraut.

So viele der großen Firmen hatten diese Strategie übernommen, daß sich in diesem Land eine neue Gesellschaftsschicht herausgebildet hatte, Menschen ohne Wurzeln. Oder vielleicht auch Menschen, die auf andere Weise verwurzelt waren. Es gab Tausende und Abertausende von uns – an Orten wie Park Forest, Illinois, den beiden Levittowns, Parkmerced in San Francisco und Drexelbrook in Philadelphia wimmelte es von solchen Ehepaaren. Und natürlich auch in Brookways, einer kleineren Ausgabe von Warren. Es war die neue Managementkaste, und was mit der Zeit aus ihr werden würde, wußte kein Mensch: Joe Ingenieur und seine Frau ziehen von Parkmerced nach Park Forest, zweitausend Meilen weit entfernt. Am Tag ihrer Ankunft können sie beginnen, mit ihren Nachbarn das Fragespiel zu spielen, wer wen kennt. Und sich den neuesten Klatsch erzählen lassen. Wilsie ist ausgestiegen und zu Reynolds Metals gegangen. Dupont hat Kingley wieder in die Handelsschule geschickt. Die Bowens haben inzwischen drei Kinder. Diese Art von Technikerfamilien wohnt in den großen Neubausiedlungen, arbeitet in Gemeinschaftsausschüssen, stellt Sitzbänke auf und kostet einander viel Zeit; sie lebt mit einem Minimum an Privatsphäre und einem Maximum an gegenseitigem Ausborgen von Krimskrams, Gläsern für Partys und Handwerkszeug.

Als Junggeselle hatte ich mit den Aspekten des Gemeinschaftslebens dieser Zigeunerexistenzen noch nichts zu tun gehabt. Zweifellos würde es mir eines Tages auch so gehen. Ein verheirateter Mann schien im Topmanagement größere Chancen für eine Beförderung zu haben.

Ich trat meinen Dienst im Werk von Warren an einem regnerischen Apriltag vor dreizehn Monaten an und stellte mich Harvey Wills, dem Betriebsleiter, als der neue Assistent des Herstellungsleiters vor. Ich strahlte vor Freude über die brandneue Beförderung und die Gehaltserhöhung, war aber skeptisch, was die Belegschaft anging, obwohl mir Tory Wylan, mein persönlicher Spion und Freund in der Zentrale in New York, gesagt hatte, meine Mitarbeiter seien in Ordnung.

Es stellte sich heraus, daß alles glatt lief. Ray Walt war ein Schatz. Er ließ mich gewähren, und wir konnten gut zusammenarbeiten. Ray wurde im Januar versetzt, und Dodd Raymond kam her. Ehe er fortging, sagte mir Ray, er hätte versucht, mir seinen Job und eine Beförderung zu beschaffen, aber sowohl die Zentrale als auch Harvey Wills seien der Meinung, dafür sei ich noch zu unerfahren. Außerdem sagte er mir, obwohl es nicht nötig gewesen wäre, ich solle vor Dodd Raymond auf der Hut sein. Er sagte, Raymond sei gerissen und ehrgeizig und stünde in dem Ruf, immer einen Sündenbock zur Hand zu haben, wenn etwas danebenging. Ich bedankte mich bei ihm.

Harvey Wills ließ mich an dem Tag, an dem Dodd ankam, in sein Büro kommen, damit ich ihn kennenlernen und herumführen konnte. Dodd drückte mir genau richtig die Hand, sagte immer genau das Richtige, war genau richtig angezogen und ließ nur einmal zu, daß ich ihn Mr. Raymond nannte. Ich fragte mich, ob Ray sich geirrt hatte.

Eine Woche nachdem Dodd bei uns angefangen hatte, bekam ich jedoch einen privaten Brief von Tory Wylan. Er bestätigte mir, was Ray schon gesagt hatte. Er versorgte mich mit den Einzelheiten einiger unschöner Situationen, in die Dodd verwickelt gewesen war. Er hatte ein paar gute Männer niedergetrampelt und war als Sieger daraus hervorgegangen und aufgestiegen. Tory schrieb, Dodd hätte ein paar Leute im Topmanagement eingewickelt. Das ließ sich durch den Umstand belegen, daß es Dodd gelungen war, in seine Heimatstadt versetzt zu werden – etwas, was strikt gegen die Personalpolitik der C. P. P. verstieß.

Wäre ich nicht vorgewarnt worden, hätte ich Dodd vielleicht für einen netten Kerl gehalten. Er verstand sein Geschäft und pfuschte mir nicht ins Handwerk. Ich sicherte mich ab, indem ich anfing, ein Arbeitsprotokoll anzulegen und alle Anweisungen, die er mir gab, in meinen Bericht zu diktieren.

Nachdem er und seine Frau sich hier eingelebt hatten, lud er mich zu sich nach Hause zum Abendessen ein, zusammen mit seiner Frau und seiner Mutter. Damit fing es an. So kam es, daß ich das Leben von Dodd und Nancy Raymond hineingezogen wurde. Wenn Dodd nicht gewesen wäre und wenn er nicht hier geboren worden wäre und einen beachtlichen sozialen Status gehabt hätte, hätte ich Mary Olan nie kennengelernt oder gar das Fiasko im Motel erlebt und später ihre Leiche in meinem Kleiderschrank gefunden. Dodd brachte mich mit Mary Olan zusammen, weil er einen Handlanger brauchte.

Er hatte mich am Ufer entdeckt und kam auf mich zu. In dem grauen Anzug mit Krawatte wirkte er am Smith Lake übermäßig aufgetakelt.

»Hallo, Marilyn. Hallo, Clint. Ein wirklich schöner Tag für den See. In der Stadt wird es schon höllisch heiß. Clint, kann ich einen Moment lang mit dir reden?«

Es kam mit der herablassenden Attitüde des hohen Bosses rüber, die mir nicht paßte, doch ich entschuldigte mich und lief mit ihm zum Bootshaus.

»Was ist?«

»Man weiß nichts Neues über Mary. Ich habe Nancy bei Mutter abgesetzt. Clint, ich mache mir wirklich Sorgen um sie. Das sieht ihr gar nicht ähnlich. Die meisten Leute, die hier sind, hat sie eingeladen.«

»Sie scheinen es sich gutgehen zu lassen.«

»War sie in Ordnung, als sie dich abgesetzt hat?«

»Es ging ihr einfach prima, Dodd. Wie ich bereits der Polizei gegenüber sagte, die du mir auf den Hals gehetzt hast.«

»Sei doch nicht so, Junge! Zum Teufel, sie haben mich gefragt. Ich mußte es ihnen sagen.«

»Du bist ganz schön flatterig.«

»Mary ist eine meiner besten Freundinnen. Das weißt du doch.«

Klar. Eine seiner besten Freundinnen. Und er glaubte, er könne Nancy Sand in die Augen streuen, indem er es so einrichtete, daß Mary und ich uns trafen, damit wir dann einen netten, fröhlichen Vierer hinlegen konnten. Aber ich wußte im Gegensatz zu ihm, daß er Nancy nicht die Bohne vormachen konnte. Mary hatte Dodd Raymond auf ihre ganz spezielle Art zum Narren gehalten. Vielleicht wollte sie ihn wirklich haben. Aber vielleicht hatte sie ihm auch nur seine unvorstellbare Treulosigkeit heimgezahlt, eine Ortsfremde zu heiraten, ohne sie vorher um Erlaubnis zu bitten. Es war mir nicht gelungen, dahinterzukommen, was von beidem stimmte. Ich wußte nur, daß er Mary Olan wollte und daß ich ihm gerade recht gekommen war – wenn er mich vorschob, hatte er sie in seiner Reichweite. Mary war sieben Jahre jünger gewesen als Dodd. Aber sie hatten einander gut gekannt, ehe er aus Warren weggezogen war. Wie gut, das konnte ich nur vermuten.

»Wie nimmt Nancy es auf?« fragte ich gehässig.

»Sie ist außer sich, das ist doch klar. Aber lassen wir meine Frau für den Moment aus dem Spiel, ja? Du scheinst dir nicht die geringsten Gedanken um Mary zu machen, Clint.«

»Sie wird schon wieder auftauchen«, sagte ich.

»Wenn du dich angezogen hast, warum fährst du dann nicht mit mir rüber zu uns? Mutter wird sich sicher freuen, dich zu sehen. Wir können etwas trinken und die ganze Angelegenheit in Ruhe besprechen.«

Ich erklärte mich bereit. Wenigstens freute ich mich, Nancy zu sehen. Als die Sonne mich getrocknet hatte, verabschiedete ich mich von Marilyn, die beleidigt war, weil ich wegging. Es war nicht nötig, sich von anderen Gästen zu verabschieden.

Ich fuhr auf der Uferstraße zu dem Schild aus Kupfer und gebeiztem Holz, auf dem RAYMOND stand. Jedes Jahr zog Dodds Mutter in das kleine, behagliche Ferienhaus am See und nahm ihre Pflegerin mit, sobald das Wetter schön genug war. Diesen Sommer hatte sie Dodd und Nancy das große Stadthaus überlassen, statt es dichtzumachen. Ich stellte mir vor, daß es für Nancy eine Erleichterung sein mußte, das Haus für sich zu haben. Mrs. Raymond war eine imposante weißhaarige Frau in den Sechzigern, die ein steinernes Gesicht hatte und von ihrer Arthritis an einen Rollstuhl gefesselt war. Sie hatte feststehende Meinungen, denen sie durch Wiederholung Nachdruck verlieh. In ihrer Werteskala stellte mich die Tatsache, daß ich für Dodd arbeitete, fast auf dieselbe gesellschaftliche Stufe wie die muskulöse irische Krankenschwester, die sie auf ihren Rollstuhl und aus ihm heraus hob.

Ich parkte den Wagen in der Auffahrt und ging um das Haus herum, da ich wußte, daß sie vor dem Haus sitzen würden. Das Ufer fällt an dieser Stelle steil ab. Es gibt eine Terrasse zum See hin, und eine steile Holztreppe führt an den seichten Strand hinunter. Dodd hatte sich umgezogen und trug jetzt leuchtend gelbe Shorts und hielt eine Bierdose in der Hand. Mrs. Raymond saß in ihrem Rollstuhl im Schatten eines großen Sonnenschirmes. Nancy lag ausgestreckt auf einer gepolsterten Chaiselongue mit Schubkarrengriffen und Holzrädern. Schon allein für ihr Lächeln war ich hergekommen.

»Nun, junger Mann«, sagte Mrs. Raymond, »ich nehme an, oben bei den Pryors spielen jetzt alle verrückt, obwohl es längst zu spät ist.«

Die letzten Worte ließen mich zusammenzucken. »Zu spät, Mrs. Raymond?«

»Natürlich ist es jetzt zu spät. Weiße Sklaverei.«

»Bitte, Mutter«, sagte Dodd. »Darf ich dir ein Bier holen, Clint?«

Ich nickte.

»Weiße Sklaverei«, sagte Mrs. Raymond nachdrücklich. »Man hört nicht viel darüber. Die Zeitungen schweigen sich darüber aus. Wartet nur ab, und ihr werdet es selbst sehen. Auch, wenn sie sie diesmal nicht erwischt haben, dann schnappen sie sie sich beim nächsten Mal. Ihr werdet es ja sehen, wartet nur ab.«

Dodd kam aus der Küche und reichte mir ein kaltes Bier. »Mutter sieht sie hinter jedem Busch lauern.«

»Du kannst es so lächerlich hinstellen, wie du willst. Du kannst dich ruhig über mich lustig machen. Aber haben sie das Mädchen aus Cornwall je gefunden? Ja oder nein? Haben sie je auch nur die kleinste Spur von ihr gefunden? Nein, und man wird sie auch nie mehr finden, nach allem, was die mit ihnen anstellen, schämen sie sich, wieder nach Hause zu kommen«, sagte sie unheilvoll.

»Vielleicht hat Mary sich nur entschlossen, einen Ausflug zu machen oder so was«, sagte Nancy.

»Ha!« sagte Mrs. Raymond. So ähnlich reagierte sie immer auf Nancys Meinungen. Ich hatte den Verdacht, Mrs. Raymond lehnte Nancy nicht nur ab, weil sie ihren einzigen Sohn geheiratet hatte, sondern auch, weil Nancy nach sechs Jahren Ehe immer noch keinen Enkel vorweisen konnte.

Nancy trug einen gemusterten, grauen Strandanzug mit Schößchen, die eine Rockwirkung hatten. Sie streckte sich und sagte: »Meine Güte, die Sonne macht mich ganz schläfrig. Hat jemand Lust, mit mir am Strand spazierenzugehen?« Sie ließ ihren Blick bedeutsam über mich gleiten, und ich erhob mich auf den Einsatz hin.

»Ja, warum nicht?«

»Geht ihr beide ruhig voraus«, sagte Dodd beiläufig. Etwas zu beiläufig, wie ich fand.

Wir stiegen die steilen Holzstufen hinunter, Nancy voran. Sie war mein spezieller Liebling unter den schnuckeligen Blondinen. Feine, vollkommene, zart geschnittene Züge, langes, welliges, seidiges Haar. Sie hatte eine dünne Kleinmädchenstimme mit der Andeutung eines Lispelns, das vor langer Zeit geheilt wurde. In ihren blauen Augen drückten sich jedoch eine klare Aufrichtigkeit und eine Intelligenz aus, die sie davor bewahrten, belanglos zu sein. Ihre Figur war nicht makellos, falls man überhaupt von einem Makel sprechen konnte. Ich bezweifle nicht, daß sie ein Manko darin sah, denn ihre Kleider, sogar der Badeanzug, waren so geschnitten, daß sie diesen Makel herunterspielten. Ihr Körper war gestreckt. Ihr Oberkörper war, wie man durch jedes Kleidungsstück erkennen konnte, lang, üppig, muskulös und vollendet geformt. Solche Torsos sieht man wesentlich häufiger in alten Marmor gemeißelt als an lebenden Personen. Hätten ihre Beine die richtigen Proportionen gehabt, wäre Nancy einen Meter achtzig groß gewesen, aber der hübsche Körper ruhte auf kurzen, stämmigen Beinen. Sie waren wohlgeformt, aber sie paßten nicht zum Rest. Man muß verstehen, das war nichts, was man auf den ersten Blick erkannte. Wenn man sie ein paarmal gesehen hatte, wurde einem allmählich klar, daß sie zwar äußerst reizvoll war, aber daß ihre Proportionen nicht stimmten. Dann erkannte man, woran das lag. Ihre Hüften waren zu weit von ihrem Kopf entfernt und zu dicht über dem Boden.

Wir liefen hundert Meter am Strand entlang zu einem Pinienstumpf.

»Er ist reichlich außer sich«, sagte sie.

»Ja.«

»Clint, hast du die leiseste Ahnung, was passiert sein könnte?«

»Nicht die entfernteste.«

»Es ist verflucht seltsam. Ich... ich hoffe, daß sie nie mehr zurückkommt.« Nancy war befangen, als sie das sagte. Wir konnten nicht unbefangen über Mary Olan reden. Sie kam immer in Verlegenheit, wenn sie daran dachte, wie sie mit mir über sie gesprochen hatte, als wir alle das zweite Mal zu viert ausgegangen waren. Nüchtern hätte sich Nancy mir nicht anvertraut – ich war für sie ein Fremder.

Dodd hatte die erste Doppelverabredung arrangiert. Ich hatte unterschwellige Spannungen wahrgenommen, die ich nicht verstand. Mary und Dodd fingen an, Nancy und mich aus dem Gespräch auszuschließen, indem sie sich über alte Freunde in den alten Zeiten in Warren unterhielten. Dann besannen sie sich wieder auf ihre Manieren. Marys Haltung mir gegenüber war lässig und freundschaftlich gewesen, doch Nancy gegenüber gab sie sich herablassend. Nancy hatte ihre Krallen gerade so weit herausgestreckt, daß man sie sah. Ich schob das auf die normalen Spannungen, mit denen zwischen einer Ehefrau und einer früheren Freundin zu rechnen ist. Ich nahm sogar an, Dodd hätte sich entschlossen, da er eine Weile in Warren bleiben wollte, sei es das Beste, die Dinge zu glätten und seine Frau und seine frühere Freundin zusammenzubringen, damit sich die Kanten abschleifen konnten.

Ich meinerseits war froh darüber. Meine sozialen Kontakte in Warren waren eingeschränkt. Die Typen, die in der Firma auf einer Stufe mit mir standen, waren draußen in Brookways, längst verheiratet und mit Kindern. Ein paarmal hatte man mich zum Essen eingeladen. Im Laufe des Abends gingen Leute ein und aus, und darunter waren ein paar ganz reizende Damen. Aber jede einzelne der reizenden Damen hatte einen Ehemann, der nur zufällig an dem Abend gerade woanders war, und ein Ort wie Brookways war – selbst, wenn man dazu geneigt wäre, was ich ganz bestimmt nicht war – nicht der rechte Ort, um unter unseren verheirateten Mitbürgerinnen Annäherungsversuche zu machen. Verglichen mit Brookways war ein Goldfischglas eine abgelegene Berghütte.

Dann gab es natürlich noch die Mädels im Büro. Aber die C.P.P. sah sich ein solches Treiben mit einem bevormundenden Stirnrunzeln an.

Warren war eine konventionelle, eng zusammengeschweißte Gemeinde. Ich gehörte zum neuen Zustrom der Nachkriegsbevölkerung, und noch dazu war ich in einer Firma tätig, die ihre Mitarbeiter ständig versetzte. Die alteingesessene Bevölkerung der Stadt schirmte sich deutlich ab und redete über die scheußlichen Gewohnheiten des ›Neuen Elements‹ und hob stillschweigend ihren Lebensstandard mit dem Geld an, das wir in die Stadt brachten. Daher hatte ich mich mit dem Training in der Sporthalle bis zur Apathie lädiert, mit Bergen von Arbeit, die ich vom Büro nach Hause mitnahm, mit Büchern aus der Leihbibliothek, zu deren Lektüre ich bisher nie gekommen war. Wenn die Rastlosigkeit ihre scharfen, kleinen Hauer in mich hieb, zog ich durch die samstäglichen Bars. Es war ein aussichtsloses Unterfangen, sich die kleinen Flittchen mit den Miniröcken in den Ecklokalen anzusehen oder die aufgedonnerten, modischen Raubvögel in den billigen Cocktail Lounges, die sich während des Fünfuhrrituals des Taxierens und Abweisens an ihren pastellfarbenen giftigen Drinks festhielten. Die scheppernde Musik aus der Juke-Box hämmerte auf deinen Schädel ein, und dein Verlangen war eine Krankheit, die sich nur durch vorhersagbare Schamgefühle lindern ließ.

In den fünf Jahren, in denen ich durch meine Tätigkeit immer wieder versetzt wurde, hatte ich mit der Zeit gelernt, daß die Einsamkeit sich immer brutaler äußert, je komplexer die Zivilisation wird. Mir war klar geworden, warum die C.P.P., die General Electrics, Dupont, Alcoa, Ford, General Motors, Kodak und all die anderen uns verheiratet und in festen Händen sehen wollten. Trotzdem gab es noch viele Alleinstehende unter uns, deren Verstand durch Sheffield, Towne, Stanford, Harvard Business oder das Massachussetts Institute of Technology geschärft war, und bei Tag sorgten wir dafür, daß die Dinge liefen, in Bewegung blieben und sich positiv entwickelten. Aber bei Nacht schritten wir die neonbeleuchteten Bürgersteige ab, auf denen Nylon auf Hüften und Knöcheln flüstert und Lippenstift bei rotem Licht von oben schwarz schimmert.

Ein paarmal war ich an den Punkt gelangt, an dem der reine Akt der Eheschließung zu einem Ziel an sich wurde, unabhängig von einer bestimmten Frau. Eine Ehe mit einem gesichtslosen Wesen, das trotzdem vom Hals abwärts nur zu lebhaft war und das durch seine Wärme und seine Nähe das heftige Wallen des Blutes besänftigte.

Daher war ich Dodd für seine Bereitschaft und seine Möglichkeiten dankbar, mir diese Chance zu geben – mir Zutritt zu einer Welt zu verschaffen, die mir bis dahin verschlossen war. Mary Olan öffnete mir eine Tür, und die ganze Stadt änderte sich. Sewell wurde durch Dodd, für den die Olan bürgte, akzeptabel. Sie sahen zu ihrem fraglosen Erstaunen, daß ich untrüglich die korrekte Gabel wählte, daß meine Schultern nicht gepolstert waren, daß ich mir eine Frackschleife binden konnte und daß man sich mit mir über Dinge unterhalten konnte, die absolut nichts mit Schraubgetrieben, Schleiffräsern und industriellen Schleiftechniken zu tun hatten. Bald erfuhr ich, daß Dodds Karriere bei der C.P.P. von den alteingesessenen Familien als reichlich gewagt und exzentrisch angesehen wurde. Obwohl ihm Jura, Medizin und das Bankwesen offenstanden, war er in einen technischen Beruf gegangen. Und arbeitete da unten in einer der neuen Fabriken am anderen Flußufer. Gott weiß, was er da tat. ›Es ist wirklich reizend, daß er es einrichten konnte, wieder nach Hause geschickt zu werden. Die verschieben ihre Leute wie Rinder, sie wissen schon. Das kleine Frauchen, das er wer weiß wo gefunden hat, scheint doch recht goldig zu sein. Und dabei schien es so klar zu sein, daß er die kleine Olan heiratet.‹ Sosehr mich die Haltung des alten Warren auch belustigte und aufbrachte, hatte ich doch kindliche Freude daran, daß man mich jetzt kannte und akzeptierte.

Bei meinem zweiten Rendezvous mit Mary Olan hatte Nancy Raymond, deren Hemmungen sich verflüchtigt hatten, ihre Seelenqualen vor mir bloßgelegt. Eine Frau mit der Stimme eines Feldwebels hatte mich im Büro angerufen und mir meine Anweisungen bezüglich einer Party gegeben, die sie im Locust Ridge Club veranstaltete. Ich erkundigte mich bei Dodd, und er sagte, es sei sein Vorschlag gewesen. ich sollte Mary abholen, und wir könnten zu viert hingehen. Als ich Mary anrief, stellte ich fest, daß auch sie ihre Anweisungen bekommen hatte.

Es war ein Samstagabend im April. Eine Cocktailparty für circa vierzig Personen in einem privaten Gesellschaftsraum im Club, dann ein Abendessen und Tanz. Mein Erscheinen mit Mary Olan machte es erforderlich, daß jeder der anderen Gäste mit mir redete, mich einordnete und mich für zukünftige Partys vormerkte, falls ich die Probe bestand.

Nancy sah ganz bezaubernd aus. Sie trug ein kleines Abendkleid, das genau die richtige Farbe und den richtigen Schnitt für sie hatte – ein Schieferblau, das ihre Augen gut zur Geltung brachte und ihre unglaublich zarte Haut betonte. Nachdem ich mit der Präzision, die man vom Rugby kennt, von einem Grüppchen zum anderen weitergereicht worden war, fand ich mich mit Nancy in einer ruhigen Ecke wieder.

»Der Mann, der diese Martinis gemixt hat, gehört nach White Sands«, sagte ich.

Nancy sah über mich hinweg auf Dodd, der mit Mary Olan in einer Gruppe von acht Leuten stand. Nancy, die herzlich lachte, hatte sich bei Dodd eingehängt.

»Skol«, sagte Nancy und kippte mit zwei Schlucken zwei Drittel eines Cocktails in ihre Kehle. Dann reichte sie mir ihr Glas. »Bitte, Mister.«

Ich brachte ihr einen neuen Cocktail. Sie trank die Hälfte, sagte: »Auf White Sands« und stürzte die zweite Hälfte runter.

»Sachte, Mylady. Die Dinger können giftig sein.«

»Ha! Hol mir noch einen, Clint, sei so lieb.«

»Ich will nicht an deinem Untergang mitschuldig sein.«

»Dann hole ich mir eben selbst noch einen.«

»Okay, okay.« Ich sah es nicht gern mit an. Ich fragte mich, ob unsere Nancy immer so kräftig schluckte. Ich entschied mich dagegen. Trinkerinnen sind gezeichnet. Ihre Gesichter werden derber, ihre Züge verwaschener, und ihr Kehlkopf wird pelzig. Also mußte es an Mary Olan liegen, und die Lage schien sich noch mehr angespannt zu haben, als es mir schon bei unserem ersten Treffen aufgefallen war.

Wir aßen alle vier zusammen mit einem anderen Paar an einem Sechsertisch. Ich saß zwischen Nancy und einer hohläugigen Brünetten mit einem wiehernden Lachen, und jedesmal, wenn sie die Lüster mit ihrem Gelächter klirren ließ, zuckte ihr Mann, der gegenüber saß, sichtlich zusammen. Nancy hatte es irgendwie geschafft, sich einen doppelten Martini zum Essen zu organisieren. Als Dodd die Hand danach ausstreckte, hielt sie ihn fest. Sie hatte das glasige Stadium erreicht, in dem sie einsilbig und fast reaktionslos war. Nach zu vielen peinlichen Gesprächspausen begann Mary Olan, die Unterhaltung in Gang zu halten. Sie machte ihre Sache noch dazu gut. Vor Nancy Raymonds erloschenen Augen entwickelte sich die Konversation zu einem lebhaften Schlagabtausch. Mary zog mich immer wieder aktiv in das Gespräch hinein, aber ich fand trotzdem die Zeit, Nancy zuzuflüstern, sie solle etwas essen. Eine große Scheibe blutiges Roastbeef wurde vor sie hingestellt und unberührt wieder abserviert.

Wir waren beim Kaffee, als sie abrupt aufstand. Das Gespräch brach ab, und Dodd wollte ebenfalls aufstehen. »Du nicht«, sagte sie klar und deutlich zu ihm. »Ich muß spazierengehen. Mit Clint.«

Er deutete ein Nicken an, und ich machte mich mit Nancy auf den Weg. Sie lief mit einer steifen Würde, bis wir im Freien waren. Dann klammerte sie sich fest an meinen Arm. Vor einer Weile mußte ein Nieselregen runtergekommen sein. Die Stufen schimmerten feucht, und das Gras war naß. Wir sahen es im Lichtschein, der aus dem Club kam.

Zwischen ________ durch:

Die gezwungene Atmosphäre der Party ist mehr als beklemmend: Auch wenn der Einstieg in die Gesellschaft winkt – wer von uns Lesern würde mit Clint tauschen wollen?
Da bleiben wir doch lieber bei unserer Lektüre – und genießen bei aller Spannung die wohlige Entspannung, zu der ein heißer Drink zwischendurch mit Sicherheit beiträgt. Darum sollten wir ihn uns jetzt gönnen, den ...

»Eine besondere Dienstleistung«, sagte sie. »Betrunkene Damen spazieren führen.«

»Wohin gehen wir?«

»Immer im Kreis. Hui. Mir ist total schwindlig.«

Wir liefen schweigend auf dem offenen Gelände neben den Tennisplätzen auf und ab. Sie hielt den Kopf sehr hoch und atmete tief ein. Wir mußten etwa fünfzehn Minuten lang gelaufen sein, als sie sagte: »Und jetzt setzen. Da drüben.«

Wir gingen zu ein paar Bänken neben den Tennisplätzen. Bei der schwachen Beleuchtung hingen die Netze kläglich herunter, und die asphaltierten Plätze schimmerten in der Nässe. Ich nahm mein Taschentuch, um eine Bank trockenzureiben. Wir setzten uns, und ich zündete uns Zigaretten an.

»Clint, hast du je versucht, dich gegen eine gewaltige Tragödie durchzusetzen, eine Tragödie... zum Teufel, eine Tragödie eben.«

»Das könnte ich nicht behaupten.«

»Die Olan, dieses Miststück. Ihre Mutter ist durchgedreht. Hat ihren Vater ermordet. Dodd hat mir alles darüber erzählt, als wir geheiratet haben. Er wollte sie heiraten. Nein, sagt sie. Geht nicht. Wahnsinn. Sehr tragisch. Ich fragte Dodd, ob er sie noch liebt. Nein, nein, nein. Kinderkram. Alles vorbei. Klar. Er liebt mich. Nur mich. Bei uns stimmt alles. Eine gute Ehe, Clint. Das war es wirklich. Dann fängt er an, sich zu fragen, ob er nicht wieder herkommen kann. Die Mutter verkrüppelt. Jede Menge alter Freunde. Und ich, ich blöde Kuh, ich sage: Warum nicht. Also fängt er vor einem Jahr an, Winkelzüge zu machen. Fäden zu ziehen. Ganz behutsam. Und wir kommen her. Warren! Ich hasse es. Oh, wie sehr ich es hasse. Verstehst du, sie ist hier. Und es ist nicht aus. Das war es auch nie. Für sie nicht, und für ihn auch nicht. O doch, ich bin im Bilde. Sie will keine Spielchen. Sie will keine Heimlichkeiten. Sehr edel. Er will sie sehen, ganz offiziell, vor aller Augen. Einfach so. Und dann kann sie ihn bearbeiten. Mich schlecht dastehen lassen. Dem kleinen Frauchen den Kopf tätscheln. Ihn sich zurückholen, um zu zeigen, wie groß ihr Einfluß ist. Eine Menge Geld, und trotzdem ein billiges Luder, verstehst du?«

»Ich glaube nicht, daß es so ist.«

»Ach, du glaubst es nicht! Was weißt du denn schon? Du läßt dich verschaukeln. Du gehst nicht mit ihr aus. Du spielst sie ihm nur zu, damit sie ihn bearbeiten kann. Und ich kann nicht das geringste dagegen unternehmen. Ich kann nicht sagen, wir gehen nicht mit euch beiden aus. Dann stehe ich nur noch schlechter da. Ich muß es seelenruhig mitansehen. Ich muß einfach abwarten und zusehen, wie alles kaputtgeht. Als guter Kumpel. Die brave alte Nancy. Zu schön! Clint, du könntest es in Ordnung bringen. Wenn sie doch nur... wenn du sie dazu bringen könntest... nein, das kann ich nicht aussprechen. Ich will so etwas nicht sagen. So etwas kann ich nicht von dir verlangen.«

»Magst du noch ein wenig laufen?«

»Es war so wunderbar. Wir hatten Freunde nach unserem Geschmack. Überall, wohin wir auch kamen. Nicht so wie diese Leute. Sie tun so, als ob sein Job stinkt. Als sei es ein... ein Hobby. Das sind keine Leute nach meinem Geschmack. Weißt du was? Er verbietet mir, es hier jemandem zu erzählen. Es war überall sonst, wo wir gelebt haben, okay, darüber zu reden. Ein guter Witz. Wir konnten darüber lachen. Hier hat er keinen Sinn für Humor. Weißt du, wie ich ihn kennengelernt habe? Magst du dich totlachen? Ich habe ihm die Zähne gereinigt. Dentalhygiene. Er kam immer wieder, um sich die Zähne reinigen zu lassen. Er hatte die saubersten Zähne im ganzen Land. Ich mußte ihn heiraten, ehe ich sie ihm bis aufs Zahnfleisch abgewetzt hatte. In anderen Städten konnten wir darüber reden. Hier nicht. Hier wäre es anstößig. Als sei ich etwas, wofür man sich schämen müßte. Meine Güte, das ist nichts, was man einfach *tun* kann. Man muß es studieren. Ich habe hart daran gearbeitet. Ich war gut. Was ist dagegen einzuwenden?«

Es klang so kläglich, daß ich sie am liebsten in den Arm genommen hätte. Das hätte ich sowieso gern getan – sogar betrunken war sie noch eine begehrenswerte Frau. Und ich wollte Dodd Raymond eins in die Fresse hauen. Es gab verdammt noch mal nichts, was ich ihr sagen konnte.

Sie stand plötzlich auf und sagte mit eingeschüchterter Stimme: »Mir wird schlecht.«

Wir gingen ins Gebüsch. Ich hielt sie fest und hielt ihr den Kopf, als sie vor Übelkeit würgte. Dann ging ich in die Herrentoilette des Clubs, holte ein feuchtes und ein trockenes Handtuch und brachte ihr beide. Als sie sich vorbeugte und die Flecken von ihrem Kleid wischte, sagte sie. »Wie gräßlich, Clint. Wie absolut gräßlich.«

»Das kommt bei den vorsichtigsten Leuten vor.«

»Ich war nicht allzu vorsichtig. Du bist lieb, Clint.«

»Ein Freund der Familie.«

»Tätest du noch etwas für mich?«

»Klar.«

»Fahr mich nach Hause. Sag es Dodd nicht. Sag es ihm erst, wenn du wieder da bist. Wenn du es ihm jetzt sagst, wird er darauf bestehen, mich selbst nach Hause zu fahren. Später wird er nichts mehr sagen, aber er wird mich mit diesem verdammt nachsichtigen Blick ansehen, der ausdrücken wird, daß ich ihm die Party verdorben habe. Was natürlich noch zu allem anderen hinzukommt. Wäre es dir recht?«

»Ja. Willst du gleich fahren?«

»Bitte.«

Ich fuhr sie zum Haus der Raymonds. Es war ein wuchtiges Ding mit einem Mansardendach und einem Eisengitter in einer Gegend, die langsam und vornehm tuend verfiel und sich innerlich auf die unvermeidliche Invasion von Bestattungsinstituten, Supermärkten und Massagesalons vorbereitete. Das große Haus lag im Dunkeln.

»Wir haben Mutter Raymond heute am frühen Nachmittag in das Haus oben am See gebracht«, erklärte sie. »Wenn sie da wäre, würde ich es nicht wagen, allein nach Hause zu kommen. Sie hat gesagt, es sei früher als gewöhnlich für sie. Dann hat sie geseufzt und gesagt, es sei sicher schön für uns zwei junge Leute, allein zu sein. Und sie hat noch einmal geseufzt und gesagt, daß sie hofft, es sei zu der Jahreszeit nicht so feucht am See und so kalt, daß sich ihre Arthritis verschlimmert. Seufz, seufz, seufz. Alles Scheiße!«

Ich brachte sie zur Tür, und sie reichte mir den Schlüssel. Ich schloß die große Tür auf, und als sie aufschwang, quietschte sie. Ich streckte die Hand aus und fand einen Schalter, mit dem man das Licht in dem langen, schmalen finsteren Korridor anmachte.

»Clint, ich habe zuviel geredet. Ich habe eine ganze Menge zuviel gesagt.«

»Komisch, aber ich kann mich an kein Wort erinnern, verflixt noch mal.«

»Darf ich dir sagen, daß du ein netter Kerl bist?«

»Klar.«

»Du bist ein netter Kerl. Was ich gesagt habe, bleibt unter uns. Ich bin hier unglücklich, und ich habe zu viel getrunken, und ich schäme mich. Das hier ist nicht mein Haus, und mein Mann kommt mir auch nicht mehr wie mein Mann vor, und heute abend habe ich mich dämlich benommen. Es wird nicht mehr vorkommen. So kämpft man nicht gegen diese Geschichte an. So überreiche ich ihn ihr höchstens auf einem Servierteller mit einem Apfel. Ich werde mich bessern.«

»Das weiß ich, Nancy. Ein kleiner Ausrutscher. Vielleicht war er überfällig.«

Sie lächelte. »Wenn ich nicht ganz so verdreckt wäre, würde ich mich gern küssen lassen.«

Ich legte meine Hände auf ihre Schultern und küßte sie auf die Stirn. »Reicht das fürs erste?«

»Ja, aber wie. Clint, gute Nacht... und danke.«

Ich fuhr zum Club zurück. Inzwischen wurde getanzt. Das Fünf-Mann-Orchester klang wie eine scheußliche Synthese von Meyer Davis und Bobby Hackett. Jedes zweite Stück war eine schablonenhafte lateinamerikanische Musik mit Maracas und allem Drum und Dran. Dodd war nicht auf der Tanzfläche. Ich fand ihn in der Bar. Er sprach von oben herab mit einem kleinen Mann, der wie ein kahler Pekinese aussah. Als ich seinen Blick auf mich gezogen hatte, beendete er das Gespräch und kam mit dem Glas in der Hand auf mich zu.

»Wo ist Nancy?«

»Ihr war nicht gut. Sie hat sich von mir nach Hause bringen lassen.«

»Warum hast du mir denn nichts gesagt? Ich hätte sie doch nach Hause fahren können.«

»Sie wollte es so.«

»Das habe ich noch nie bei ihr erlebt. Ich kann nicht verstehen, was in sie gefahren ist.« Er warf einen Seitenblick auf mich, und der Argwohn funkelte in seinen Augen.

Ich gab einen nichtssagenden Laut von mir. Es war nicht der rechte Zeitpunkt für einen brandneuen Freund der Familie, dem Mann zu erzählen, daß er wußte, was seiner Frau fehlte.

»Hat sie dir gesagt, was sie fertiggemacht hat?«

»Nein. Ist etwas mit ihr?«

»Es muß etwas mit ihr sein, wenn sie sich so benimmt. Mein Gott, sie weiß doch, wie die Leute in dieser Stadt sind. Man wird eine Woche lang darüber reden. Ich sollte mich auf den Heimweg machen. Warte mal, wir sind ja alle mit deinem Wagen gekommen. Na ja, ich kann ein Taxi rufen.«

»Es klang so, als sei es ihr lieber, wenn du bliebest, Dodd. Sie hat gesagt, sie wollte dir den Abend nicht verderben.«

»Noch mehr, als sie es ohnehin schon getan hat.« Er trank seinen Drink aus, beugte sich vor und stellte das leere Glas auf die Bar. »Ich schätze, ich kann genausogut hierbleiben. Darf ich dir einen Drink ausgeben, Clint?«

»Danke, im Moment nicht.«

Er legte seine Hand auf meine Schulter und drückte sie zweimal. Ich bin mit einer katzenhaften Aversion gegen solche beiläufigen Gesten zur Welt gekommen. Ich lasse sie notgedrungen über mich ergehen und hoffe nur, daß mein Gesichtsausdruck meinen Widerwillen nicht verrät. Außerdem hatte die Art, wie er es tat, etwas Aufgesetztes. Er sah mich eindringlich an. »Clint, ich bin sicher noch nicht dazu gekommen, dir zu sagen, wie verflucht viel es mir bedeutet, herzukommen und einen Typen wie dich vorzufinden, der so tüchtig mitanpackt. Das ist mein Ernst.«

»Hm, danke, Dodd.«

»Du weißt ja, was man in diesem Haufen manchmal vorfindet. Einen Opportunisten. Einen schmierigen Schieber. Himmel, ich weiß, woran ich bei dir bin.«

Er nahm seine Hand von meiner Schulter, ballte sie zur Faust und schlug mir leicht auf den Arm. »In diesem Laden werden wir es beide noch weit bringen, Junge.«

Ich sagte ihm, das hoffte ich doch, und dann sah ich seinem breiten Rücken nach, als er sich wieder in die Festivitäten stürzte. Es stand fest, daß er gerade genug von der sozusagen weiblichen Intuition besaß, um zu spüren, daß Nancy sich irgendwie einen Verbündeten geschaffen hatte; was sie sonst vielleicht noch in mir haben konnte, war ihm unklar. Er wollte ein wenig Wasser ins Feuer gießen. Dann hatte er beschlossen, daß das nichts nützte, und hatte die Flamme wieder angeschürt. Ich kann nicht behaupten, daß es wirkungslos blieb – schmeichelhafte Worte sind einem von seinem Boß immer willkommen. Und er wäre beinah ein netter Kerl gewesen.

Zwischen elf und zwölf legte die Party den Schongang ein. Jedesmal, wenn ich Mary sah, war sie mit Dodd zusammen. Eine junge Dame – beträchtlich stolz auf die unfeinen Einzelheiten der letzten Eskapade, die dazu geführt hatte, daß sie hochkant aus Sweet Briar rausgeworfen wurde – hatte sich meiner bemächtigt und setzte meiner Moral mit ihren häufigen Andeutungen, wie sehr sie sich von ›älteren Männern‹ angezogen fühlte, reichlich zu.

Sie bugsierte mich ohne allzu großen Widerstand von meiner Seite in die Dunkelheit hinaus. Aber als ich sie dann küßte, sackte sie schlaff an mir zusammen, ein knochenloses, keuchendes Ungeheuer mit einem weit aufgerissenen Maul. Ich habe keine Ahnung, wie und wo es dazu kommen konnte, daß eine solche Reaktion unter den jüngeren Leuten Mode geworden ist. Vielleicht glauben sie, daß dadurch die Stimmung zärtlicher Hingabe aufkommt. Man greift nach einem kräftigen, jungen Leckerbissen, und er zerfällt zu Grießbrei. Ich stieß sie von mir und zog sie sachte wieder zurück ins Helle.

Nach dem ersten Zwischenspiel schlug ich mich wieder in die Büsche, diesmal allein. Die Wolken waren dünner geworden, und der Mond dröhnte über die finsteren Spielflächen. Ich betastete ein leeres Zigarettenpäckchen und erinnerte mich an die halbe Packung im Handschuhfach. Ich lief durch das Gras zum Parkplatz. Unmittelbar am Auto angelangt, hörte ich plötzlich Mary Olans Stimme aus dem Wageninnern. Ihr Tonfall war lasziv und hämisch. »Mein Lieber, wir stehen nicht so zu einander, daß du nur zu pfeifen brauchst. Und deshalb nehme ich deinen Schlüssel nicht. Jedesmal, wenn ich wieder hingehe – falls ich je wieder hingehe –, wirst du längst da sein und auf mich warten, nicht ich auf dich. Ich lasse mich doch nicht aushalten und verstecken, Süßer.«

Dodd sagte mit belegter Stimme: »Diese Doppelrendezvous sind kindisch.«

»Ja, findest du? Ich weiß genau, was du willst. Du willst, daß ich jederzeit schon dort auf dich warte, wenn du zufällig auf Ideen kommst. Dir wäre es am liebsten, wenn ich überhaupt nicht ausginge. Aber zufällig gefällt mir diese Regelung. Clint ist sehr nett. War er nicht bezaubernd zu deiner besoffenen Nancy?«

»Bist du etwa dabei, dich in ihn zu verknallen? Verflucht. Wenn ich dahinterkomme, daß er sich mit dir einläßt, lasse ich ihn so weit wegversetzen, daß er...«

»Eifersüchtig, Liebling?« fragte sie gedehnt.

»Warum nimmst du nicht einfach den Schlüssel und dann...«

»Du willst alles haben, einen Kuchen zum Essen, einen zum Ansehen und einen im Schrank. Nein, danke. Es kann gut sein, daß ich mich entschließe, dich dort nie mehr zu besuchen.«

»Mary, hör mir zu...«

»Jetzt hörst du mir zu. Du langweilst mich. Das war nicht abgemacht. Ich werde weiterhin mit Clint ausgehen. Du wirst weiterhin mit Nancy mitkommen. Das ist eine bequeme Regelung... und allmählich habe ich es satt, hier rumzusitzen wie ein Schulmädchen bei einem Rendezvous.«

»Aber heute abend hat Clint sie nach Hause gebracht, und wir könnten...«

»Wir könnten, aber wir werden es nicht tun. Nicht heute. Sei beherzt, und finde dich damit ab.«

Ich hatte dagestanden und zugehört. Und eine ganze Menge erfahren. Es war eine Situation, die einen leichten Anstrich von Geistesgestörtheit hatte.

»Aber, Mary...«

»Und noch etwas, Liebling, ich mag diese Formulierung nicht, daß jemand sich ›mit mir einläßt‹. Mit mir läßt sich niemand ein. Ich lasse mich mit anderen ein. Und wenn du jetzt diese etwas allzu behäbige Hand von meinem Busen nehmen würdest...«

Ich wich eilig zurück, als die Tür aufging. Sie stieg schnell aus dem Wagen aus. Wenn sie sich zu mir umgedreht hätte, hätte sie mich gesehen, aber sie schlug mit Absätzen, die auf den Kies einhämmerten, den Weg zum Haupteingang des Clubs ein. Ich hatte eine bessere Deckung, als Dodd ausstieg und sich eine Zigarette anzündete. Ich beobachtete, wie er drei tiefe Züge machte und die Zigarette dann ins nasse Gras schnippte. Er folgte ihr langsam. Als ich meine Zigaretten holte, roch es im Wagen stark nach dem Parfum, das sie benutzte, ein extravaganter Moschusduft.

Als ich die beiden nach Hause fuhr, setzte ich Dodd als ersten ab. Mary Olan rückte nicht näher zur Tür rüber, nachdem er ausgestiegen war. Sie blieb erfreulich und ermutigend dicht neben mir sitzen, und ihr Bein berührte meines. Ich fuhr sie zum Haus der Pryors raus, wo ich sie auch abgeholt hatte. Viele der alteingesessenen Familien sind zwar in den schattigen, stillen Straßen der Stadt geblieben, aber einige haben, wie Willy Pryor, draußen auf dem Land gebaut. Man steht vor einer Steinmauer mit einem Bronzeschild und fährt die gewundene Auffahrt eine Viertelmeile weit, ehe man das Haus erreicht. Der überholte Begriff dafür wäre wahrscheinlich ›Wohnmaschine‹. Man kennt die Sorte – alles ist aufsehenerregend: aufsehenerregende Panoramafenster, aufsehenerregende fensterlose Wände, aufsehenerregende

Ausblicke. Zwei von Flutlicht angestrahlte Plastiken – eine ganz aus Aluminiumblech und die andere eine Frau aus grauem Stein mit spindeldürren Gliedmaßen und großen Löchern, die ganz durchgehen, wo ihre Brüste hätten sein sollen. Die Architekten machen ihre Sache gut, sie können wirklich etwas aus einem Haus machen. Das einzig Ärgerliche ist, daß sich noch niemand in ähnlichem Maß damit befaßt hat, die Menschen umzugestalten. Wir Menschen müssen einziehen – und natürlich bringen wir unser unverändertes Rülpsen mit, unsere immer noch nicht abgeschafften Schuppen, unsere erweiterten Poren und unsere schweißklebende Liebe.

Ich parkte, und Mary streckte die Hand nicht nach dem Türgriff aus, und daher zog ich sie an mich und küßte sie. Sie zögerte einen gezierten Moment lang und brachte dann meinen Zahnschmelz zum Glühen. Sie war keine schwammige, junge Studentin. Sie brachte ein Wechselspiel der Muskulatur, eine antreibende Begeisterung und die Ausdauer und Unnachgiebigkeit eines Markian in ihr Tun mit ein. Sie ließ alle Uhren bis auf die im Blut stehenbleiben, und daher mußte ich nach Beendigung mit einer gewissen Verblüffung feststellen, daß ich immer noch lediglich in meinem eigenen Auto saß.

»Du bist ein sympathisches Ungeheuer, Sewell«, sagte sie leise.

»Gleichfalls.«

»Du solltest eine Sonderprämie für deine Überstunden bekommen.«

»Eine wahrhaft obskure Bemerkung«, sagte ich und spielte die jugendliche Unschuld.

»Ich wünschte, Sewell, ich wäre eine Spur karitativer, denn dann würde ich mich als eine angemessene Prämie anbieten, weil ich den Verdacht habe, daß du ein netter Kerl bist, der etwas Besseres verdient hat als das, was du bekommst.«

»Heute abend muß ich mir von allen sagen lassen, daß ich ein netter Kerl bin. Wie stelle ich es an, deine karitativen Instinkte wachzurufen?«

Sie ließ einen zweiten Flankenangriff zu. Bei selbigem erkundete ich nach alter Sitte optimistisch eine warme, klassisch geformte Brust. Sie dämmte ihre Glut wieder ein, entzog mir Lippen und Brust und legte einen kühlen Sicherheitsabstand von dreißig Zentimetern zwischen uns.

»Nichts zu machen, Sewell.«

»Gibt es etwas, was meine besten Freunde mir versehentlich nicht erzählt haben?«

»Nee. Du bist ein gutgeratenes, langgliedriges Exemplar von einem jungen Amerikaner mit Bürstenschnitt, mein Guter.«

»Warum dann nicht?«

»Frag nicht so schmollend. Ich schätze, es liegt daran, daß du bist, was du bist. Um mich zu faszinieren, muß ein Mann schon ein ganz schöner Schuft sein.«

»Daran könnte ich arbeiten.«

»Nein, wohl kaum.«

»Könntest du dich überwinden?«

Sie streckte flink eine Hand aus und klopfte mir mit den Knöcheln auf den Schädel. »Das wäre nichts weiter als ein Almosen, mein Süßer, und dazu hast du doch zuviel Stolz, oder nicht?«

»Und der nächste Satz im Drehbuch heißt dann: Laß uns gute Freunde sein.«

»Im Ernst, das würde mich freuen, Clint. Ich könnte einen guten Freund gebrauchen.«

Ich seufzte resigniert. »Okay, und was möchtest du morgen mit deinem guten Freund anfangen?«

»Würden Sie mit mir zur Kirche gehen, Sir?«

Das war so ziemlich das Allerletzte, womit ich gerechnet hätte. »Ja. Natürlich.«

»Dann hol mich um zwanzig vor elf hier ab.«

Ich brachte sie an die Tür. Sie sah lächelnd zu mir auf. »Du bist wirklich süß.«

»Dann tätschele mir den Kopf, verdammt nochmal.«

»Bewahr die Ruhe! Gib mir einen Gutenachtkuß.«

Als dieser Kuß vorbei war, rächte ich mich mit meinem langen rechten Arm. Sie quietschte, holte nach mir aus und verfehlte mich. Auf der Heimfahrt wußte ich, daß sie, falls sie sich innerhalb von zehn Minuten vor einem Ganzfigurspiegel über die Schulter und an sich hinuntersah, einen schön deutlichen Handabdruck bewundern konnte.

Im nachhinein komme ich bei meiner Zählung auf mehr als zwanzig Verabredungen mit ihr, darunter auch das eine Mal in dem Motel und das letzte Treffen am Samstagabend, dem 15. Mai. Aber die letzte Ausfahrt, die wir miteinander in die Berge unternommen haben, ist nicht mitgezählt. Das Rendezvous, von dem sie nicht zurückkehren sollte.

4

Nancy und ich setzten uns auf den Pinienstumpf. Sie rauchte ihre Zigarette und kratzte sich den gemeinen kleinen Stich auf ihrem Knöchel. Seit dem Abend, an dem sie sich betrunken und mir ihren Kummer erzählt hatte, hatten wir immer offen miteinander geredet, obwohl sie ihre Schüchternheit beibehalten hatte. Ich hatte ihr nicht erzählt, was ich an jenem Abend in Erfahrung gebracht hatte. Es wäre zwecklos gewesen. Ein Verdacht konnte wehtun, aber die Gewißheit würde schlimmer sein.

»Ich hoffe... ich hoffe, daß sie nie mehr zurückkommt«, sagte Nancy.

Ich sagte zu lange gar nichts, und die Worte hingen zwischen uns, bis Nancy kläglich lachte. »Ich meine damit nicht, daß ich hoffe, ihr sei etwas Böses passiert. Das wünsche ich selbst ihr nicht. Ich hoffe nur, daß sie eine andere Fliege gefunden hat, der sie die Flügel ausreißen kann.«

»Sie ist impulsiv«, sagte ich.

»Eine nette und höfliche Umschreibung. Sie ist eine Harpyie. Sie saugt anderen Menschen das Blut aus. Sie hat automatisch eine Entschuldigung – ihre verrückte Mutter. Das kommt ihr gelegen. Keine Ehe, und daher tut sie, was ihr paßt. Und dazu gehört auch, daß sie mit meinem Mann ins Bett geht.«

»Du kannst es nicht mit Sicherheit sagen.«

»O doch, Clint, das kann ich. Mit absoluter Sicherheit. Ich habe mir lange Zeit etwas vorgemacht. Aber man kann nicht mit einem Mann zusammenleben und es nicht wissen. All diese kleinen unechten Berührungen. Diese Gleichgültigkeit, unter der sich all diese Schuldgefühle verbergen. Ich weiß es, Clint. Ich weiß es schon seit langem. Es hat im Februar angefangen, einen Monat nach unserer Ankunft. Sie hat wahrhaftig keine Zeit verloren, nicht wahr?«

»Versuch nicht, darüber zu lachen.«

»Wird denn nicht von mir erwartet, daß ich mich darüber freue? Ist das nicht hochmodern oder so was? Gestern nacht, nachdem wir nach Hause gekommen sind, hatten wir einen richtigen Krach. Er wollte es natürlich nicht zugeben. Ich habe ihn nach den Dingen gefragt, die verschwunden sind. Sein guter Morgenmantel, ein paar Freizeithemden, ein Paar leichte Schuhe – solche Kleinigkeiten. Und ein Gedichtband. Gedichte! Mein Gott, kannst du dir vorstellen, daß man einem solchen... einem solchen Wesen Gedichte vorliest? Ich habe ihn gefragt, ob es sein Gewissen erleichtern würde, wenn ich mir einen Liebhaber zulegte. Du weißt schon, nach europäischer Manier. Wie du mir, so ich dir. Daraufhin ist er aus dem Haus gestürzt und erst um fünf Uhr heute morgen wiedergekommen. Ich wollte sowieso mit dir reden, Clint. Ich habe es ihm noch nicht gesagt und auch niemandem sonst, aber ich werde ihn verlassen.«

»Ist das dein Ernst?«

»Ich habe auch meinen Stolz. Ich habe es nicht nötig, das mitzumachen. Ich kann selbst meinen Lebensunterhalt verdienen. Es tut weh... es tut sogar sehr weh, Clint, wenn dir jemand auf diese Weise sagt, daß du ihm nicht genügst. Daß du ihm nicht Frau genug bist.«

»Du willst schrecklich viel Gewißheit, Nancy.«

»Ich habe die Gewißheit. Ich habe dir schon so viel über mein Privatleben erzählt. Hast du es denn nicht satt? Willst du nicht vielleicht gleich alles hören? Die ganze Geschichte? Ich habe zwei kleine, braune Muttermale direkt hier auf der linken Hüfte. Von Tomaten bekomme ich Hautausschlag. Wenn ich gefühlsmäßig verwirrt bin, bekomme ich Durchfall. Nervöses Colon nennen sie es. Ich habe meine Unschuld mit sechzehn verloren, als ich wußte, daß ich im Sommer einen Job als...«

»Nancy!« Ihre Stimme war immer schriller geworden, und ihr Gesicht hatte sich verzerrt.

Die Anspannung wich von ihr. Sie legte den Kopf auf ihre nackten Knie und sagte kleinlaut: »Es tut mir leid, Clint.«

Ich berührte das feine, seidenweiche blonde Haar. »Du hast harte Sachen durchgemacht. Ich werfe dir nichts vor. Aber versprich mir eins. Überleg es dir noch eine Woche.«

Sie seufzte. »Wenn du meinst, daß ich das tun sollte.«

»Ja, das meine ich.«

Sie seufzte wieder. »Clint?«

»Ja, Schätzchen?«

»Clint... willst du mich?« Ihre Stimme war scheu und kam aus weiter Ferne.

Ich wußte, warum sie fragte. Ich wußte, wie behutsam ich jetzt sein mußte. »Ja, natürlich. Jeder Mann würde darauf ja sagen. Du bist etwas ganz Besonderes, Nancy.«

»Das bin ich nicht. Aber für dich... werde ich etwas Besonderes sein. Wann, Clint? Und wo?«

»Ich täte es gern, aber ich halte es für unklug. Ich glaube, du liebst den Kerl immer noch. Er hat dir sehr wehgetan. Du willst Bestätigung. Du möchtest begehrt werden. Und du willst ihm auch wehtun. Ich bin dein Freund, Nancy. Ich will nicht in so etwas hineingeraten. Angenommen, er sieht ein, wie dumm er gewesen ist, und ihr kommt wieder zusammen. Du würdest es immer bereuen. Du hast doch noch nie so etwas getan, oder?«

»Nein. Ich... ich weiß nicht, was ich will.«

»Denk noch eine Woche lang darüber nach. Dann unterhalten wir uns noch einmal. Okay?«

Sie hob den Kopf und sah mich an. Ihre Wangen waren naß. »Du könntest mich wenigstens küssen«, sagte sie fast aufbrausend.

Es waren keine Boote in der Nähe, und vom Vorplatz des Raymond-Hauses konnte man uns nicht sehen. Ich stand auf, nahm ihre Hand, zog sie auf die Füße und küßte sie. Es war ein langer Kuß. Er hatte nichts von dem schnellen Aufflammen bei Mary. Aber es war Glut dahinter, eine sachte vor sich hin brennende Glut – genug davon, daß ich mich fragte, wie Dodd nur so blöd sein konnte. Wir traten auseinander und lächelten uns gegenseitig an.

»Ich schätze, du bist verflixt gut für mich«, sagte sie. »Wie eine Art Gewissensersatz. Ich wünschte, ich wäre in dich verliebt. Alles wäre soviel leichter. Und schöner.«

»Du bist etwas ganz Besonderes, Nancy.«

»Irgend jemand muß das ja finden. Ich denke, wir gehen jetzt besser wieder zurück.«

Wir stiegen die Stufen hoch. Ich war sicher, daß Mrs. Raymond mich flink nach Lippenstiftspuren untersuchte. Nancy hatte sie mit einem Kleenex abgetupft. Ich verabschiedete mich so bald wie möglich und ging.

Es paßte mir nicht, an der Einmündung des Weges vorbeizufahren, an dem ich Marys Leiche losgeworden war. Bald würde die Nacht hereinbrechen, und kleine Tiere würden im Gebüsch rascheln, der Tau würde den weißen Rock durchtränken und einen Schleier auf ihre bloßen Schultern legen. Insekten würden surren und der Mond am Himmel entlangziehen. Ich wünschte, ich hätte sie an einem warmen, trockenen Ort lassen können. Ihr konnte es jetzt nichts mehr ausmachen, das wußte ich, aber mir machte es etwas aus. Es erschien mir nicht richtig.

Ich aß in der Stadt, und als ich in meine Einfahrt bog, war es dunkel. Mrs. Speers öffnete ein Fenster und rief mir etwas zu. Ich bremste den Wagen bei laufendem Motor.

»Ist Mary Olan inzwischen aufgetaucht, Mr. Sewell?« fragte sie.

»Noch nicht, Mrs. Speers.«

»Inzwischen machen sie sich sicher große Sorgen.«

»Ja, das denke ich auch.«

»Sie vergessen doch morgen meine Abfälle nicht, oder?«

»Ich werde daran denken, Mrs. Speers.«

»Ich nehme doch an, daß Sie sich jetzt gleich ins Bett legen, oder nicht?«

»Wie soll ich das verstehen?«

Sie lachte. »Ach, wissen Sie, ich habe Sie heute morgen um vier gehört, als Sie mit dem Wagen gekommen sind.«

»Ich war um zwei zu Hause, Mrs. Speers.«

Sie lachte wieder. »Ihr jungen Leute, ihr habt eben kein Zeitgefühl.«

»Ich weiß, daß es nicht so spät war.«

»Gute Nacht, Mr. Sewell.« Sie schloß das Fenster wieder.

In meiner Wohnung schloß ich die Tür ab, schaltete das Licht ein und zog die Jalousien runter. Es tat gut, in einer abgeschlossenen Wohnung allein zu sein. Ich hatte das Gefühl, jetzt sei ich endlich in der Lage, klar und folgerichtig zu denken. Den ganzen Tag über hatte ich eine Rolle gespielt. Das hatte mir keinen Raum für Überlegungen gelassen. Ich kam mir vor, als täte mein Gesicht vom Lächeln weh. Ich war unter den Badegästen herumgelaufen und hatte ihnen zur Begrüßung eine Hand gegeben, mit der die Tote getragen worden war. Jetzt konnte ich mir eine Vorstellung von dem Maß an eiserner Selbstbeherrschung machen, die ein Mörder aufbringen mußte.

Im Laufe des Tages hatte ich zwei neue Fakten erfahren: Dodd Raymond war bis fünf außer Haus gewesen, und ein Wagen war um vier in meine Auffahrt eingebogen. Ich hatte keinerlei Zweifel daran, daß der Wagen um vier Mary an den Schauplatz ihres Todes gebracht hatte. Wahrscheinlich hatte Mrs. Speers mich bei meiner Ankunft nicht gehört, und als sie den Wagen um vier Uhr bemerkte, hatte sie sich umgedreht und war wieder eingeschlafen, ohne den Wagen wegfahren zu hören.

Ich mußte in Dodd den Verdächtigen sehen. Ich wußte, daß er und Mary Olan ein Verhältnis miteinander gehabt hatten. Und ich wußte, daß Mary brutal, hämisch und erbarmungslos war – sie hatte sich ihm vorenthalten. Ich konnte mir vorstellen, daß Dodd gereizt und außer sich vor Wut zugeschlagen und sie getötet hatte. Vielleicht hatte sie ihm den Schlüssel gezeigt, den ich ihr gegeben hatte, und auf einen nichtexistenten Grund dafür angespielt, daß sie ihn hatte. Ja, er hätte sie in einem plötzlichen Anfall von rasender Eifersucht töten können. Und nachdem er sie erst auf die Art getötet hatte, hätte er durchaus in der Lage sein können, den Körper irreführenderweise in meine Wohnung zu schaffen; denn er wußte, daß ich sehr tief schlafe und daß der Schlüssel greifbar war. Dann wäre es nicht aus Gehässigkeit mir gegenüber geschehen – obwohl auch das sicher mit reinspielte. Es wäre dazu gekommen, weil nichts logischer war, um den Verdacht von sich abzulenken.

Folglich hätte ich, wenn Mary erschlagen worden wäre oder die Male der Hände ihres Würgers im Tod auf dem Hals gehabt hätte, keinen Zweifel daran gehabt, daß es Dodd war. Aber die Todesursache war mein roter Gürtel gewesen, der um ihre Kehle zugezogen wurde; der Abdruck des Gewebes war in ihrem Fleisch. Also war sie in meine Wohnung gebracht und dort getötet worden. Und ich konnte mir einfach nicht vorstellen, daß der ehrgeizige und intelligente Dodd gezielt und vorsätzlich etwas getan hätte, was so leicht hätte schiefgehen können. Hätte ich eine ernstliche Bedrohung für seine Karriere dargestellt, wäre es vielleicht plausibel gewesen. Andererseits war Ehrgeiz eine Krankheit, die die Tatsachen entstellen konnte. Vielleicht glaubte er, daß ich eine Bedrohung für seine Karriere darstellte.

Seine Sorge um Mary war mir echt erschienen. Und doch schien das, was mir Ray und Tory erzählt hatten, darauf hinzuweisen, daß er ein guter Schauspieler war. Natürlich stellte die Affäre an sich schon eine potentielle Bedrohung für seine Karriere dar. Aber ehrgeizige Männer sind schon öfter durch das Fleisch geblendet worden.

Wie bei so vielen Ratespielen gelangte ich auch bei diesem in eine Sackgasse. Er konnte es getan haben, und er konnte es auch nicht getan haben. Ich konnte es bis zum allerletzten Moment durchspielen, und dann lehnte sich meine Vorstellung gegen das Bild auf, daß Dodd sie in die Wohnung brachte, den Gürtel auswählte und die behelfsmäßige Schlinge um ihren Hals zuzog.

Als ich meinen Pyjama aus dem Kleiderschrank holte, hing dort noch eine Spur ihres Moschusduftes in der Luft. Ich legte mich emotional erschöpft ins Bett. In dem schwachen Lichtschein, der ins Zimmer fiel, konnte ich die offene Tür der Kleiderkammer sehen, und ich konnte mir vorstellen, daß sie immer noch dort war.

Ich schlief ein und träumte. Ich träumte, wir säßen alle um

einen Sarg herum. Mary setzte sich nackt und mit dem Gürtel um den Hals im Sarg auf. Alle sahen mich an. Ich erklärte, es sei nur ein Muskelreflex, der sie dazu gebracht hatte, sich aufrecht hinzusetzen. Sie stieg aus dem Sarg und kam auf mich zu. Wir tanzten. Alle anderen klatschten im Takt langsam und traurig in die Hände und beobachteten uns beim Tanzen. Ich flüsterte Mary immer wieder zu, sie solle sich wieder in den Sarg legen.

Ich sah auf ihre nackten Brüste hinunter, als wir tanzten. Über der Brustwarze stand C. P. P. Die Buchstaben waren nicht tätowiert, sondern es waren die schwarzen, erhabenen, glänzenden Lettern, die man auf teure Visitenkarten druckt. Sie sagte, Dodd sei es gewesen, und der abscheuliche Mund grinste. Ich sagte, sie müsse sich wieder in den Sarg legen. Sie führte mich, als wir zum Sarg tanzten, und ich sah hinein und merkte, warum sie sich nicht hinlegen konnte. Nancy Raymond lag nackt und mit vergoldetem Körper im Sarg. Auf ihrer Leiche kauerte eine monströse beharrte Spinne mit irisierenden Augen. Ich erwachte in dem kalten Schweiß kindlichen Grauens, und ich wußte, daß ich laut geschrien hatte, denn das Echo meines Schreis schien im Raum zu hängen. Es dauerte lange, bis ich wieder einschlief.

Um acht Uhr fünfundzwanzig am nächsten Morgen, einem grauen, stürmischen Montagmorgen, parkte ich mit der vorderen Stoßstange unter dem kleinen weißen Schild, auf dem MR. SEWELL stand. Mit solchen kleinen Annehmlichkeiten kauft man sich die Seelen der Angestellten. Mein Büro lag gemeinsam mit den Räumen, die der Konstruktion und der Forschung zugeteilt waren, in einer Art von Mezzanin, von dem aus man auf die ebenerdige Produktionsetage sehen konnte. Meine Sekretärin saß bei mir im Zimmer, in dem außerdem Ablageschränke für Blaupausen standen, zwei Zeichentische, mein Schreibtisch und diverse nicht zusammenpassende Schreibtischstühle. Die Bürowand, die zum Produktionsbereich ging, war von der Taillenhöhe aufwärts aus Thermopaneglas. Hinter dieser Wand lag ein Laufsteg mit einem Geländer, der sich über die gesamte Länge des Gebäudes zog und an beiden Seiten über eiserne Wendeltreppen zu erreichen war.

Um einen Auftrag auszuführen, mußten die Männer, die Maschinen und das Material zur rechten Zeit am rechten Ort sein. Um das zu erleichtern, hatte ich vier Produktionsassistenten und einen Produktionsüberwacher, die die Leute antrieben und darauf achteten, daß Termine eingehalten wurden. Ich hatte ständig die Lagerbestände im Auge, das Produktionskontingent, die Gerätewartung und die Ausfallzeiten der Arbeiter. Bei dem System, das wir eingeführt hatten, sollte alles laufen wie am Schnürchen. Aber das tat es nie. Wenn es zu keinem Arbeitsunfall kam, dann zählte irgendein Affe im Lager eine leere Kiste mit und listete sie als hundert verfügbare Bauteile auf, die für den Zusammenbau notwendig waren. Als nächstes baute in der Montageabteilung jemand Mist, und eine automatische Fräsmaschine war den ganzen Tag eifrig in Betrieb und produzierte nur Ausschuß. Wenn die Dinge dann allmählich anrollten, kam eine Stornierung oder eine abgeänderte Bestellung von oben. Dann verpfuschte ein Wartungstechniker etwas, und wir rissen das Getriebe aus einer Revolverdrehbank. Man kam in Verzug und versuchte, die Jungen anzuspornen, ein wenig Knochenarbeit zu leisten, damit wir Zeit aufholten, und der Gewerkschaftsvertreter kam und redete finster über Produktionserhöhungen. Dann mußte ich mit dem Mann, der die Bewegungsabläufe der Arbeiter und die Fließbandschnelligkeit überprüfte, runtergehen und mit dem Gewerkschaftler quasseln.

Während der Hälfte der Zeit war es, als arbeite man in einem Irrenhaus, und in der restlichen Zeit war man nichts weiter als ein einarmiger Jongleur. Ich liebte das. Es gab immer mehr zu tun, als nur dafür zu sorgen, daß die Dinge liefen. Im Moment steckte ich gerade in Zusammenarbeit mit der Abteilung Konstruktion in einem Projekt, bei dem eins der Fließbänder ausgetauscht werden sollte. Wir nahmen Geräte auseinander, schufen mit dem Preßlufthammer Platz für neue Geräte und bauten Fließbänder wieder zusammen. Die Abteilung Verkauf in New York schrie bereits. Ich wußte, daß wir auf zwei Schichten umstellen mußten, sowie das neue Band aufgebaut und überprüft war.

Ich kam gern früh zur Arbeit. Ich stand gern auf dem Laufsteg und schaute ein paar Minuten lang auf die Maschinen runter, die stumm warteten. Der Aufbau war ein Paradebeispiel für Logik. Alle Bodenplatten, Gehäuse und Türme waren abweisend grau und alle beweglichen Teile leuchtend zinnoberrot. Es war ein angenehmer Arbeitsplatz, sauber, klimatisiert und gut ausgeleuchtet. Die Arbeitsbedingungen waren ziemlich gut. Die C. P. P. versuchte zwar, einigermaßen repräsentativ zu sein, aber nicht so sehr, daß der Kerl, der die Maschinen bediente, wünschte, sie würden den kostspieligen Flitter weglassen und ihm den Unterschied in die Lohntüte packen.

Ich gönnte mir den morgendlichen Blick nach unten und ging dann in das kleine Büro neben meinem, in dem mein Protokollführer arbeitete. Ich sah mir das große Reißbrett an und merkte mir die Schwachstellen vor, ehe ich in mein eigenes Büro ging. Es war klimatisiert und schalldicht, aber wenn der Arbeitstag erst begann und die Tür geschlossen wurde, gab einem das Rumpeln von unten das Gefühl, auf einem Ozeandampfer zu sein. Die Leute gingen den ganzen Tag lang in meinem Büro ein und aus. Jedesmal, wenn die Tür geöffnet wurde, kam eine Woge von Krach herein, die einfach gewaltig war, von metallschneidendem Krach.

Ich hatte mir auf dem Weg zur Arbeit eine Morgenzeitung mitgenommen, aber ich war noch nicht dazu gekommen, mehr als einen flüchtigen Blick auf eine dicke schwarze Schlagzeile zu werfen – OLAN-ERBIN VERMISST. Ich hatte mit Zeitungsberichten gerechnet, aber nicht mit einer so großen Aufmachung. Der ganze obere Teil der ersten Seite wurde davon eingenommen, und eine zweite Schlagzeile über eine Konferenz in Paris wirkte mickrig dagegen. Ich hatte nicht gewußt, daß Mary Olan derart bedeutend war.

Ich breitete die Zeitung auf meinem Schreibtisch auseinander, um den Bericht zu lesen. In Warren gab es zwei Zeitungen, die Morgenzeitung *Ledger-Tribune* und die Abendzeitung Ledger-Report, die beide demselben Verlagshaus gehörten. Mit Ausnahme des Montags war die Morgenzeitung gewöhnlich eine aufgewärmte Ausgabe der Abendzeitung. Es waren außerordentlich dumpfe Zeitungen, die vor herausgeberischer Vorsicht trieften, da man nicht gewillt war, irgendwelche Einwohnergruppen vor den Kopf zu stoßen. Kein besonders kontroverser Kolumnist kam je zu Wort.

Der Untertitel lautete: BEI HIGHLAND ABGESTELLTER WAGEN AUFGEFUNDEN.

Mary Olan, die sechsundzwanzigjährige Nichte von Mr. und Mrs. Willis Pryor aus Warren und Erbin des Anwesens von Rolph Olan, wird seit dem späten Sonntagabend vermißt. Die Polizei gibt heute bekannt, daß noch keine Spur von ihr gefunden worden ist. Ein schwarzes Cabrio neueren Baujahrs wurde gestern in der Nähe einer leerstehenden Farm südlich von Higlands als der Wagen der Vermißten identifiziert. Eine Durchsuchung der näheren Umgebung ist eingeleitet worden.

Miß Olan hat das Haus der Pryors am Samstag um die Mittagszeit allein verlassen. Sie nahm das Mittagessen im Locust Ridge Club ein und spielte im Lauf des Nachmittags mit Miß Neale Bettiger Golf. Sie hatte Kleider zum Wechseln in den Club mitgenommen, und dort zog sie sich um und traf zum Abendessen und zu einer Tanzveranstaltung des Clubs Freunde. Sie verließ den Club nach Mitternacht mit der erklärten Absicht, zu sich nach Hause zurückzukehren. Es ist berichtet worden, Miß Olan habe in keiner Weise verstört oder emotional außer sich gewirkt.

Die Polizei hat die Möglichkeit einer Entführung nicht ausgeschlossen, und daher steht das Haus der Pryors unter strenger Bewachung. In Miß Olans Fahrzeug wurden keine Spuren eines Gewaltverbrechens gefunden. Als sie das letzte Mal gesehen wurde, trug sie ein trägerloses Kleid mit weitem Rock und hochhackige, paillettenbesetzte Schuhe. Sie ist einsdreiundsechzig groß, hat braunes Haar und wiegt etwa fünfundfünfzig Kilo. Ihre Augen sind grau.

Miß Olan ist die Enkelin von Thomas Burke Olan, der die Warren

Citizens Bank and Trust Company gegründet hat, und auch die Firma Olan Tool and Die, die jetzt noch unter dem Firmennamen Federated Tool Company, Inc., besteht.

Miß Olan ist in dieser Stadt im alten Haus der Olans in der Prospect Street geboren worden, heute der Hauptsitz der Heart of America Historical Association, der das Anwesen in Mr. Rolph Olans Testament vermacht wurde. Miß Olan hat hier und im Ausland Privatschulen besucht und hat ihren Wohnsitz in den letzten vier Jahren hier gehabt.

Das war die typische behutsame Berichterstattung von Warren. Mit keinem Wort wurde der Mord in der Familie erwähnt. Mit keinem Wort wurden Marys totgeborene Ehe und deren Ungültigkeitserklärung erwähnt. Kein Hinweis auf die unheilbare Krankheit ihrer Mutter. Sie ließen sie sogar zu einer vernünftigeren Zeit aus dem Club nach Hause gehen. Ich war froh, daß die Polizei den Namen ihres Begleiters und Tanzpartners anscheinend für sich behalten hatte. Andernfalls hätten ein oder zwei Reporter hier rumgehangen. Aber vielleicht auch nicht; vielleicht fanden die Zeitungen von Warren, es sei eine unsaubere Sache, bei einem Verschwinden dieser Art die Hauptpersonen aufspüren und ausfragen zu wollen.

Ich wußte, wo Highlands war. Es war eine kleine ländliche Gemeinde etwa fünfzehn Meilen außerhalb der Stadt. Mary hatte mich eines Tages zur Farm der Pryors rausgefahren, um mir ein Pferd zu zeigen. Das Pferd hatte die Augen verdreht, die Ohren zurückgelegt und versucht, sich an meinem Arm zu verköstigen. Sie sagte, es sei ›temperamentvoll‹. Ich sah aus sicherem Abstand, daß John Fidd das Pferd gesattelt hatte und Mary aufstieg und es loslaufen ließ. Als sie den Hengst zurückbrachte, war er schlapp und hatte Schaum vor den Nüstern. Fidd nahm ihn ihr ab und führte ihn herum. Sie zeigte mir den größten Teil der Farm, und dann fuhren wir wieder in die Stadt. Mary roch auf der Rückfahrt leicht nach Pferd.

Die Zeitung brachte auch ein Brustbild von Mary. Es

machte mich traurig, die Aufnahme anzusehen. Sie war vor ein paar Jahren gemacht worden, ehe das Leben ihren Augen den spöttischen und harten Ausdruck gegeben hatte. Sie sah sehr jung und sehr ernst aus.

Das Mädchen, das für mich arbeitete, kam um Viertel vor neun. Sie hieß Antonia MacRae. Sie war ein schlankes, angenehmes Wesen und erfreulich klug. Sie war eine beachtliche Zierde und eine fachliche Bereicherung für ein Büro. Italienische und schottische Vorfahren verbanden sich zu einer faszinierenden Frau. Von ihrer Mutter hatte sie die Haarfarbe, die Augenfarbe und den Teint, aber auch die vielversprechend gewölbte Figur, die einen an Sinnlichkeit und träge Sonntage im Bett denken läßt. Von Papa hatte sie dagegen einen kühlen, geschärften Blick, eine Menge Skepsis und einen Verstand, der wie eine IBM-Maschine ratterte.

Sie kam in einer blauen Latzhose über einer weißen Bluse. Mit ihrem kurzgeschnittenen, schwarzen Haar und ihren weißen Zähnen war das nicht ohne Wirkung. Die Hose war tailliert und saß so gut, daß es äußerst ablenkend hätte sein können, wenn ich nicht in Gedanken bei Mary gewesen wäre.

Es ist die Voraussetzung für eine merkwürdige Beziehung, wenn man im selben Büro mit einem Mädchen sitzt, das hübsch und begehrenswert und gleichzeitig klug und tüchtig ist. Wenn sich die Arbeit häufte, konnte ich bis auf ihre Schnelligkeit und ihre Zuverlässigkeit alles andere vergessen. Während der Flauten fielen mir andere Dinge an ihr auf. Und wenn sie auf den Fersen hockte und in der untersten Schublade eines Aktenschrankes etwas suchte, ertappte ich mich immer wieder dabei, wie ich den Übergang ihrer schmalen Taille in die geschwungenen, ausladenden Hüften anstarrte. Oder sie brachte mir etwas an meinen Schreibtisch, und aus dem Augenwinkel nahm ich kaum fünfzehn Zentimeter von mir entfernt die kecke Wölbung einer drallen Brust unter einem Hauch von einer Bürobluse wahr. Oder ich war beim Diktieren über sie gebeugt und merkte, während ich nach der richtigen Formulierung suchte, daß ich mir dämlich den Kopf verrenkte und versuchte, einen günstigen Standort zu finden, von dem aus ich ihr in den Ausschnitt schauen konnte.

Toni MacRae war sich durchaus über mein Interesse im klaren, mein spekulatives, bewunderndes Interesse. Es brachte sie dazu, gewisse Haltungen eilig zu verändern. Oft zog es ein ganz zartes Erröten nach sich. In der zweiten Woche unserer Zusammenarbeit hatte ich einen Annäherungsversuch gemacht. Er war mit unmißverständlicher Entschlossenheit zurückgewiesen worden, aber ohne Verärgerung. Sie stellte es einfach nur klar. Eine andere Sorte von Mädchen hätte unter denselben Gegebenheiten, nämlich, sich über die Figur und das Interesse des Bosses daran im klaren zu sein, aufgetrumpft und sich in Pose gesetzt. Nicht so Toni. Sie hüllte sich nicht gerade in Säcke, aber sie kleidete und bewegte sich so, daß die Spannungen im Büro auf ein Minimum zurückgingen.

»Guten Morgen«, sagte sie und legte ihre Handtasche in die Schreibtischschublade.

»Guten Morgen. Ich lese gerade den Artikel über Mary.«

»Sie waren doch einer der Freunde, mit denen sie essen war, oder? Ich habe Sie am Freitag mit Mr. Raymond darüber reden gehört.«

»Ja, ich war einer von ihnen, das stimmt.«

»Eine komische Geschichte«, sagte sie und runzelte nachdenklich die Stirn. Sie lehnte sich auf ihrem Sekretärinnenstuhl zurück. Ihr Schreibtisch stand meinem gegenüber, diagonal zum Fenster in der Außenmauer. Sie verschränkte die Finger im Genick, spreizte die Ellbogen ab und legte die Stirn in Falten, als sie über Marys Verschwinden nachdachte. Ich mußte das Oberteil ihrer Latzhose mit gräßlicher Direktheit angestarrt haben. Sie stieß sich von der Stuhllehne ab, senkte hastig ihre Arme und holte mit einer einzigen geübten Bewegung die Schreibmaschine aus den Eingeweiden des Tischs.

Ich spürte, daß die Fabrik sich füllte. Ich konnte das ferne Ding-Ding-Ding der IBM-Stechuhr hören, als die Arbeiter einer nach dem anderen an ihr vorbeikamen. Ein paar Maschinen wurden eingeschaltet, und dann, um Punkt neun, erwachte der ganze Laden für einen langen Montag zum Leben. Der Katertag. Der Tag, an dem krank gemacht wurde. Gus Kruslov war mein erster Kunde. Er latschte in mein Büro und sagte: »Ich hab' nicht einen einzigen Mann, den ich an die Fräsmaschine Nummer drei stellen kann.«

»Dann werden Sie King von der Montageabteilung nehmen müssen.«

»Er wird einen höllischen Krawall veranstalten.«

»Kommandieren Sie ihn ab. Setzen Sie ihn unter Druck. Ich komme später mal vorbei und gehe ihm um den Bart.«

Sobald er fort war, kam Ratcher mit einem seiner jüngsten Ingenieure, der sich über das Wochenende etwas Hübsches ausgedacht hatte. Wir breiteten die Zeichnung auf dem Tisch aus und sprachen sie durch, und sie machte einen guten Eindruck. Der Junge strahlte. Toni hatte sich den Übersichtsbericht vom Protokollführer geholt und schrieb ihn auf Matritze, und daher ging ich mit den Ingenieuren nach unten.

Es war einer dieser Tage, an denen alles rund geht. Dodd Raymond kam etwa um elf in mein Büro. Toni hatte ihn unten in der Werksetage gesehen und mir einen Tip gegeben. Er kam rein, schloß die Tür und warf einen Blick auf Toni. Ich sagte ihr, sie solle mir die Werkzeugliste holen. Das war unser Code dafür, sie solle verschwinden und sich in Ruhe die Nase pudern. Dodd setzte sich mit einer halben Pobacke auf eine Ecke meines Schreibtisches und schaltete meine Lampe ein und aus. »Sie wissen immer noch nicht das geringste«, sagte er. »Ich habe gerade mit Sutton gesprochen.«

»Und wer ist dieser Sutton?«

»Der Polizeichef. Bisher liegt noch nicht genug vor, um das FBI hinzuziehen, aber dort ist man schon in Alarmbereitschaft.« Er warf einen Blick auf mich. »Clint, hältst du für möglich, daß sie sich nur einen Spaß erlaubt? Daß sie es um der Aufregung willen tut? Damit sie was zum Lachen hat.«

»Das erscheint mir nicht einleuchtend.«

»Die Polizei wird keine Ruhe geben. Clint, ich weiß, daß es mich absolut nichts angeht, aber warst du ... intim mit ihr?«

Ich sah ihm in die Augen. Bisher war mir noch nie aufgefallen, wie bleich seine Augen waren. Ich lächelte und sagte: »Ich nehme an, daß du recht hast.«

»Womit habe ich recht?«

»Damit, daß es dich absolut nichts angeht.«

Er besaß den Anstand, zu erröten. Er entfernte sich von meinem Schreibtisch und aus meinem Nacken. »Na ja, vielleicht wissen wir bald, was los ist.«

»Ja, vielleicht.«

Er ging. Mich ärgerte, daß er den Dunstschleier ihres Verschwindens für den Versuch nutzte, dahinterzukommen, ob sie ihn betrogen hatte. Es ärgerte mich, und gleichzeitig ließ es ernste Zweifel an der Richtigkeit meiner Mutmaßungen über seine Bettgeschichten aufkommen. Wenn er gewußt hätte, daß sie tot war, und wenn er sie umgebracht hätte, würde er sich jetzt keine Sorgen über ihre mögliche Promiskuität machen. Offensichtlich hatte ihm Mary Olan das Leben höllisch schwer gemacht, und ich konnte nicht behaupten, daß es mir besonders leid für ihn tat.

Ich hatte die Öffnungszeiten der Cafeteria um wenige Minuten verpaßt und kam gerade von einem späten Mittagessen zurück, als Harvey Wills mich anrief. »Clint, ich habe gerade einen Anruf von Mr. Willi Pryor bekommen. Heute nachmittag wird draußen in seinem Haus eine Besprechung wegen der kleinen Olan einberufen. Sie wollten dich und Dodd dabei haben. Dodd ist schon auf dem Weg. Ich wollte ursprünglich vermeiden, daß einer von euch beiden hingeht, aber Mr. Pryor hat angedeutet, er könnte die ganze Sache offiziell machen, wenn ich mich nicht als kooperativ erweise.«

»Himmel!«

»Hast du viel zu tun?«

»Arbeit bis über die Ohren. Na ja, ich schätze, ich muß wohl hingehen.«

Ich erklärte Toni die Lage und fragte sie, ob es ihr etwas ausmachen würde, nach fünf noch zu bleiben, wenn ich bis dahin nicht zurück wäre. Sie meinte, es würde ihr nichts ausmachen. Ich sagte ihr, sie solle nicht länger als bis sechs warten. Ich erteilte ein paar Anweisungen, die sie in ihr Notizbuch schrieb. Als ich alles diktiert hatte, blickte sie zu mir auf und sah mich ernst an.

»Clint, bedeutet sie Ihnen viel?« Sie nannte mich Clint, wenn wir allein waren, aber nie anders als Mr. Sewell, wenn irgend jemand dabei war. Sie errötete und wandte den Blick ab, nachdem sie die Frage gestellt hatte.

»Nicht allzuviel, Toni. Sie ist eine verzogene Göre. Sie hält sich für etwas Besseres als so ziemlich alle anderen. Aber... so hatte ich abends wenigstens einen Zeitvertreib.«

»Ich hätte Sie das nicht fragen sollen. Aber Sie waren heute morgen so... so merkwürdig. Als seien Sie äußerst besorgt.«

»Das bin ich wohl auch.« Aber ich konnte ihr nicht sagen warum.

Der Tag war immer noch trostlos grau, als ich zum Haus der Pryors fuhr. Der Himmel war dunkel, und ich fragte mich, ob es in den Hügeln regnete. Mir ging auf, daß ich vielleicht eine zu günstige Stelle ausgesucht hatte – es konnte ein Jahr dauern, bis jemand sie fände. Und dann nur noch den zarten, vergilbten Schädel und das schwarze Haar, das an ausgedörrten Resten der Kopfhaut klebte. Der Rock vom Wind und vom Regen zerfetzt, das Gewebe morsch unter den Fingernägeln. Ich wußte, daß ich, wenn niemand sie fand, lange, lange Zeit mit Alpträumen leben würde.

5

Die Versammlung war zwar unerwartet groß – elf Leute waren bereits eingetroffen, als ich dazukam –, doch das aufsehenerregende Wohnzimmer ließ sie in seiner Wucht und Größe verstummt und zwergenhaft wirken. Die weiße Mauer, in die der Kamin eingelassen war, mußte mindestens sechs Meter hoch sein. Mit den Winden aus wechselnden Richtungen war der Tag gerade so rauh, daß ein kleines Feuer im Kamin brannte.

Willy Pryor begrüßte mich. Er wirkte nervös und angespannt. Er hatte einen dichten, weißen Haarschopf, der sich kein bißchen gelichtet hatte, obwohl er um die Fünfzig sein mußte. Seine struppigen, weißen Augenbrauen wuchsen nach oben. Er war so braun wie ein Polynesier das ganze Jahr über. Seine Standardkleidung waren Reithosen und Stiefel und ein Baumwollhemd mit hochgekrempelten Ärmeln, dessen Knöpfe bis auf die Brust offenstanden. Seine Brust war mit dichtem, grauem Haar bewachsen. Er war etwa eins siebzig, stämmig, fit und kräftig und hatte die Arme eines Schauermanns. Wahrscheinlich hatte er in seinem ganzen Leben keinen einzigen Tag lang arbeiten müssen, aber er leistete körperliche Arbeit auf der Farm der Pryors, ritt, ging auf die Jagd, flog und fing jedes Jahr Merlan und Thunfisch. Man spürte, daß – wenn für ihn die Notwendigkeit zu arbeiten bestanden und er irgend etwas angefangen hätte – er es irgendwie bewerkstelligt hätte, genau dahin zu kommen, wo er jetzt war, und das zu werden, was auch so aus ihm geworden war. Er war ein guter Redner und eine manchmal recht extravagante Persönlichkeit.

Seine Frau Myrna lächelte mich eingeschüchtert an. Sie war eine rundliche, warmherzige, uninteressierte, angenehme Frau. Sie hatte Willy drei Töchter geboren, und darin schien sich das Ausmaß ihrer Mitwirkung am Leben erschöpft zu haben. Keine Schönheitskosmetikerin und kein Modeschöpfer hätten je etwas anderes aus Myrna Pryor machen können als genau das, was sie war – ein Bauernmädchen aus der Highlands-Gegend. Angesichts seiner neurotischen, mordenden Schwester und all seiner anderen hochgradig vorbelasteten Verwandten war Myrna vielleicht genau das, was Willy sich gewünscht und gebraucht hatte. Das frische Blut hatte auch gut getan, wenn man die überschäumende Gesundheit von Jigger, Dusty und Skeeter als einen Beleg dafür ansehen konnte.

Ich nickte und sprach mit Dodd und Nancy. Sie saßen nebeneinander auf einer Kreation, die weder Sofa noch Stuhl war – etwas, was einem gepolsterten Couchtisch mit einer Rückenlehne ähnelte, die nur eine Handbreit hoch war.

Der einzige andere Mensch im Raum, den ich vom Sehen kannte, war der Kerl in Zivil, der am Sonntagmorgen mit dem uniformierten Streifenpolizisten zu mir gekommen war, um mich zu wecken.

Willy übernahm es, mich schnell und deutlich den Anwesenden vorzustellen. Die drahtige Blondine mit den großen Händen, die aussah, als sei sie an eine Scheune genagelt worden, um in der Sonne zu trocknen, war Neale Bettiger, Marys Golfpartnerin. Ein umfangreicher, teilnahmsloser Mann mit schläfrigen Augen war Captain Joseph Kruslov, der Polizeihauptmann, der mit dem Fall betraut worden war. Ich fragte ihn, ob er mit Gus von der Fabrik verwandt war.

»Mein Bruder«, sagte er.

Ein großer, gebeugter, krank aussehender Mann mit grauen Tränensäcken unter den Augen war Mr. Stine, der Beauftragte für öffentliche Sicherheit. Der Bulle in Zivil hieß Hilver. Polizeichef Sutton war farblos, pummelig und asthmatisch. Wenn er etwas sagte, klang es wie ein Schneuzen. Willy überging einen Polizeistenografen, der steif und unbequem an einem Ecktisch saß, und stellte mich einem freundlichen, kleinen Kerl vor, der alleine abseits saß. Er sah aus wie ein gebrechlicher Bankbeamter, bis man ihn sich genauer ansah. Dann bemerkte man den zynischen Schnitt seines Mundes, die flinken, hellwachen Augen und die unerwartet kräftigen Handgelenke. »Das ist Mr. Paul France. Er ist ein zugelassener Privatdetektiv, und mit Chef Suttons Genehmigung habe ich ihn gebeten, bei dieser Unterhaltung anwesend zu sein.«

Willy wies mir einen Stuhl neben der sonnengedörrten Blondine zu, rieb sich die Hände und sagte: »Nun, Chef, ich schätze, wir können anfangen.«

»Captain Kruslov wird ein paar Fragen stellen«, sagte der Polizeichef.

Kruslov trat in die Mitte des Raumes. »Wir haben Sie, die Anwesenden, zusammengerufen, um zu sehen, ob wir auf etwas stoßen, was uns bisher entgangen ist. In erster Linie interessieren wir uns für jemanden, der einem von Ihnen aufgefallen sein könnte, jemanden, der herumgelungert hat, sich merkwürdig verhalten hat oder irgend etwas dergleichen. Wir überlegen sozusagen, ob wir es mit einer Entführung zu tun haben könnten. Diesen Gesichtspunkt nehmen wir uns als erstes vor. Miß Bettson?«

»Bettiger. Nein, ich habe nichts gesehen. Mary und ich haben siebenundzwanzig Löcher gespielt. Nach den ersten achtzehn hatten wir einen Punktegleichstand und haben daher noch neun weitere Löcher gespielt. Ich habe mit drei Löchern und zwei Punkten in Führung gelegen. Mir ist nichts Außergewöhnliches aufgefallen.«

»Wie hat sie sich benommen? So wie sonst auch?«

»O ja. Wir haben miteinander gequatscht, rumgealbert und über andere Leute geredet. Mit ihr war alles in Ordnung. Niemand hat irgendwo gelauert, wenn Sie das meinen.«

»Würden Sie jetzt dem Polizeichef und den Anwesenden sagen, was Sie Sergeant Hilver heute morgen erzählt haben?«

Miß Bettiger wirkte verlegen. »Also, ich glaube nicht, daß das wichtig war. Es war nur Gerede.«

»Wiederholen Sie es, bitte.«

»Wir haben über Männer geredet. Ich vermute, das tun wir oft, vielleicht zu oft. Mary hat über das gelacht, was sie ihr

›Liebesnest in petto‹ genannt hat. Sie hat gesagt, es gäbe diesen Mann, der sich schon länger sehr um sie bemühte, und er versuchte immer wieder, ihr einen Schlüssel zu der Wohnung anzudrehen, die er irgendwo in der Stadt gemietet hat. Sie hat gesagt, wenn sie sich je verstecken wollte, wäre das der geeignete Ort, weil er es nicht wagen würde, sie zu verraten.«

»Hat sie Ihnen seinen Namen genannt?«

Ich wagte es nicht, Dodd und Nancy anzusehen. Ich fürchtete mich vor dem, was ich auf ihren Gesichtern gesehen hätte. »Nein, sie hat mir nicht gesagt, wie er heißt. Sie hat nur gesagt, daß er verheiratet ist. Sie hat sich schrecklich lustig darüber gemacht.«

Kruslov wandte sich an Mr. Pryor. »Mr. Pryor, glauben Sie, daß Miß Olan sich in der Wohnung, dem Zimmer oder dem Haus aufhalten könnte, von dem sie Miß Bettson erzählt hat?«

»Bettiger«, sagte das Mädchen.

»Entschuldigen Sie, Miß Bettiger.«

Onkel Willy sagte hitzig: »Ich finde es verflucht entrüstend, etwas Derartiges anzudeuten. Mary ist ein gutes Mädchen. Sie ist unberechenbar, aber im Grunde ihres Wesens ein guter Mensch. Sie würde sich auf eine derart billige Regelung nicht einlassen. Wenn sie das täte, würde ich... ich würde sie aus dem Haus werfen. Ich ziehe hier drei Töchter auf.« Ich sah die kräftigen Muskeln seiner gebräunten Unterarme an und war überzeugt.

»Ich glaube dennoch, daß wir diese Möglichkeit in Betracht ziehen müssen«, sagte Captain Kruslov. »Und jetzt zu Mr. und Mrs. Raymond. Ist Ihnen am Samstagabend irgend etwas Verdächtiges aufgefallen?«

Sie sahen einander an, und ich las Nancys Lippen, als sie ihm sagte, er solle den Anfang machen. »Nein«, sagte Dodd. »Es war ein durch und durch gewöhnlicher Abend.«

»Hatte Miß Olan zu viel getrunken?«

»Ich... ja, doch. Offengestanden muß ich das bejahen.«

»War es bei ihr üblich, daß sie zu viel trank?«

»Nein.«

»Warum hat sie dann am Samstag so viel getrunken?«

»Ich glaube nicht, daß es Absicht war. Ich glaube, sie hat sich bei der Bestellung geirrt. Sie war durstig vom Golfspielen und hätte wohl mit etwas Gestreckterem anfangen sollen und nicht gleich mit Cocktails.«

»Waren Sie Zeuge des Streits zwischen ihr und Mr. Sewell?«

»Ja.«

»Würden Sie uns Genaueres über diese Auseinandersetzung erzählen?«

»Das ist ganz einfach. Clint versuchte, ihr zu helfen. Er wollte, daß sie aufhörte zu trinken. Darüber war sie böse, aber er blieb ruhig. Clint versuchte nur weiterhin, sie vom Trinken abzubringen, und nachdem sie an der Bar eine ganz beachtliche Szene gemacht hatte, ließ sie sich von ihm aus dem Club führen. Ich fand, daß er die Lage gut im Griff hatte. Es war wirklich nichts von Bedeutung.«

»Eine betrunkene Frau ist etwas Abscheuliches«, sagte Willy voller Überzeugung. »So etwas ist nicht bedeutungslos.«

»Ich meine, der Streit war bedeutungslos, Mr. Pryor.«

»Ist Ihnen oder Ihrer Frau irgend jemand aufgefallen, der herumgelungert hat, oder haben Sie etwas bemerkt; was Ihnen merkwürdig vorgekommen ist?«

»Nein, Sir. Ich schätze, daß wir wenige Minuten nach Mr. Sewells Aufbruch mit Miß Olan ebenfalls gegangen sind. Soweit ich weiß, hatte er vor, sie nach Hause zu fahren und sich dort ein Taxi zu nehmen. Später hat er mir dann erzählt, daß...«

»Darum geht es jetzt nicht. Sie haben nichts Außergewöhnliches bemerkt.«

»Nein, Sir.«

Kruslov wandte sich an mich. Er kam näher auf mich zu als auf die anderen. Er wirkte interessierter. Ich setzte ihm genau dieselbe Geschichte vor, die ich den beiden Bullen vorgesetzt hatte. Er ging sie zweimal mit mir durch. Sein Benehmen gefiel mir nicht besonders. Ich fragte mich, ob er mir heimzahlte, daß ich seinen Bruder schon öfter angefahren hatte.

»Und als sie weggefahren ist, sind Sie sofort ins Bett gegangen.«

»Das sagte ich Ihnen bereits.«

»Um wieviel Uhr war das?«

»Um halb drei circa.«

»Sie sind sofort eingeschlafen.«

»Ja. Ich war müde.«

»Ihre Hauswirtin sagt, Sie seien erst um vier nach Hause gekommen.«

»So, das sagt sie also? Ich kann es nicht ändern. Ich war um halb drei zu Hause und bin keinesfalls später als fünf nach halb drei eingeschlafen. Sie muß sich täuschen.«

»Sie ist sicher, daß um vier ein Wagen in die Auffahrt gebogen ist.«

»Captain, ich habe einen sehr tiefen Schlaf. Ihr Sergeant dort drüben kann Ihnen das bestätigen. Es ist durchaus möglich, daß einer meiner weniger verantwortungsbewußten Freunde um vier vorgefahren ist, mich nicht aufwecken konnte und wieder weggefahren ist.«

Er verfolgte diesen Faden nicht weiter, sondern kam wieder auf die Fragen zurück, die er den anderen auch gestellt hatte. »Haben Sie etwas Verdächtiges bemerkt? Ist Ihnen ein Wagen gefolgt? Irgend etwas dergleichen?«

»Nein, ich habe nichts...«

»Was ist?«

»Mir fällt gerade etwas ein. Mary und ich sind in meiner Einfahrt noch ein paar Minuten in ihrem Wagen sitzen geblieben und haben uns unterhalten. Jemand ist in die Auffahrt eingebogen, ist zurückgestoßen und weitergefahren. Ich dachte mir, er wolle nur wenden. Das ist mir eben erst wieder eingefallen.«

Kruslov knurrte zufrieden. »Da haben wir einen neuen Anhaltspunkt. Es könnte etwas zu bedeuten haben. Haben die Scheinwerfer Sie angestrahlt?«

»Ja, allerdings. Das Verdeck war zurückgeklappt. Ich werde Ihnen mehr als notwendig sagen, Captain. In dem Moment, in dem der Strahl der Scheinwerfer auf uns fiel, habe ich Miß Olan zufällig gerade geküßt.«

»Lieben Sie sie?«

»So würde ich es nicht sagen. Ich küßte sie lediglich zum Abschied. Wenn wir schon dabei sind, sage ich Ihnen gleich noch etwas. Wir haben uns für gestern verabredet, um an den See zu fahren. Ich bin trotz allem hingefahren, weil ich dachte, sie würde dort auftauchen. Sie hätte mich zur Mittagszeit abholen sollen. Da ich durchaus für möglich gehalten habe, daß ich um die Zeit noch penne, habe ich ihr einen Schlüssel gegeben. Ich bin in meine Wohnung gegangen, habe ihn rausgeholt und ihr rausgebracht. Damit sie hätte reinkommen und mich aus dem Bett zerren können, falls ich noch geschlafen hätte, denn wir wollten nicht zu spät losfahren. Aber ich versichere Ihnen, Captain, daß der Schlüssel, den ich ihr gegeben habe, nicht der zu dem Liebesnest ist, das sie Miß Bettiger gegenüber erwähnt hat. Ich hatte nichts dergleichen mit Miß Olan vor. Nein, das klingt nicht gut. Ich hatte Absichten, was wohl normal ist; aber dazu gehörte nicht, zu diesem Zweck gleich einen weiteren Hausstand zu gründen.«

Das Telefon auf dem ungewöhnlich geformten Schreibtisch läutete. Der Polizeistenograph sprang auf, hob schüchtern den Hörer ab und sprach mit unhörbarer Stimme ins Telefon.

Dann hielt er den Hörer hin. »Für Sie, Captain, Sir.«

Kruslov ging schwerfällig auf ihn zu und nahm ihm den Hörer ab. »Ja ... ich verstehe ... wo ...? Nein, schon in Ordnung ... ja, ich sage es ihnen.«

Er legte auf. Er hatte einen gewissen Sinn für das Dramatische. Er trat wieder mitten in den Raum und sagte: »Man hat sie gefunden.«

»Geht es ihr gut?« fragte Onkel Willy.

»Sie ist erdrosselt worden. Wahrscheinlich im Lauf der Nacht von Samstag auf Sonntag. Ihre Leiche ist oben in den

Hügeln ins Gebüsch geworfen worden, etwa eine halbe Meile von der Hauptstraße entfernt. Eine ganz verfluchte Geschichte. Gestern hat eine Wichtelschar einen Ausflug gemacht. Was zum Teufel sind Wichtel? Ein kleines Mädchen hat sich selbständig gemacht und die Leiche gesehen, und sie war zu erschrocken, um es jemandem zu sagen. Heute war sie derart außer sich, daß ihre Mutter sie schließlich dazu bringen konnte, ihr zu sagen, was passiert ist. Dann ist die mit ihr hingefahren, um dem kleinen Mädchen zu beweisen, daß es sich all das nur eingebildet hat. Es war aber keine Einbildung. Sie hat die Staatspolizei informiert.«

In das ausgedehnte Schweigen hinein sagte Willy leise: »O mein Gott.«

Myrna beugte sich vor und verbarg ihr Gesicht in den Händen. Ihre Schultern bebten sachte. Ich warf einen Blick auf die Raymonds. Nancy saß mit erhobenem Kopf da und hatte das Gesicht eine Spur zu weit nach oben gerichtet. Durch ein langes, hohes Fenster strömte das Licht des bleichen, grauen Tages wie durch eine Dachluke herein und legte sich auf ihre zartgeschnittenen Gesichtszüge, die geteilten Lippen. Der rote Feuerschein tauchte ihr weich geschwungenes Kinn in seinen Glanz. Es war ein Gesicht, das so gut wie keinen Ausdruck hatte, klar, rein und vollkommen. Falls irgendein Ausdruck zu sehen war, dann war es so, als lauschte sie einem Laut, mit dem sie gerechnet hatte. Dodd saß mit gesenktem Kopf da und starrte seine große, geballte Faust an, als hielte er darin etwas Kleines gefangen.

Stine hatte eine hohe, dünne Stimme. »Willy, ich sage Ihnen eins. Ich sage es Ihnen ein für allemal. Und Jud Sutton wird mir den Rücken stärken, das weiß ich. Kein Mann, der auf diesen Fall angesetzt wird, wird auch nur eine Nacht in Ruhe durchschlafen können, solange wir die Person oder die Personen, die das getan haben, nicht geschnappt haben.«

»Ich weiß es zu schätzen, Tom«, sagte Willy Pryor mit leiser Stimme. Er wandte sich ab und sah ins Feuer; seine kräftigen braunen Hände hatte er auf dem Rücken verschränkt.

Kruslov brach mit seiner dröhnenden, sachlichen Stimme

die Stimmung auf, die sich über die Anwesenden herabgesenkt hatte. »Wir werden den Gesichtspunkt einer Entführung für den Moment vergessen. Wir wollen alle die Köpfe zusammenstecken, solange wir hier sind, und uns zusammenreimen, wer dieses Mädchen möglicherweise umgebracht haben könnte. Wer hätte es gewollt? Wer hat sie gehaßt?«

Miß Bettiger war erstaunlicherweise diejenige, die antwortete. »Ich vermute, ich oder fast jeder, der Mary kannte, könnte eine ganze Liste von Leuten anführen, die sie nicht mochten. Sie hat sich nicht gerade um Freundschaften bemüht. Sie hatte viele Freunde, aber sie hat auch viele Leute vor den Kopf gestoßen. Vorwiegend Heuchler. Leute, die sich mit ihr sehen lassen und schmarotzen wollten. Sie hatte dieses Einkommen aus dem Treuhandvermögen und...«

»Wie hoch war das Einkommen?« fragte Kruslov.

Willy sagte, ohne sich zu ihm umzudrehen: »Sechzigtausend im Jahr. Sie hat das Geld nicht rausgeworfen. Sie hatte ihr eigenes Anlageprogramm. Das Gespür für Geld muß sie wohl von ihrem Vater gehabt haben. Sie hat gute Gewinne mit ihren eigenen Investitionen erzielt und auch diese wieder angelegt.«

»Wer bekommt jetzt das Geld?« fragte Kruslov. Ich verstand jetzt, warum Stine und Sutton ihn mitgebracht hatten. Er konnte die häßlichen Fragen stellen, die sie aufgrund ihrer persönlichen Beziehungen zu den Pryors nicht stellen konnten.

Willy drehte sich um und sah ihn mit gelindem Staunen an. »Ich vermute, das, was nicht an den Staat fällt, wird in der Familie bleiben. Wir werden es bekommen. Wenn ich Rolphs Testament richtig in Erinnerung habe, waren dort Treuhandvermögen für Nadine, John und Mary festgelegt. Ich vermute, Rolph hielt jede der Summen, die er ihnen vermacht hat, für reichlich, denn für den Todesfall eines der Betreffenden – im Fall der Kinder, wenn sie keine Nachkommen hinterlassen – sind Myrna und ich oder unsere Kinder als die verbleibenden Vermächtnisnehmer eingesetzt worden.«

»Hätte es nicht sein Wunsch sein sollen, alles seinen Kindern zu hinterlassen, demjenigen, der am längsten lebt?« fragte Kruslov.

Willys Gesicht wurde hart. »Ich habe keine Ahnung, was in seinem Kopf vorgegangen ist, guter Mann. Es kann sein, daß er sich zu der Zeit, zu der er sein Testament aufgesetzt hat, daran erinnert hat, daß er zu einem Zeitpunkt Pryor-Geld geheiratet hat, zu dem er es dringend brauchte, um die Interessen der Olans zu wahren. Vielleicht hatte er das Gefühl, es sei nur angemessen, nachdem er für seine Frau und seine Kinder entsprechend ausgesorgt hatte, für den Fall einer allgemeinen Katastrophe oder für einen einzelnen Todesfall sein Augenmerk darauf zu richten, daß das Geld wieder an die Familie Pryor fällt. Die Citizens Bank and Trust fungiert als Testamentsvollstrecker und Nachlaßverwalter. Wenn Sie sich dort erkundigen, werden Sie feststellen, daß der Nachlaß noch nicht vollständig geregelt ist, selbst heute, nach sechzehn Jahren, noch nicht, was auf die unselige Krankheit meiner Schwester zurückzuführen ist. Im übrigen, Captain, kann ich Ihnen versichern, daß wir das Geld nicht brauchen. Ich nehme an, irgendwie bringen Sie es fertig, diese Tatsache zu überprüfen.«

Kruslov ließ sich nicht so schnell kleinkriegen. Seine unerschütterliche und würdige Ruhe nötigte mir Bewunderung ab. »Vielen Dank für die Information, Mr. Pryor. Ich werde eine Liste der Männer benötigen, mit denen Miß Olan ausgegangen ist.«

»Das kann ich Ihnen sagen«, sagte Miß Bettiger. »Zumindest kann ich Ihnen sagen, mit wem sie ausgegangen ist, seit sie im Februar aus Spanien zurückgekommen ist.«

»Wie lange war sie in Spanien?«

»Sechs Monate«, sagte Willy. »Ich habe es nicht gebilligt, daß sie eine solche Reise allein unternehmen wollte. Sie war unruhig. Ich konnte sie nicht davon abhalten.«

Die Bettiger sah stirnrunzelnd ins Feuer. »Sehen wir mal. Bill Mulligan. Don Rhoades. Mr. Sewell.« Sie sah Willy besorgt an. »Es gibt noch einen anderen, aber...«

»Aber was?« fragte Kruslov und trat dichter vor sie.

»Ich möchte ihm keine Schwierigkeiten machen.«

»Ich muß den Namen wissen, Miß Bettson.«

Sie sah Kruslov verärgert an, verbesserte ihn aber nicht. »Schon gut, aber damit geht eine gute Stellung flöten. Nels Yeagger.«

Willys braunes Gesicht nahm die Farbe von einem Backstein an. »Das ist eine verdammte Lüge!«

»Es ist keine verdammte Lüge!« tönte Miß Bettiger schrill. »Und versuchen Sie bloß nicht, mich als Lügnerin hinzustellen, Willy Pryor.«

»Wer ist der Kerl?« fragte Kruslov.

»Er arbeitet in unserem Haus am Smith Lake«, sagte Willy. »Er kümmert sich um die Boote und tut dies und das. Mary würde niemals...«

»Aber sie hat es getan«, sagte Miß Bettiger. »Sie ist sogar einige Male mit ihm ausgegangen. Sie ist rausgefahren und hat ihn getroffen, ehe Sie das Haus am See für den Sommer geöffnet haben. Er war ganz wild auf sie. Sie hat es mir erzählt. Sie ist dann nicht mehr mit ihm ausgegangen, weil er, wie sie sagte, angefangen hat, sie zu langweilen. Er wurde immer eifersüchtiger und besitzergreifender, und das war etwas, was Mary noch nie ausstehen konnte.«

Kruslov sagte, als spräche er mit sich selbst: »Die Leiche ist nicht weit von der Hauptstraße zwischen hier und dem Smith Lake aufgefunden worden. Eifersucht.« Er drehte sich um und nickte Hilver zu. Hilver verließ seinen Posten an der gegenüberliegenden Wand und ging auf die Tür zu.

In der Tür blieb Hilver stehen und sagte: »Die Jungen von der Staatspolizei?«

»Nein. Der gehört uns. Nehmen Sie Watson mit und schnappen Sie ihn sich selbst, und bringen Sie ihn her. Sonst noch jemand, Miß Bettiger?«

»Niemand mehr, von dem ich wüßte. Ich glaube, daß ich von allen weiß. Wir... haben immer über alles miteinander geredet. Meine Güte, es wird aussehen, als ob...« Sie wühlte in ihrer Handtasche nach einem Taschentuch.

Je länger ich darüber nachdachte, desto besser entsprach Yeagger der Rolle des Mörders. Er hatte mich oben am See mit ihr gesehen. Und ich erinnerte mich an einen ziemlich peinlichen kleinen Zwischenfall, zu dem es gekommen war, als ich das erste Mal mit ihr oben am See war. Wir suchten jemanden, wen, weiß ich nicht mehr. Wir liefen zum Pferdestall. Mary trug eine Hose. Als sie vor mir in den Stall ging, sagte ich ihr, daß sie eine der hinteren Schlaufen vergessen und den Gürtel nicht durchgezogen hatte. Sie blieb abrupt stehen und sagte: »Dann bring es in Ordnung.«

Sie schnallte ihren Gürtel auf, und ich zog ihn durch die Schlaufen am Hosenbund und fädelte ihn auch durch die, die sie versehentlich ausgelassen hatte. Dann schlang ich meine Arme um sie und hatte gerade angefangen, an der Gürtelschnalle rumzufummeln, als Yeagger in den Stall kam. Er blieb sofort stehen. Mary hatte ihn begrüßt, sich aus meinen Armen gelöst und sich den Gürtel selbst wieder zugeschnallt. Selbst damals hatte ich schon bemerkt, daß es in Yeaggers Augen verdammt merkwürdig ausgesehen haben mußte, denn er konnte beim besten Willen nicht ahnen, wie wir in diese Situation gekommen waren – meine Arme um sie geschlungen, ein Heuhaufen zur Hand und ihr Gürtel aufgeschnallt. Jetzt wurde mir klar, daß es ihn um den Verstand gebracht haben mußte, uns so vorzufinden. Anscheinend hatte sie aufgehört, sich mit ihm zu treffen, und er war eifersüchtig.

Es fiel mir nicht allzu schwer, mir vorzustellen, wie er am Samstagabend in die Stadt runterfuhr und Jagd auf sie machte. Es konnte leicht möglich sein, daß er ihren Wagen vor dem Club entdeckt hatte. Er kam mir wie ein Mann mit einer Menge Geduld vor. Er hätte uns verfolgen können. Es hätte Nels Yeagger sein können, der uns mit den Scheinwerfern angestrahlt hatte. Er war auf dem Land geboren und aufgewachsen; ihm hätte es keine Schwierigkeiten bereitet, den Wagen ein Stück weiter weg in meiner Straße zu parken und sich lautlos durch das Gras zurückzuschleichen. Vielleicht gerade noch rechtzeitig, um zu hören, daß ich ihr den Schlüssel gab. Der Rest hätte sich mühelos einrichten lassen, und er fühlte sich provoziert.

Das gab mir ein besseres Gefühl, was die Rolle anging, die *ich* in dieser Geschichte gespielt hatte. Ich hatte gar nichts getan. Die Leiche war aufgefunden worden. Wenn Yeagger es getan hatte, und meine Überzeugung, daß er es war, wuchs sekündlich, dann würden sie ihn mürbe machen, und über den Triumph, ihn geschnappt zu haben, würde man mir meine Rolle verzeihen.

Nach ein paar weiteren Fragen, die nichts ergaben, löste sich die Versammlung auf. Myrna Pryor hatte das Wohnzimmer bereits direkt nach Kruslovs Bericht über den Anruf verlassen. Ich trat mit Nancy und Dodd in den grauen Nachmittag hinaus.

»Sie war so quicklebendig«, murmelte Dodd.

»Und jetzt ist sie mausetot«, sagte Nancy mit einer zu scharfen Stimme. Ich sah sie an. Der Blick, der in ihren Augen stand, gefiel mir nicht. In dem Moment war sie keine nette Frau.

Sie fuhren los. Als ich auf dem Weg zu meinem Wagen stehenblieb, um mir eine Zigarette anzuzünden, holte Paul France mich ein. Er trug einen hellgrauen Filzhut, dessen Krempe er hochgeklappt hatte. Er hatte ihn auf den Hinterkopf geschoben und sah aus wie ein sanftmütiges Karnickel.

»Ihnen gefällt gut, daß es Yeagger gewesen sein soll«, sagte er.

»Was soll das heißen?«

»Marys kleiner Bruder hat mich engagiert, Sewell. Ich habe dagesessen und die Leute beobachtet. Pokern Sie niemals mit mir. Sie sind in dieses Zimmer gekommen und hatten einen Straight offen in der Hand und all Ihr Geld auf dem Tisch liegen. Dann ist der Anruf gekommen. Für Sie war es, als hätten Sie mit einer neuen Karte genau die richtige gezogen, damit es ein Flash wird. Die Falten sind aus Ihrem Gesicht verschwunden, und Ihre Schultern sind vor Erleichterung gute fünf Zentimeter runtergefallen.«

»Sie haben eine beachtliche Fantasie.«

»Nein, gar keine. Ich glaube nie an etwas, was ich nicht selbst sehe. Vielleicht bin ich deshalb gut in meinem Beruf.«

»Vielleicht habe ich befürchtet, Kruslov hätte es auf mich abgesehen, Mr. France.«

»War das alles?«

»Ich wüßte nicht, was es sonst gewesen sein sollte. Sie etwa?«

Er lächelte mich an. Sein Lächeln gefiel mir nicht. Es gibt gewisse tropische Fische mit spitzen Zähnen, die dasselbe Lächeln ständig im Gesicht tragen. Er ging wieder auf das Haus zu. Er trug einen verknitterten blauen Anzug, der zu groß für ihn wirkte. Ich beobachtete seine Bewegungen. So bewegen sich Stierkämpfer und sehr gute Tänzer und Spitzenboxer unter den Profis. Ich war froh, daß er das Gespräch abgebrochen hatte, denn er weckte Unbehagen bei mir. Ich war ganz besonders froh, daß ich sie nicht getötet hatte. Von France ging eine gewisse gruselige Bedrohlichkeit aus. Und seine Augen waren so weise und alt und wissend wie die großer Echsen.

Es war zehn nach sechs, als ich in die Straße zur Firma einbog. In dem Moment, in dem ich abbog, öffnete sich der schwarze Himmel, und der Regen fiel wie aus Schleusentoren herab. Vom Asphalt stiegen fünfzehn Zentimeter hohe Silberfransen auf, die so dicht waren, daß die Scheibenwischer nutzlos wurden. Als ich vorsichtig dahinkroch, sah ich Toni MacRae, verzerrt durch das Wasser auf der Windschutzscheibe, am Straßenrand zur Bushaltestelle hetzen. Dabei hielt sie sich die Handtasche über den Kopf. Der Regen hatte sie genau zwischen der Firma und der Bushaltestelle, an der sie sich unterstellen konnte, erwischt.

Sie rannte auf Mädchenart, die Knie nach innen, die Fersen nach außen und mit wackelnden Hüften. Das wirkt unbeholfen, manchmal lachhaft und oft bezaubernd. Jedes Mädchen, das wie ein Junge läuft, wirkt irgendwie unangenehm entstellt.

Ich riß die Wagentür auf und rief ihr nach. Sie rannte auf den Wagen zu, packte den Türgriff, schwang sich hinein, ließ sich auf den Sitz plumpsen und schlug die Wagentür mit derselben Bewegung zu. Sie keuchte, und sie roch nach nassen Kleidern und nach nassem Mädchen.

»Puh«, prustete sie.

»Ein schlechtes Timing.«

»Noch ein Dutzend Meter, und ich hätte aufhören können zu rennen. Dann hätte es nichts mehr geändert. Ich dachte, ich schaffe es noch zur Haltestelle, ehe es losgeht. Schlecht geschätzt. Meine Güte, ich bin klatschnaß.«

Die blaue Latzhose war jetzt dunkler und saß enger. Die weiße Bluse schimmerte rötlich, wo der Regen sie an ihre Arme geklebt hatte. Ihr Haar war oben einigermaßen trokken, aber die Haarspitzen waren tropfnaß. Ich wendete auf dem Firmengelände und fuhr wieder auf die Straße.

»Diesmal komme ich endlich dazu, Sie nach Hause zu fahren«, sagte ich.

»Diesmal«, willigte sie ein. Es war ein ständiger Streit zwischen uns, daß sie sich nicht von mir zur Arbeit und nach Hause mitnehmen ließ. Sie lebte in einer Pension in der Jefferson 985, meine Wohnung lag in der 989, zwei Türen daneben. Ich hatte nicht gewußt, daß sie in der Nähe wohnte, bis ich sie eines Sonntagnachmittags im Eckladen getroffen hatte. Dann hatte sie mir die Geschichte erzählt. Ihr Vater lebte mit seiner zweiten Frau am anderen Ende der Stadt. Nach dem Tod von Tonis Mutter war er einige Jahre lang allein geblieben, und dann hatte er sich wieder verheiratet. Es war ein kleines Haus, und es gab eine neue Brut von Kindern. Toni war ausgezogen, aber von keiner Seite trug man sich etwas nach. Es war in erster Linie eine Platzfrage.

»Gibt es etwas Neues über Mary Olan?« fragte sie.

»Man hat ihre Leiche gefunden. Sie ist erdrosselt worden. Die Leiche ist nördlich von hier im Wald gefunden worden.«

»Wie gräßlich!« sagte Toni. »Wie absolut abscheulich! Wer war es?«

»Das weiß man nicht. Die Polizei glaubt, daß es ein Faktotum namens Yeagger war.« Ich erzählte ihr, wie sie darauf kamen, er könne es gewesen sein.

Sie nieste dreimal, und jedesmal wieder war es ein köstlicher Anblick. Ich schaltete die Heizung im Wagen an. Sie zog sich die durchnäßten Schuhe aus und streckte ihre Zehen mit den Nylonstrümpfen dicht an die Heizung.

»Die arme Mary Olan«, sagte sie.

»Ich weiß es nicht, Toni. Ich weiß es wirklich nicht. Sie war gesund und hatte Geld und war gesellschaftlich hochgestellt. Aber sie schien nicht allzuviel Spaß zu haben. Es ist ihr nicht besonders gut gegangen. Sie war von bösen Geistern besessen, die ihr die Sporen gegeben und sie mit Peitschenhieben angetrieben haben.«

Der Regen hatte ein wenig nachgelesen, aber als ich in unsere Straße einbog, schüttete es noch heftiger als vorher. Die Rinnsteine waren überflutet, und ein metallisches Hämmern auf das Wagendach über unseren Köpfen ließ den Wagen zu einer kleinen, abgeschirmten Welt werden. Ich parkte in ihrer Auffahrt, und als sie die Hand nach dem Türgriff ausstreckte, sagte ich: »Warten Sie noch einen Moment. Es wird gleich nachlassen. Es wäre zwecklos, sich noch mehr zu durchnässen. Ich habe nichts vor.«

Wir saßen im Regen. Ein langsamer Verkehrsfluß wand sich vorbei, und Scheinwerfer leuchteten auf. Ich sagte: »Jetzt lege ich die alte Grammophonplatte nochmal auf. Warum kann ich Sie auf dem Weg zur Arbeit und nach Hause nicht mitnehmen? Sie würden Geld sparen und könnten morgens eine Viertelstunde länger schlafen.«

Sie lächelte mich an. »Das mit dem Längerschlafen könnte mich fast locken. Aber trotzdem nein, Clint.«

Das ärgerte mich ein wenig, weil mir damit hintergründige Motive für dieses Angebot unterstellt wurden. »Und warum wollen Sie es nicht?« fragte ich allzu barsch über das blecherne Trommeln des Regens.

»Seltsame Dinge stoßen den hier ansässigen Mädchen von der C. P. P. zu, die mit den blonden Jungen ausgehen, die hierher versetzt werden, Clint. Es scheint, als würden sie alle gefeuert, und ich mag meine Arbeit. Noch weitere Fragen?« Ihre Wut konnte sich an meiner barschen Art messen.

»Ich rede doch nur von einer Mitfahrgelegenheit zur Arbeit und zurück. Was soll dagegen einzuwenden sein?«

Sie sah mich forschend an und schürzte ihre Lippen. »Nichts weiter, als eine Mitfahrgelegenheit. Darum geht es doch, um mehr nicht? Fürs erste. Bleiben Sie sachlich, Clint, bitte. Wir sind beide einsam. Mir ist das klar, und ich nehme an, Ihnen auch. Nur die gemeinsame Fahrt zur Arbeit jeden Morgen, und jeden Abend die gemeinsame Rückfahrt. Und an jedem Abend, an dem ich brav aussteige und danke sage, frage ich mich, ob es das ist, was gemeint war. Wie lange würde es dauern, bis wir auf dem Heimweg anhalten? ›Nur eine schnelle Tasse Kaffee, Toni‹, klar. Später dann ein Steak. Ausgezeichnet. Nein, Clint. Wir wollen es beim formellen Umgang miteinander belassen. Wir arbeiten im selben Büro. Das ist alles, und mehr wird auch nicht daraus, weil ich Sie jetzt schon zu gern habe.«

Sie hatte ihre Füße in die nassen Schuhe gezwängt, während sie das sagte. Jetzt öffnete sie die Wagentür und war fort. Sie rannte durch den Regen auf die kleine Veranda vor dem alten gelben Haus. Ehe sie eintrat, winkte sie schüchtern.

Ich vergaß alles andere, was sie gesagt hatte, und hatte nur behalten, daß sie gesagt hatte, sie hätte mich jetzt schon zu gern. Das war der erste Sprung in einer kühlen Fassade. Ich hatte den Verdacht, daß es ihr impulsiv herausgerutscht war und daß sie es später bereuen würde. Toni war niemand, der zu Intrigen neigt, niemand, der so etwas gezielt sagt, um damit etwas auszulösen.

Ich fuhr nach Hause und dachte an sie, an lange, flinke Beine und an ihr schiefes Lächeln, an Augen, in denen Ernst und Schüchternheit standen.

6

Die sonore Stimme des regionalen Abendkommentators sagte um zehn Uhr am selben Abend auszugsweise: »Polizeichef Judson Sutton hat dem Berichterstatter dieses Senders früher am Abend mitgeteilt, er rechne mit einer schnellen Aufklärung des brutalen Mordes an Mary Olan. Der Regen und die Dunkelheit haben eine gründliche Durchsuchung der Gegend, in der die Leiche aufgefunden wurde, nicht in einem wünschenswerten Ausmaß zugelassen. Das abgesperrte und bewachte Gebiet wird morgen früh noch einmal in der Hoffnung durchsucht, einen Anhaltspunkt zu finden, der auf die Identität des Mörders hinweist.«

Ich hoffte, sie würden nicht in irgendwelchen Löchern von morschen Birken suchen.

»Im Lauf des heutigen Tages wurde Nels Yeagger, Gehilfe im Haus der Pryors am Smith Lake, zum Verhör in die Stadt geholt. Aufgegriffen wurde er von zweien der Männer, die Captain Kruslov zugeteilt worden sind. Zur Zeit dieser Übertragung ist Yeagger noch nicht freigelassen worden, und es ist anzunehmen, daß er noch verhört wird.

Eine nähere Untersuchung der Leiche zur Bestimmung der Todesursache hat ergeben, daß die Todeszeit zwischen zwei und fünf Uhr am Samstagmorgen anzusetzen ist. Ausgelöst wurde der Tod durch ein dünnes Stoffband, das um die Kehle geschnürt wurde. Coroner Walther hat geäußert, bei dem benutzten Gegenstand könne es sich um einen Gürtel handeln, der zu einer Schlinge zugezogen worden ist. Der Hals war äußerlich nur leicht verletzt, und daher ist anzunehmen, daß die Erdrosselung langsam stattgefunden hat. Das Fehlen jeglicher Anzeichen für einen Kampf scheint darauf hinzuweisen, daß das Mädchen zur Zeit der Ermordung bewußtlos war. Ein Kampf hat offenbar nicht stattgefunden. Die Leiche wurde mit einem Wagen an den Ort befördert, an dem sie aufgefunden wurde, und dort, wo der Wagen über weiche, unbewachsene Erde gefahren ist, wurden die Reifenspuren sorgsam verwischt. Eine außerordentlich wertvolle Armbanduhr ist der Leiche nicht abgenommen worden, und die Polizei hat einen Raubmord als Motiv ausgeschlossen, obwohl die Handtasche der Toten noch nicht gefunden wurde. Bei der Essensgesellschaft, die ihrem Tod voranging, trug sie eine kleine schwarze Abendtasche mit einer goldenen Schnalle bei sich. Sie...«

Mein Telefon läutete, und ich schaltete das Radio leise. Es war Hilver. »Mr. Sewell, der Captain will, daß Sie vorbeikommen und Ihre Fingerabdrücke dalassen. Ich hätte es Ihnen heute schon draußen bei den Pryors sagen sollen, aber er hat mich fortgeschickt, und ich habe es ganz vergessen.«

»Jetzt sofort?«

»Jetzt sofort.«

Darauf konnte man nichts mehr sagen. Ich willigte ein, zog meine Krawatte und mein Jackett wieder an und fuhr zum Polizeipräsidium. Es war ein verrußtes, altes Backsteingebäude, in dem der vielfältige Gestank von hundert Jahren Verbrechen und Strafe hing. Ein Sergeant hinter einem Schalter sagte mir, wohin ich gehen sollte. Ein gelangweilter Mann notierte meinen Namen, mein Alter, meine Körpergröße, mein Gewicht, meinen Familienstand, meinen Arbeitgeber und meinen Geburtsort. Er rollte meine Finger über ein Stempelkissen und dann über ein Formular. Als er fertig war, gab er mir ein Papierhandtuch und schickte mich zu einem verschrammten Waschbecken in der Ecke des Raumes.

»Kann ich jetzt wieder gehen?«

»Setzen Sie sich da drüben hin«, sagte er. Ich setzte mich. Er verließ den Raum. Ich saß und saß. Eine elektrische Uhr hing an der Wand. Alle zwei Minuten klickte sie laut, sprang zwei Minuten weiter und holte die Zeit auf. Eine Mechanikerin auf einem Wandkalender hatte sich den engen Rock zerfetzt, als sie durch einen Stacheldrahtzaun kroch. Irgendein Witzbold hatte sie mit vollständigem Kraushaar verziert. Ich gähnte so sehr, daß es mich schüttelte. Ich hatte es satt, den

Holzfußboden anzusehen, einen hohen Tisch, einen niedrigen Tisch, vier Stühle, die weißgetünchte, bräunlichgelb verfärbte Anstaltswand. Manchmal kamen Leute durch den Gang und an der offenen Tür vorbei. Das war wenigstens eine kleine Abwechslung. Einmal kam ein schniefendes Mädchen vorbei, dem eine kleine, fette Matrone einen gemeinen Schubs in den Rücken versetzte. Ein anderes Mal war es ein Mann, der anfing zu schreien, zu brüllen und zu toben. Er unterbrach sich mitten in seinem Gebrüll, und er unterbrach sich äußerst abrupt. Ein junger Bulle kam vorbei und versuchte zu singen.

Um elf Uhr dreißig kam Kruslov. Er war hemdsärmelig und hatte seine Krawatte aufgebunden, und die beiden Enden hingen auf eine Art herunter, die entmutigt wirkte. Er starrte mich an und war anscheinend verwirrt. Dann machte er auf dem Absatz kehrt und ging wieder. Ich rief ihm etwas nach, aber er antwortete nicht.

Zehn Minuten später kam er mit einem Blatt Papier in der Hand wieder, das er musterte. Er setzte sich auf den niedrigen Tisch. »Sewell. Sehen wir doch mal, was wir da haben. Ein deutlicher Abdruck von Zeige- und Mittelfinger der linken Hand auf der Rückseite des Seitenspiegels, ein verwischter Abdruck des linken Daumens auf dem Spiegel selbst. Ein Teil des Abdrucks des rechten Daumens, deutlich erkennbar, auf der Hupe.« Er legte das Blatt zur Seite und starrte mich an.

»Ich habe Ihnen doch gesagt, daß ich den Wagen gefahren habe«, sagte ich verärgert. »Ich habe den Seitenspiegel eingestellt. Ich nehme an, daß ich einmal gehupt haben muß. Jetzt haben Sie den Beweis dafür erbracht, daß ich den Wagen gefahren habe.«

Er gähnte und preßte sich eine Faust gegen den Mund. »Schon gut. Beruhigen Sie sich. Man hätte Sie nicht hier festhalten sollen.«

»Kann ich jetzt gehen?«

»Gus sagt, Sie arbeiten wie doof. Er sagt, er hat Sie öfter im Genick sitzen als sonstwas.«

»Gus und ich kommen miteinander aus.«

»Das hat er auch gesagt. Er hat noch keinen Tag gefehlt, außer im Urlaub, seit diese Fabrik besteht. Zwanzig Jahre hat er jetzt schon mit Maschinen zu tun, die letzten sechs in dieser Firma.«

»Er macht seine Arbeit gut.«

Er gähnte wieder. »Ich hätte in diese Branche gehen sollen. Ich habe mir ausgerechnet, daß ich hier eine Pension bekomme. Und jetzt bekommt Gus auch eine Pension, vielleicht sogar eine bessere als ich. Was bleibt noch an Gründen, zu den Bullen zu gehen?«

»Hat Yeagger gestanden?«

»Nein. Wir lassen ihn laufen. Es hat lange gedauert, alles nachzuprüfen, aber schließlich ließ sich alles überprüfen. Wir mußten einen Haufen Leute in den Bergen kontaktieren. Er hat am Samstag um sechs mit der Arbeit aufgehört. Die Zeit von acht bis Mitternacht hat er in einem Bierlokal verbracht. Dann haben er und noch ein Kerl zwei Mädchen aufgegabelt, die in das Bierlokal gekommen sind. Sie hatten einen Wagen und eine Flasche. Sie sind zu einer Jagdhütte oben beim Grey Lake gefahren und bis Sonntagmittag dort geblieben. Dieser Yeagger hatte derart einen im Tee, daß er die Einzelheiten ganz schön durcheinandergebracht hat. Aber wir konnten alles überprüfen. Er wollte erst überhaupt nichts sagen, bis wir ihn davon überzeugen konnten, daß er in üblen Schwierigkeiten steckt. Er wollte nicht reden, weil es Ärger mit dem Ehemann von einem der beiden Mädchen geben würde, die sie aufgegabelt haben. Soll ich Ihnen etwas Komisches sagen? Er behauptet das, und ich glaube ihm. Es ist das erste Mal in seinem ganzen Leben, daß er je so etwas getan hat. Was halten Sie davon?«

»Ganz schön hart.«

»Er verliert seinen Job, weil die kleine Olan mit ihm ausgegangen ist. Er kommt in eine üble Klemme. Für diesen Jungen ist das ganz schön schlimm. Er hat sich wegen der kleinen Olan betrunken.«

»Behauptet er das?«

»Auch das glaube ich ihm. Wissen Sie, das kleine Mädchen war eine schlechte Schauspielerin. Je länger ich wühle, desto mehr finde ich raus. Sie ist nur raufgefahren, ehe ihr Onkel das Haus am See für den Sommer aufgemacht hat, um Yeagger Ärger zu machen. Sie ist mit ihm hingefahren. Sie hatte einen Schlüssel. Sie hat ihn mit ins Haus genommen und ihm die meisten Tatsachen des Lebens in einer einzigen gewaltigen Lektion beigebracht. Das aus ihm rauszuholen, war wie Zähneziehen. Sie ist noch ein paarmal rausgefahren, hat ihn total durcheinandergebracht und ihm den Kopf verdreht, und dann hat sie ihn fallenlassen wie ein Stück Dreck.«

»Ich will verflucht sein.«

»Wissen Sie, Sewell, er haßt Sie. Er glaubt, daß Sie sie ihm weggenommen haben. Er glaubt, daß Sie bekommen haben, was ihm vorenthalten worden ist.«

»Das ist aber nicht so. Es lag aber nicht etwa daran, daß ich mich nicht genug bemüht hätte, Captain.«

»Das glaube ich Ihnen sofort. Ich habe sie zu ihren Lebzeiten ein paarmal gesehen. Ein hübsches kleines Ding. Sogar tot sieht sie gar nicht so übel aus. Da haben wir noch etwas Komisches. Dieser Yeagger dachte, Willy Pryor wüßte, was vorging.«

»Das kann ich kaum glauben.«

»Ich glaube es nicht. Er sagt, er hätte den Eindruck durch etwas gewonnen, was die kleine Olan zu ihm gesagt hat. Er kann sich nicht mehr genau erinnern, was es war. Er glaubt, daß sie gesagt hat, Willy Pryor wüßte über alles Bescheid, was sie täte. Sie hätte es ihm gesagt oder so was. Als würde sie ihm gegenüber damit angeben.«

»Das muß leeres Gerede gewesen sein.«

»So sehe ich das auch. Sewell, Sie haben die Leiche doch nicht etwa auf dem Weg zum See dort abgeladen, oder?«

Mein Herz sprang mit einem schnellen Satz in meine Kehle und fiel dann tiefer als dahin, wo es hingehörte. Dann sah ich, daß er lächelte.

»Ich wollte meinen Wagen nicht versauen. Ich habe die Leiche hinter meinem Wagen hergeschleift.«

»Ich wünschte wirklich, ich wüßte, wer sie da raufgeschleppt hat. Yeagger war es nicht. Und jetzt gehen Sie nach Hause, und schlafen Sie sich aus, Sewell.«

Er ging mit mir ins Freie. Wir standen in der Nähe der Tür und plauderten, als Yeagger von Hilver an die Tür gebracht wurde. Anscheinend hatten sie ihn in seiner Arbeitskleidung geschnappt, denn er trug sie immer noch. Er war erschrekkend groß, weit über einsachtzig und sehr kräftig. Harte Muskeln beulten seine engen Jeans aus. Er wirkte mißmutig, erschöpft und mutlos.

Als er mich erkannte, veränderte sich sein Gesichtsausdruck. Er wandte sich eilig ab und ging durch die Tür. Hilver blieb stehen und sah ihm nach. Die Tür schlug zu.

»Wie kommt er zurück?« fragte Kruslov.

»Das habe ich ihn auch gefragt. Er sagt, er macht das schon. Ich schätze, er ist groß genug, um allein zurechtzukommen.«

Zu dritt plauderten wir noch einen Moment lang, und dann ging ich. Es war schon eine Weile nach Mitternacht, und die Stadt schlief. Diese Stadt erwachte höchstens samstagsabends zum Leben. Ich lief zu meinem Wagen. Ich wußte, daß Yeagger dort draußen in der Nacht herumlungerte. Ich dachte wieder daran, wie er mich angesehen hatte, und bei dem Gedanken hatte ich ein seltsames Gefühl im Nacken. Ich lief langsamer, als ich wollte, um mir selbst zu beweisen, daß ich keine Angst hatte.

Mein Wagen war zu weit von der nächsten Straßenlaterne geparkt. Als ich die Schlüssel aus der Tasche holte, löste sich ein großer Schatten von dem dunkleren Umriß meines Wagens und vertrat mir den Weg.

»Yeagger?« sagte ich. Die nächtliche Straße war zu leer, und meine Stimme war zu dünn.

Er bedachte mich mit einem Schimpfwort und machte einen Satz auf mich zu. Ich holte aus und traf einen Arm, der so robust wie der Ast einer Eiche war. Er packte mein Handgelenk und bog es um. Ich wurde herumgewirbelt, und mein Handgelenk und meine Hand waren hoch oben zwischen meine Schulterblätter gepreßt. Ich bin mir noch nie zerbrechlich oder hilflos vorgekommen, aber er sprang so locker mit mir um, wie ich mit einem Kind zu Rande gekommen wäre. Ein starker, beißender Schweißgeruch entströmte ihm. Mein Arm tat so weh, daß ich keuchte.

»Die Wagenschlüssel«, sagte er. Ich ließ meine Schlüssel auf den Bürgersteig fallen. Ich dachte, er würde mich loslassen, um sie aufzuheben. Ich hatte die Absicht, davonzulaufen. Er wirkte zu stämmig, um so schnell zu laufen, wie ich es vorhatte. Aber er beugte mich mit vor, als er die Schlüssel aufhob. Er schloß die Wagentür auf, stieß mich hinter das Steuer, stieg nach mir ein und stieß mich rüber.

»Versuchen Sie nicht, auszusteigen«, sagte er.

»Was wollen Sie?«

»Ich will mit Ihnen reden, Sewell. Aber nicht hier.«

»Wie wäre es mit meiner Wohnung?« schlug ich vor.

Er dachte darüber nach. »Wer ist da?«

»Dort ist niemand.«

Er fand den richtigen Schlüssel und fuhr meinen Wagen. Ich gab ihm die Richtungsanweisungen. Ich wußte nicht, was ich tun sollte – er hatte mit schmerzhafter Brutalität angefangen, aber ansonsten machte er einen vernünftigen Eindruck. Vielleicht wollte er wirklich nur reden. Ich hatte das Gefühl, ich könnte die Tür aufkriegen und aus dem Wagen springen, ehe er mich packen konnte. Wir bogen in meine Einfahrt ein. Er schaltete die Scheinwerfer aus und den Motor ab und packte wieder mein Handgelenk. Er zwang mich, auf meiner Seite auszusteigen, und folgte mir. Er warf einen Blick auf die Wohnungstür. Ich hatte die Lichter brennen lassen. Er führte mich in die Dunkelheit neben dem Haus, bog mir das Handgelenk auf den Rücken und beschimpfte mich noch einmal.

»Was wollen Sie?« fragte ich und kämpfte darum, mit einer festen Stimme zu sprechen, die meine Angst nicht verriet.

Er wollte nicht mit mir reden, er wollte mir etwas sagen. Er sagte mir, ich hätte sie ihm weggenommen. Er sagte mir, sie sei tot, und das sei meine Schuld. Er sprach mit gesenkter

Stimme und hatte seinen Mund dicht an meinem Ohr. Ich spürte, daß er die Selbstbeherrschung verlor. Er sagte mir, ich müsse die Finger von ihr lassen. Ich fühlte mich hilflos und verloren. In seiner wachsenden Erregung stand er dicht davor, mir den Arm zu brechen. Ich ächzte vor Schmerz und wünschte, ich hätte versucht, ihm davonzulaufen, solange wir noch im Wagen saßen. Ich wußte, daß mein Arm gleich brechen würde. Ich versuchte, um Hilfe zu schreien, weil ich hoffte, jemanden zu wecken, ihn zu erschrecken oder ihn so sehr zu verblüffen, daß er wieder halbwegs normal würde. Er packte meine Kehle und erstickte den Schrei mit einem kräftigen Unterarm auf meiner Gurgel und einem festen Knie, das sich in mein Kreuz bohrte. Es gelang mir, mich in seiner Umklammerung umzudrehen, und wir fielen beide hin. Er umfaßte meine Kehle mit seinen großen Händen. Mein rechter Arm war unbrauchbar. Rote Feuerräder kreisten hinter meinen Augen, und jemand schaltete die Nacht ab, wie man ein Licht ausschaltet.

Als ich das Bewußtsein wiedererlangte, lag ich flach auf dem Rücken im Gras in der Nacht und sah durch das Mailaub der Ulmen zu den Sternen auf, und meine Kehle schmerzte bei jedem Atemzug. Dicht neben mir konnte ich schweren Atem hören. Nach langer Zeit setzte ich mich auf. Yeagger lag neben mir auf dem Gesicht, und das Blut auf seiner Backe schimmerte schwarz im schwachen Licht der Sterne.

Ich massierte meinen rechten Arm; er kam mir kraftlos und schlaff vor. Beim Aufstehen wankte ich ein wenig. Es kam mir vor, als beobachtete mich jemand aus dem tiefdunklen Schatten unter den Bäumen. Es gelang mir, Yeagger auf den Rücken zu rollen. Er ächzte und schlug sich seinen stämmigen Unterarm über die Augen. Nach langer Zeit setzte er sich auf und starrte mich ausdruckslos an. Ich half ihm auf die Füße. Er stützte sich schwer auf mich, und ich brachte ihn in die Wohnung. Er setzte sich auf einen Stuhl, stützte die Ellbogen auf die Knie und schloß die Augen. Ich holte die Lampe näher, damit ich mir seinen Kopf ansehen konnte. Über der linken Schläfe war die Kopfhaut etwa drei Zentimeter geplatzt. Die Haut um die Platzwunde herum war übel angeschwollen. Ich feuchtete im Waschbecken im Bad einen Zipfel eines Handtuchs an und brachte es ihm. Er wischte sich das Blut aus dem Gesicht und hielt das Handtuch auf die schwach, aber stetig blutende Wunde.

»Was ist passiert?« fragte ich. Ich mußte ihn zweimal fragen, ehe er mir direkt ins Gesicht sah.

»Ich... ich schätze, ich habe versucht, dich umzubringen. Ich habe jemanden hinter mir gehört. Ich wollte mich umdrehen und... das ist alles.«

»Es ist verdammt gut, daß jemand dich davon abgehalten hat«, sagte ich.

Er sah mich an und legte die Stirn in Falten. »Ich... es ist alles aus. Alles. Mary war das einzige, was mir etwas bedeutet hat. Du warst es, der...«

»Ich habe verdammt noch mal gar nichts getan. Sie war ein Flittchen, Yeagger. Du warst für sie nur ein momentaner Zeitvertreib. Wenn es dir teuflisch viel bedeutet hat, hat das das Spiel für sie nur interessanter werden lassen. Schieb dir selbst die Schuld zu, aber nicht mir.«

Er wandte den Blick von mir ab. »Ich schätze, das weiß ich selbst. Ich schätze, ich wußte es von Anfang an. Aber... es tut mir leid, daß ich dir aufgelauert habe und...« Zu meinem Erstaunen knitterte das große, derbe Gesicht, verzerrte sich wie das eines Kindes, und er fing an zu weinen. Das brachte mich wirklich in Verlegenheit. Er hielt sich seine große Hand vor die Augen und schluchzte heftig. Nach einer Weile hörte er auf und wischte sich mit den Knöcheln die Augen. Er wollte nicht in meine Richtung sehen. Ich sagte ihm, er solle sich die Kopfwunde nähen lassen; er sagte, das spielte keine Rolle. Ich fragte ihn, wie er wieder ins Seengebiet zurückkommen wollte; er sagte, das spielte auch keine Rolle. Er wollte unbedingt gehen. Wenn er nicht niedergeschlagen worden wäre, hätte er mich getötet. Aber ich konnte keine Entrüstung und keine Wut mehr aufbringen. Er tat mir leid. So groß und rauh er auch war, darunter steckte ein Kind. Er warf mir vor, daß ich sein Spielzeug kaputtgemacht hatte, und das war alles. Ich blieb in der Auffahrt stehen und sah ihm nach, als er auf die Straße lief und sich in Richtung zur Stadt wandte, ein großer Schatten, der in die Nacht verschwand.

Ich sah auf das freie Grundstück und hatte wieder das Gefühl, daß jemand dort war. Es war ein atavistischer Schauer, der mich warnte, ein Erbe aus den Zeiten des Säbelzahns. Die Welt war plötzlich dunkel, groß und unfreundlich. Yeagger war ausgeschaltet worden. Jemand hatte aus unbekannten Gründen einen Mord verhindert. In der Nacht fiel es mir leicht zu glauben, er sei nur verhindert worden, um später von jemand anderem begangen zu werden. Ich ging ins Bett und fragte mich, ob es irgend jemandem etwas ausgemacht hätte, wenn mein Leben da draußen mit Yeaggers Händen auf meiner Kehle sein Ende gefunden hätte. Es hätte so leicht zu Ende sein können – und meine letzte bewußte Wahrnehmung wären Feuerwerksraketen hinter meinen Augen gewesen, während die Welt mit einem gewaltigen Schalter ausgeschaltet wurde.

Das Gefühl tiefer Niedergeschlagenheit war noch da, als ich am nächsten Morgen aufwachte. Mein Arm war lahm, aber doch brauchbarer, als ich erwartet hatte. Meine Kehle war wund, meine Stimme heiser. Die Episode mit Yeagger erschien mir wie eine Traumfolge, zu unwirklich, um neuerliche Furcht zu wecken. Während all meiner Träume in der letzten Nacht hatte jemand im Schatten gestanden und mich beobachtet.

Als ich aus der Auffahrt fuhr, sah ich Mrs. Speers an einem Fenster stehen. Mir fiel ein, daß ich ihre Abfälle nicht abgeholt hatte.

In der Firma war alles vorbereitet, um zwei neue große Maschinen aufzubauen. Zwei Experten von der Werkzeugmaschinenfabrik waren da. Es nahm die Hälfte des Morgens in Anspruch, die Maschinen an die richtige Stelle zu rücken, sie aufzubauen, sie an das Stromnetz anzuschließen und sie festzuschrauben. Dann gingen wir ihre Funktionen mit Gus und

Technikern und den Experten durch, bis wir alle Tricks kannten. Um drei hatte ich immer noch nicht zu Mittag gegessen. Ich ging in die Garderobe, zog den Schutzoverall aus, schrubbte mir die Schmiere von den Händen und zog meine Anzugjacke an.

Dodd Raymond kam rein. Er wirkte zerstreut und abgelenkt.

»Soweit ich gehört habe, haben sie Yeagger laufenlassen«, sagte er.

»Das stimmt. Gestern nacht. Ich war da.«

»Was hattest du da zu suchen, Clint?«

»Sie wollten meine Fingerabdrücke. Haben sie sie dir auch schon abgenommen?«

»Ja. Dieser Paul France ist gestern abend bei mir zu Hause vorbeigekommen. Hat eine Menge Fragen gestellt. Ein merkwürdiger Kerl.«

Ich trocknete mir die Hände ab und drehte mich zu ihm um. »Haben sie dich nach dem Schlüssel gefragt, den diese Bettiger erwähnt hat?«

»Weshalb hätten sie danach fragen sollen?«

»Dodd, Mary hat mir von euch und dem Schlüssel und eurem kleinen Versteck erzählt.«

Er lief zornesrot an. »Sie hat mir versprochen, niemandem etwas davon zu sagen.«

»Du hast dich ziemlich dumm angestellt, meinst du nicht auch?«

Ich sah, wie sich sein Gesicht veränderte. »Vergiß dich nicht, Sewell.«

»Du meinst, ich soll nicht vergessen, daß du der Boß bist? Nein. Aber was sage ich, wenn ich danach gefragt werde?«

Er versuchte augenblicklich, sich wieder einzuschmeicheln. »Clint, ich wollte nicht meckern. Im Grunde genommen wäre der Polizei doch gar nicht damit weitergeholfen, wenn sie es wüßte. Wenn sie es dir erzählt hat, weißt du ja, daß ich eine Wohnung im Westen der Stadt habe. Ich werde mein Zeug dort rausholen, sowie ich dazu komme. Es war eine verdammt dumme Idee von mir. Aber ich muß wohl den

Kopf verloren haben. Wir haben uns sechs oder sieben Mal dort getroffen, das ist alles. Der Polizei wäre damit nicht weitergeholfen, und mir könnte es mein Heim zerstören. Nancy weiß nicht das geringste davon. Ich wüßte es zu schätzen, wenn du den Dingen einfach... ihren Lauf ließest. Schließlich habe ich sie ja nicht umgebracht. Das sollte doch wohl nur zu klar sein.«

»Aber wer hat sie umgebracht, Dodd?«

Er trat vor einen Spiegel und rückte sich die Krawatte zurecht. »Ich habe keine Ahnung«, sagte er. Aber ich sah seine Augen im Spiegel. Ich merkte, daß er gelogen hatte. Vielleicht wußte er es nicht direkt, aber ich glaube, daß er eine Ahnung hatte. Eine ziemlich klare Vorstellung sogar.

Nachdem er mir das halbherzige Versprechen abgenommen hatte, den Schlüssel nicht zu erwähnen, ging er. Ich machte mich wieder auf den Weg in mein Büro. Toni und ich waren den ganzen Tag über im Umgang miteinander leicht verlegen gewesen, und ich hatte es hinter einer übertrieben unpersönlichen Art verborgen. Jetzt nagte der Hunger an meinen Nerven, und ich fauchte sie an und sah, daß Tränen in ihre Augen traten, als sie sich hastig abwandte. Ich entschuldigte mich bei ihr und versuchte, sie zum Lächeln zu bringen. Anfangs war es ein unterkühltes, kleines Lächeln. Doch dann wurde das breite Grinsen daraus, das ich so gern sah. Sie ging weg und brachte mir Milch und ein Sandwich mit, als sie zurückkam.

Nancy Raymond rief mich um fünf Uhr an. Sie wollte mit mir sprechen, mir aber nicht sagen, worum es ging. Sie wollte, daß ich sie bei Raphael's treffe, einem kleinen Lokal in der Innenstadt, nicht weit von der Brücke. Ich willigte ein.

Toni packte ihre Sachen um zwanzig nach fünf zusammen. Ich trat auf den Laufsteg und sah auf den großen, stummen Produktionsbereich herunter. Ich beobachtete, wie Toni auf die Eisentreppe zuging. Sie trug ein braunes Leinenkostüm und hatte sich einen orangebraunen Schal um den Hals gebunden. Ihre langen Beine bewegten sich anmutig, und ihre Hüften schwangen unter dem braunen Leinen. Den Kopf mit dem dunklen Haar hielt sie hoch. Sie verschwand auf der Wendeltreppe aus meiner Sicht, die Absätze klapperten auf dem Metall – und dann tauchte sie unten wieder auf. Sie sah lächelnd zu mir hoch, ihr Gesicht war im Schatten, und die weißen Zähne blinkten. Dann war sie fort. Ich hörte das gedämpfte Ticken aus der Ferne, als sie die Stechuhr bediente.

Raphael's war ein logischer Auswuchs des neuen Geldes, das in die Stadt gekommen war, ein kleines Lokal, das an eine Stelle gequetscht worden war, an der rein logisch kein Platz dafür gewesen wäre. Es war ein drei Meter breiter, langer Schlauch. Zwölf Meter von der Eingangstür ging es nach rechts ums Eck und wurde sechs Meter breit. Ein Flügel mit Zebrastreifen stand dort, wo es ums Eck ging, und trennte die Bar und die Lounge voneinander ab. Um die Cocktailstunde saß ein Mädchen mit hübschen nackten Schultern am Klavier und sah in einen gekippten Spiegel, der in einem Winkel an der Wand angebracht war, so daß man ihr Gesicht und ihre geschickten Finger von der Bar und von der Lounge aus sehen konnte. Die Beleuchtung war gedämpft, die Schalldämmung dicht, die Stühle waren tief. Hier redeten die Leute leise miteinander, tranken gelassen ihre Drinks und schmiedeten Ränke, die Herzen brechen würden.

Nancy lächelte mich aus einer Ecke der Lounge an, als ich auf sie zukam. Sie machte den Eindruck, als sei sie schon seit einer Weile dort. Sie hatte ihr Haar zu streng frisiert, und es ließ ihren Kopf zu klein wirken. Der Kellner kam an die Tische, als ich mich setzte. Alle anderen Tische waren besetzt. Ich bestellte einen Martini. Er stellte einen frischen Aschenbecher hin, nahm Nancys leeres Glas mit und entfernte sich.

»Ich habe zwei gebraucht, um mir Mut anzutrinken, Clint«, sagte sie. »Nein, sieh mich nicht so an. Ich werde dir keine Probleme machen wie damals im Club.«

»Mir würde das nichts ausmachen. Der zuverlässige alte Clint.«

»O doch, es würde dir etwas ausmachen. Und mir auch. Ich weiß nicht... wo ich anfangen soll.«

»Fang einfach irgendwo an.«

Sie sagte nichts, solange die Drinks serviert wurden. »Ich habe dir doch erzählt, daß wir uns gestritten haben und daß Dodd aus dem Haus gegangen ist und erst um fünf wieder zurückgekommen ist. Erinnerst du dich?«

»Ja, natürlich.«

»Ich vermute, du bist der einzige Mensch, der das weiß. Er hat mich gestern abgeholt, um mit mir zu den Pryors zu fahren, und auf der Fahrt hat er gesagt, was ich durchaus verständlich fand, falls Mary etwas zugestoßen sei, könnte es viel überflüssiges Gerede und Schwierigkeiten nach sich ziehen, wenn er sich für diese Zeitspanne rechtfertigen müßte. Er hat mir gesagt, er sei aus der Stadt rausgefahren, vielleicht fünfzig oder sechzig Meilen weit. Er sagt, er hätte am Straßenrand geparkt und geraucht und das Autoradio eingeschaltet. Er hat gesagt, er hätte nur geschmollt wie ein Kind, und er hätte gewollt, daß ich mir Sorgen seinetwegen machte. Er hätte sich mit niemandem getroffen. er hat gesagt, nachdem er dort etwa eine Stunde lang gesessen hätte, hätte er gewendet, sei wieder nach Hause gefahren und hätte sich ein wenig geschämt. Er hat gesagt, es wäre wesentlich einfacher, wenn ich sagte, wir seien vom Club aus direkt nach Hause gefahren und er sei überhaupt nicht mehr aus dem Haus gegangen.«

»Du hast eingewilligt?«

»Einen Moment. Ich habe gesagt, ich würde es mir überlegen. Ich habe gesagt, ich hielte es nicht für klug, der Polizei Lügen zu erzählen. Ich habe gesagt, wenn ich löge und sie dahinterkämen, daß ich gelogen habe, könnte er noch schlechter dastehen. Nun, du weißt ja selbst, was bei dem Treffen passiert ist. Für mich stand fest, daß es Nels Yeagger war und daß sie den Beweis dafür erbringen würden – ich hatte einfach das sichere Gefühl. Und als Sergeant Hilver mich dann gefragt hat, habe ich ihm genau das gesagt, worum Dodd mich gebeten hat. Gestern abend ist dieser Paul France zu uns nach Hause gekommen. Ich habe ihm dieselbe Lüge noch einmal erzählt. Du hast die Morgenzeitung gesehen. Sie haben Nels freigelassen.«

»Ja?«

Sie hob ihr Glas mit unsicherer Hand. »Clint, ich weiß einfach nicht mehr, was ich glauben soll.«

»Willst du damit sagen, daß du dich fragst, ob er sie getötet haben könnte? Und von mir willst du, daß ich dir sage, es sei Quatsch?«

Sie senkte den Blick, und als sie den Kopf wieder hob, hörte ich Tränen aus ihrer Stimme heraus. Eine Träne kullerte über ihre Wange, und sie wischte sie eilig mit dem Handrücken weg, die charmante Geste eines Kindes. »Ich weiß einfach gar nichts mehr. Ich weiß es nicht. Und ich weiß auch nicht, mit wem ich sonst darüber reden könnte.«

»Was hat dich veranlaßt, dir diese Fragen zu stellen?«

»Er war so... so merkwürdig, ganz merkwürdig. Er war nicht mehr er selbst. Ich vermute, schon seit wir nach Warren gekommen sind. Gestern war er fast die ganze Nacht auf und ist durch das Haus gelaufen. Wenn ich ihn anspreche, hört er mich nicht.«

Ich erzählte ihr von meinem Gespräch mit ihm beim Händewaschen. Vielleicht hätte ich den Dialog zensieren sollen.

»Sechs oder sieben Mal«, sagte sie mit einem bitteren Ausdruck um den Mund. »Und ich weiß nichts davon. Überhaupt nichts. Ich vermute, solche Dinge sollen mathematisch gewertet werden. Sechs oder sieben ist besser als zwanzig. Aber einmal ist gleichbedeutend mit hundertmal, oder nicht?«

»Ich kann mir nicht vorstellen, daß er sie getötet hat, Nancy. Dodd nicht. Er riskiert eine Affäre, aber keinen Mord. Er ist zu kalt, um einen Mord zu riskieren. Zu kalt, zu hart, zu ehrgeizig und... vielleicht auch zu egoistisch.«

Ich hatte gehofft, sie damit zu trösten. Aber so ging es nicht. Ihre Augen blitzten auf. »Wie kannst du so etwas sagen? Wie kannst du das behaupten? Die Leute haben ihn immer gemocht und immer gern mit ihm gearbeitet. Du täuschst dich absolut in ihm. Absolut!«

Ich dachte an Torys Warnung und an Rays Warnung. Ich hätte ihr davon erzählen können, aber mir wurde klar, daß sie nicht mehr viel hatte, woran sie sich festhalten konnte. Wenn ich ihr das gesagt hätte, hätte ich ihr noch etwas genommen, die Illusion, die er in ihrer Vorstellung erschaffen hatte. Wenn er sie durch seine Untreue schrecklich verletzt hatte, war es vielleicht dennoch ihr Recht, stolz auf das Bild zu sein, das er beruflich von sich entwarf.

»Vielleicht täusche ich mich in dem Punkt, Nancy.«

»Ja, ganz bestimmt, Clint.«

Es überraschte mich ein wenig, daß Nancy sich nie seiner Skrupellosigkeit im Geschäftsleben bewußt geworden war. Er hatte ihr etwas vorgespielt, wie allen anderen auch. Ich fragte mich, ob es jemanden gab, dem er sein wahres Gesicht zeigte. Ich fragte mich, ob er Mary Olan gegenüber offen gewesen war.

Sie schauderte zusammen. »Es ist schrecklich von mir, daß ich mich immer wieder frage, ob er es getan haben könnte. Wenn er sich normal benehmen würde, würde ich mich so etwas nicht fragen. Aber ihn beschäftigt etwas – etwas, was so wichtig ist, daß es mir vorkommt, als sei er in Gedanken weit weg, als würde ich ihn eigentlich gar nicht mehr kennen.«

»Es kann sein, daß er sich lediglich davor fürchtet, die Polizei könnte hinter sein Verhältnis mit ihr kommen.«

»Das habe ich mir auch schon überlegt«, sagte sie eifrig. »Clint, er wäre doch gar nicht in der Lage, jemanden zu töten, oder?«

»Nein, ich glaube es nicht.« Einen Moment lang war sie recht froh, doch dann gab sie sich wieder ihren Sorgen hin. Sie lachte, und es klang alles andere als fröhlich. »Vor sechs Monaten«, sagte sie, »hätte ich beeidet, es sei ausgeschlossen, daß er je auch nur ... eine andere Frau anschaut. Aber er hat es getan. Was also soll Vertrauen nutzen?«

»Es gibt eine Möglichkeit, den Spannungen ein Ende zu bereiten, Nancy.«

»Und die wäre?«

»Erzähl Kruslov die Wahrheit über die Nacht, in der Mary ermordet worden ist. Er wird dahinterkommen, ob Dodd sie umgebracht hat.«

Sie sah mich lange Zeit ausdruckslos an. Dann zog sie ihre Handschuhe an. »Danke, daß du mir zugehört hast, Clint. Ich dachte, du könntest mir helfen. Es tut mir leid, daß ich mich geirrt habe.«

Ich sah ihr nach, als sie ging, und setzte mich wieder. Die arme Nancy. Ihr immenses Potential an Loyalität lag im Streit mit dem Schmerz, den er ihr zugefügt hatte. Sie war eine Frau, die ein Gesicht und eine Seele zu haben schien, die für einen zierlicheren, zerbrechlicheren Körper bestimmt waren. Die Üppigkeit ihres Körperbaus schien ihr fast hinderlich zu sein, als fiele sie ihr zur Last, bereite ihr Sorgen und versetze sie in Erstaunen. Als warte ihr Körper, versklavt von ihrer zarteren Seele, geduldig und wüßte doch, daß er in den unvermeidlichen Momenten wieder einmal, wie schon so oft in der Vergangenheit, die uneingeschränkte Herrschaft über den gesamten Organismus übernehmen würde.

Man konnte mühelos erahnen, daß die körperliche Liebe mit ihr eine vollkommene Erfüllung war, weil sie aufrichtig gegeben und aufrichtig hingenommen wurde. Ein Treuebruch traf sie tiefer, als er eine Frau getroffen hätte, die den Drang des Fleisches lediglich über sich ergehen ließ. Die Erfüllung, die sie bei ihm gefunden hatte, ließ sie ihm mit Leib und Seele treu sein. Ihre Loyalität war zu ausgeprägt, um den ernsthaften Verdacht zuzulassen, er könne den Mord begangen haben. Sie quälte sich mit Mutmaßungen und strafte sich selbst mit Verdächtigungen, die nie tief empfunden oder ehrlich waren.

Ich gab dem Kellner ein Zeichen, mir noch einen Drink zu bringen. Ich betrachtete die nackten, samtigen Schultern des Mädchens am Klavier. Sie spielte wie Previn. Ich trank aus, zahlte die Rechnung und ging.

7

Das war der Dienstagabend. Ich stillte meinen Martini-Hunger mit Spaghetti al dente mit Seemannssauce, las in der Abendzeitung den aufgewärmten Bericht über unseren großen Mordfall und machte mich auf den Rückweg zu meiner Wohnung. Ich parkte den Wagen, ging auf die Tür zu und beschloß dann, einen Verdauungsspaziergang zu machen, weil mir die Spaghetti schwer im Magen lagen. Es wurde gerade dunkel. Kinder schrien gellend und sprangen über die Berberitzenhecken. Ich kam an dem gelben Haus vorbei und fragte mich, welches Fenster Tonis war.

Ich nehme an, daß ich fast eine Stunde lang ziellos durch die Gegend lief und ganz spontan nach links oder rechts abbog, aber dabei allmählich wieder die Richtung zu meiner Wohnung einschlug. Plötzlich fielen mir die Abfälle wieder ein – und das Versprechen, das ich Mrs. Speers gegeben hatte. Es war noch nicht zu spät am Tag. Ich schritt schneller aus. Von weitem sah ich schon das Licht in meinen Fenstern. Ich war nicht im Haus gewesen und hatte keine Lichter brennen lassen. Ich verließ den Bürgersteig und lief durch das Gras der breiten Rasenfläche neben der Straße. Ich hatte vor, durch die Fenster zu schauen, um zu sehen, wer sich bei mir so sehr zu Hause fühlte. Ein Schlüssel steckte in meiner Tasche. Den anderen hatte ich Mary Olan gegeben, und er war dazu benutzt worden, sie in meinen Kleiderschrank zu setzen. Ich hatte ein seltsames Gefühl, als ich das Licht brennen sah.

Als ich noch weiter von der Straße abkam, sah ich etwas, was mich zurückhielt. Es handelte sich um eine Silhouette, die zwischen mir und meinem erleuchteten Fenster stand. Die Hutform war die offizielle, eindeutig und unverwechselbar. Ein Polizeiwagen war neben meinem Wagen geparkt, und ein Polizist stand still in der Nachtluft und lehnte an meinem Wagen.

Ich schlich mich voran und brachte den Schutz des breiten Stammes einer großen Ulme zwischen mich und den wartenden Mann. Das brachte mich näher an ihn heran. Als das Licht von Scheinwerfern auf die Auffahrt fiel, bewegte ich mich wieder, um die Ulme zwischen mich und das Licht zu bringen. Es war ein lautes Fahrzeug, und als es einbog, sah ich, daß es ein Abschleppwagen war. Ich konnte Männer sehen, die in meiner Wohnung umherliefen. Die Tür ging auf, und Captain Kruslov blieb in der Tür stehen und sah ins Freie. Dann trat er in die Auffahrt, und ein dürrer Mann folgte ihm.

Der Abschleppwagen fuhr rückwärts an meinen Wagen heran, und als der Motor verstummte, hörte ich Kruslov sagen: »... und Bird kann in der Wohnung weitermachen. Du fährst mit dem Wagen mit, Danny, und machst dich sofort an den Kofferraum. Sieh zu, ob du noch etwas finden kannst.«

Dieses ›noch etwas‹ ließ mein Blut gefrieren. Die Kette der Winde des Abschleppwagens schwang klirrend gegen die vordere Stoßstange meines Wagens. Ein Mann brachte den Haken an, die Winde quietschte, und das vordere Ende hob sich vom Boden. Der dürre Mann setzte sich neben den Fahrer des Abschleppwagens, und er fuhr los. Mein Wagen baumelte an der Winde.

Kruslov sah ihm nach. Der Streifenpolizist, der an meinem Wagen gelehnt hatte, stand jetzt neben ihm. Licht fiel durch meine offene Wohnungstür. In den Lichtschein trat Mrs. Speers mit einem Schal um die Schultern.

»Haben Sie Mr. Sewells Wagen fortgebracht?« fragte sie mit scharfer Stimme.

»Ja, Ma'am, wir haben ihn abgeschleppt«, antwortete Kruslov.

»Mr. Sewell wird sehr böse darüber sein.«

»Ja, Ma'am, das denke ich auch. Sie haben mir gesagt, er sei spazierengegangen. Stimmt das?«

»Natürlich stimmt das. Sonst hätte ich es doch nicht gesagt. Ich verstehe nicht, wieso Sie das Recht haben, in seine Wohnung zu gehen und seinen Wagen fortzubringen.«

»Wir haben einen Durchsuchungsbefehl, Ma'am. Was wir tun, ist legal.«

»Es mag ja legal sein, aber es gehört sich nicht. Er ist ein anständiger junger Mann.«

»Mrs. Speers, hätten Sie etwas dagegen, wenn ich Ihnen noch ein paar weitere Fragen zum vergangenen Sonntag stelle?«

»Ganz und gar nicht. Aber wenn Sie glauben, daß ...«

»Sie haben gesagt, Mr. Sewell hätte Abfälle in den Kofferraum seines Wagens geladen und sie zur städtischen Schutthalde gebracht. Macht es Ihnen etwas aus, mir zu sagen, was er in seinen Wagen gepackt hat?«

»Dosen und Flaschen und andere Abfälle. Warum die Stadt den Müll nicht abholen kann wie in anderen Städten, werde ich nie ...«

»Ich meine, Ma'am, worin hat er die Dosen und Flaschen verstaut? In Kisten?«

»Er hatte einen Karton mit Abfällen, und dann hatte er noch eine große, braune Plane, die mit Abfällen gefüllt war.«

»Wie groß war die Plane?«

»Oh, ich würde sagen, etwa so groß wie eine Decke. Er hat sie mit Abfällen gefüllt und sie an den vier Zipfeln festgehalten wie einen Sack.«

»Hat er die Plane wie etwas Schweres gehoben?«

»Natürlich war sie schwer! Schließlich war sie mit Abfällen gefüllt.«

»Hätte die Leiche der kleinen Olan in der Plane stecken können?«

Ich hörte deutlich, daß sie nach Luft schnappte, und ich konnte mir ihren Gesichtsausdruck vorstellen. »Was für eine lächerliche Vorstellung! Sie müssen von Sinnen sein!«

»Nein, keineswegs, gnädige Frau.«

»O doch, Sie müssen den Verstand verloren haben! Warum machen Sie nicht Jagd auf gefährliche Verbrecher, statt Mr. Sewell Ungelegenheiten zu bereiten?«

»Weil ich glaube, daß Mr. Sewell ein gefährlicher Verbrecher ist, gnädige Frau.«

»Das ist ja unglaublich!«

Kruslov seufzte tief. Ihre Stimmen waren in der Abendstille deutlich zu hören gewesen. Ich stand nicht mehr als acht Meter von ihnen entfernt. Der Sender des Funkstreifenwagens fing an, verrückte Laute von sich zu geben – Donald Duck unter einer Blechwaschschüssel. Die Absätze des Streifenpolizisten scharrten den Kies auf, als er eilig auf den Wagen zuging. Er sprach mehrfach mit gesenkter Stimme.

»Bisher noch nichts, Sir«, sagte er zu Kruslov.

»Sie machen einen schrecklichen Fehler«, sagte Mrs. Speers hitzig. Ihre Loyalität rührte mich.

»Das werden wir ja sehen, gnädige Frau.«

»Wie kommen Sie auf den Gedanken, er könnte so etwas tun?«

Ich hatte Kruslovs zunehmende Gereiztheit wahrgenommen. Mrs. Speers hatte eine durchdringende, entrüstete Stimme, und er hatte in den letzten Tagen zu wenig geschlafen. Vielleicht hätte er polizeiliche Angelegenheiten unter anderen Umständen für sich behalten. Aber Mrs. Speers hatte sich nicht abwimmeln lassen. Er sagte in einem barschen Tonfall: »Gnädige Frau, ich weiß nicht, was ihn dazu gebracht haben könnte, so etwas zu tun. Alles, was ich weiß, ist, daß wir uns seinen Wagen heute in der Firma angesehen haben. Ein Experte hat den Kofferraum geöffnet, und er hat eine leere Blechdose gefunden, in der tiefgekühlter Orangensaft gewesen war. Dort, wo das Blech scharfe Kanten vom Öffnen hatte, ist ein weißer Faden hängengeblieben. Die Jungen vom Labor sagen, daß dieser weiße Faden vom Rock der kleinen Olan stammt. Warum gehen Sie jetzt nicht wieder ins Haus?«

Mrs. Speers war geschlagen. Wortlos ging sie. Auch ich war geschlagen. Ich erinnerte mich daran, wie ich den Hang hinuntergestiegen war, um die Dose zu holen. Hätte ich am Montagabend an Mrs. Speers Abfälle gedacht, läge die Dose jetzt in der Müllgrube und wäre längst mit anderen Abfällen zugeschüttet worden, samt Faden und allem. Vielleicht sollte ich daraus eine Lehre ziehen, aber ich hätte nicht genau sagen können, welche. Ich stand in der Nacht hinter dem Baum und fühlte mich so nackt wie am Tag meiner Geburt.

Ein Mann mit einer schwarzen Tasche kam aus meiner Wohnung. »Bist du durch, Bird?« fragte Kruslov.

»Ich bin durch.«

Kruslov wandte sich an den Streifenpolizisten. »Sie warten hinter einer abgeschlossenen Tür und mit ausgeschalteten Lichtern in der Wohnung. Schlafen Sie bloß nicht im Dunkeln ein. Ich bringe den Wagen jetzt zurück. Wenn die anderen Wagen ihn nicht abfangen, schnappen Sie ihn sich, wenn er heimkommt. Gehen Sie kein Risiko ein. Fesseln Sie ihn mit Handschellen an die Heizung, und rufen Sie an. Ich wette einen Dollar, daß er ins Kino oder in eine Bar gegangen ist. Wenn er noch auf der Straße rumliefe, hätten sie ihn längst geschnappt.«

Kruslov und Bird stiegen in den Wagen und fuhren los. Der Streifenpolizist blieb in der Tür stehen. Er holte eine Zigarre raus, biß das Ende ab und steckte sie an. Er sah eine Zeitlang in die Nacht hinaus und ging dann in meine Wohnung. Die Lichter gingen aus. Ich schlich mich langsam wieder über den Rasen und achtete darauf, daß der Baumstamm zwischen mir und der Wohnung war. Am hinteren Ende des Rasens stand eine hohe Hecke. Ich zwängte mich hinein und versuchte, konstruktiv zu denken, aber mein Verstand wollte nicht funktionieren. Wenn ich mich stellte, müßte ich versuchen, eine Erklärung dafür abzugeben, daß ich die Leiche fortgeschafft hatte, nachdem ich sie gefunden hatte. Mein Vorgehen schien meine Schuld laut herauszuschreien. Immer wieder plagte ich mich mit der Frage herum, warum ich die Leiche überhaupt weggebracht hatte. Das konnte man kaum als einen konstruktiven Gedanken bezeichnen.

Meine Angst wurde größer und nahm immer mehr Raum in meiner Vorstellung ein, die Angst, daß ich aus dieser Geschichte nicht mehr rauskommen würde. Ich hatte sie in meine Wohnung mitgekommen und sie erdrosselt. Ich hatte ihren Wagen fortgefahren und ihn abgestellt. Ich war zurückgekommen und hatte geschlafen und mich am nächsten Tag der Leiche entledigt. Meine Fingerabdrücke waren auf ihrem Wagen. Jetzt würden sie nach der Plane suchen und sie finden. Ich glaubte, gelesen zu haben, daß sie Schweiß nach Typen unterscheiden konnten, und meine Hände waren mit Sicherheit schweißnaß gewsen, als ich die Plane, in die ich ihre Leiche gewickelt hatte, hochgehoben hatte. Mein Gürtel war es, der um ihren Hals geschnürt war, und auch den Gürtel würden sie finden. Ich wäre am liebsten durch die Nacht gelaufen. Ich wollte nur noch schnell durch die nächtlichen Felder rennen, von diesem Ort verschwinden.

Ich dachte an alle, die ich kannte, und mir fielen nur zwei Menschen auf der ganzen Welt ein, die mir zugehört und geglaubt hätten. Tory Wylan und Toni MacRae. Tory war weit weg, aber Toni war in der Nähe.

Wie ein Dieb schlich ich mich durch den angrenzenden Hinterhof. Durch ein Fenster sah ich eine Frau, die Geschirr spülte, weißes Geschirr mit blauen Rändern unter einer grellen weißen Leuchtstoffröhre. Ich trat gegen das Blechspielzeug eines Kindes und huschte noch tiefer in den Schatten und wartete, bis mein Herz wieder ruhiger schlug. Ich stand neben einem Fliederstrauch und sah zu den erleuchteten Fenstern des großen, gelben Hauses auf und verspürte das wahnsinnige Verlangen, den Kopf ins Genick zu werfen und zu schreien: »Toni! Toni!« Ein Aufschrei des Grauens, ein flehentlicher Hilferuf. Das Kind in der Nacht.

Ich umrundete das große, gelbe Haus bis auf die Vorderfront und hielt genug Abstand, um in die oberen Fenster sehen zu können, aber ich sah sie nirgends. Ich tastete mich zu meinem ursprünglichen Standort zurück. Dann sah ich sie, in einem Fenster im zweiten Stock, dicht an der Rückwand des Hauses. Sie kam in einem gelben Morgenmantel am Fenster vorbei und fuhr sich mit beiden Händen träge durch die dunklen Haare. Ich kauerte mich hin, tastete den Boden ab und fand drei kleine Steine. Der erste prallte von ihrem Fensterrahmen ab. Der zweite traf mit einem klaren, klirrenden Laut gegen das Glas. Toni tauchte am Fenster auf. Das Licht kam von hinten, und daher konnte ich ihren Gesichtsausdruck nicht sehen. Ich warf den letzten Stein, und er traf gegen die Scheibe und ließ sie zusammenzucken. Niemand schaute aus einem der anderen Fenster. Ich zog mein Feuerzeug aus der Tasche, hielt es mir dicht vor das Kinn und zündete es an. Der Nachtwind ließ die Flamme flackern. Ich hielt meine Hand in das Licht und bog meinen Zeigefinger mehrfach als eine Aufforderung, zu mir zu kommen, ehe ein stärkerer Windstoß die Flamme ausblies.

Sie stand regungslos da. Ich konnte mir denken, was in ihrem Kopf vorging: Jetzt wollte der Boß seinen Tribut fordern. Ich konnte mir denken, wie wütend sie war, und doch wußte ich irgendwie, daß ihre Neugier sie aus dem Haus locken würde – und außerdem würde sie sich die Gelegenheit nicht entgehen lassen, ihrer Entrüstung Ausdruck zu verleihen. Sie verschwand vom Fenster. Als sie wiederauftauchte, war sie angezogen. Sie sah nach unten und verschwand dann vom Fenster. Etwa eine Minute später kam sie durch das Gras neben dem Haus auf mich zu.

Als sie sechs Meter vor mir stand, sagte sie mit einer deutlichen Stimme, die mir erschien, als könne man sie in der ganzen Stadt hören: »Mr. Sewell, was hat das zu bedeuten?«

»Psst! Bitte!« Meine Stimme war ein furchtsames Krächzen.

Sie mußte gespürt haben, wie mir zumute war. Sie kam dicht auf mich zu und flüsterte: »Was auf Erden ist passiert?«

»Die Polizei sucht mich, Toni. Man will mich für den Mord an Mary Olan verhaften.«

»Das ist doch der reinste Blödsinn! Sie könnten niemanden umbringen.«

»Bitte, Toni, bitte, reden Sie nicht so laut. Ich habe sie nicht umgebracht. Aber ich sage Ihnen, was ich getan habe. Ich habe ihre Leiche am Sonntagmorgen in meinem Kleiderschrank gefunden. Ich habe die Leiche in meinen Wagen geworfen und sie weggefahren und sie dort abgeladen, wo man sie gefunden hat. Jetzt kann man mir beweisen, daß ich das getan habe. Und wenn man mir beweisen kann, daß ich das getan habe...«

Sie stand stumm in der Dunkelheit. »Sie sind ein Schwachkopf, Clint. Sie sind ein verflucht dämlicher Schwachkopf!«

»Ich weiß, ich weiß. Aber ich habe es getan. Ich war so dumm, und das läßt sich nicht mehr rückgängig machen.«

»Dann gehen Sie am besten gleich hin, und sagen Sie denen, was Sie getan haben.«

»Sie wissen noch nicht alles. Sie wissen nicht, wie schlimm es aussieht.«

»Sie können denen nicht die Wahrheit sagen?«

»Ich habe ihnen nicht gleich die Wahrheit gesagt. Jetzt traue ich mich nicht mehr.«

»Und was erwarten Sie jetzt von mir?«

»Es klingt schrecklich albern. Ich weiß nicht, was ich von Ihnen erwarte. Ich wollte es nur jemandem erzählen. Ich wollte es Ihnen erzählen. Ich weiß, das ist dämlich. Schon gut.«

Sie senkte den Blick und trat sachte gegen das Gras. »Wenn Sie jetzt weglaufen und Versteck spielen, sieht es noch schlechter für Sie aus.«

»Das *weiß* ich! Aber was kann ich sonst tun? Ich kann nicht ewig hier stehenbleiben. Ich wünschte, ich könnte Ihnen die ganze Geschichte erzählen.«

»Ohne irgendwelche Lügen? Ohne irgend etwas auszulassen?«

»Von Lügen bin ich abgekommen, Toni. Das habe ich aufgegeben. Es zahlt sich nicht aus.«

»Sie sollten sofort zur Polizei gehen.«

»Darüber können wir uns hier nicht auseinandersetzen.«

Sie drehte sich um und warf einen Blick auf das Haus. Es fiel gerade soviel Licht aus dem Haus, daß ich erkennen konnte, wie sie sich auf die Unterlippe biß.

»Ich will Sie nicht in die Geschichte hineinziehen«, sagte ich.

»Seien Sie einen Moment lang ruhig. Haben Sie Ihren Wagen?«

»Den haben sie mitgenommen.«

»Ich vermute, Ihre Wohnung wird überwacht.«

»Da sitzt ein Mann und wartet nur darauf, daß ich nach Hause komme. Sie glauben, ich sei spazierengegangen. Sie fahren durch die Stadt und suchen mich.«

»Sie können mit in mein Zimmer kommen, wenn Sie genau das tun, was ich Ihnen sage.«

»Ich will Sie nicht in die Geschichte hineinziehen.«

»Ich stecke längst mit drin. Und jetzt hören Sie mir zu. Es gibt eine Hintertreppe. Sie finden sie dicht am Hintereingang, neben der Küche. Ziehen Sie Ihre Schuhe aus.«

Sie ging wie ein Experte an die Sache heran. Sie stellte sich in die Küche, um für eine Ablenkung zu sorgen, während ich mich durch das schmale Treppenhaus nach oben schlich. Sie kam aus der Küche und stieg geräuschvoll die Treppe hinauf. Sobald sie an mir vorbeigekommen war, lief ich dicht hinter ihr her und machte jeden Schritt gleichzeitig mit ihr. Ich wartete auf dem oberen Treppenabsatz, hinter der Tür, als sie durch den Korridor zu ihrem Zimmer ging. Sie öffnete ihre Zimmertür, sah sich zu mir um und nickte. Ich schlich leise durch den Gang und glitt in ihr Zimmer. Sie trat hinter mir ein, machte die Tür zu und schloß sie ab. Sie lief durch das Zimmer und zog die Jalousien vor beiden Fenstern herunter. Ich fühlte mich schwach und erschüttert. Ein prall gepolsterter Sessel stand da. Ich setzte mich auf ihn und zündete mir eine Zigarette an.

Nach einer Weile war ich in der Lage, mich im Zimmer umzusehen. Es war ein häßliches Zimmer, aber sie hatte sich große Mühe damit gegeben. Das wuchtige Doppelbett war dominierend. Die Wände waren scheußlich grün. Zwei kleine Lampen mit Milchglasschirmen milderten die Häßlichkeit. Durch die halboffene Tür konnte ich in ein kleines, privates Bad sehen. Sie hatte ein schmales Bücherregal in der Ecke stehen, einen schmiedeeisernen Zeitschriftenständer, zwei Kochplatten auf einem Geschirrschränkchen. Es bedrückte mich, daß Tonis Leben sich auf dieses charakterlose Zimmer beschränken sollte. Ich konnte mir vorstellen, daß sie oft verabredet war und ausging, hübsch genug war sie ja wirklich. Aber man kann nicht jeden Abend ausgehen. Es mußte die einsamen Abende geben, an denen man ein paar Blusen einweicht, liest, sich die Haare wäscht und die Nägel schneidet oder Musik aus dem kleinen, korallroten Radio hört. Die Kleiderschranktür stand einen Spaltweit offen. Ihre Kleider hingen ordentlich da, die Schuhe standen säuberlich nebeneinander auf dem Boden. Sie ging hin und schloß die Schranktür. Im Zimmer hing ein sauberer Geruch; es roch nach ihr. Duftende Seife, ein Hauch Parfum, eine Andeutung von raschelnder Kleiderstärke. Sie stellte einen Aschenbecher neben mich, zog einen Stuhl mit gerader Lehne direkt vor mich hin und setzte sich so dicht zu mir, daß unsere Knie sich fast berührten. Sie beugte sich vor und flüsterte: »Sie dürfen noch nicht einmal allzu laut flüstern, Clint. Sie würde mich noch heute nacht auf die Straße setzen, wenn sie wüßte, daß ich einen Mann in meinem Zimmer habe.«

»Schon gut. Ich erzähle Ihnen die Geschichte jetzt von Anfang an.«

»Aber nicht von dem Zeitpunkt an, zu dem Sie ihre Leiche gefunden haben. Ganz von Anfang an, von dem Tag an, an dem Sie sie kennengelernt haben.«

In Tonis Augen stand eine gewisse Begierigkeit. Sie wollte alles wissen. Ich erzählte ihr alles, was es zu erzählen gab. Es dauerte lange. Sie stellte Zwischenfragen, wenn auch nicht allzu oft. Sie sah fast aus, als würde ihr übel, als ich ihr erzählte, wie ich die Leiche in den Wagen gebracht hatte, wie sie den kleinen Hang hinuntergerollt war, bis der Baum ihren Fall bremste. Als ich ihr von der Dose und dem Faden erzählte, sagte sie: »Das verstehe ich nicht.«

»Es war eine der Dosen, die ich benutzte, damit man ihre Umrisse nicht durch die Plane erkennen konnte. Als ich die Dose zwischen sie und die Plane zwängte, wurde dieser Faden aus ihrem Rock gerissen. Er fiel mir nicht auf, als ich die Dose wieder in den Kofferraum warf.«

»Kann man beweisen, daß der Faden von ihrem Rock stammt?«

»Ich bin sicher, daß es sich beweisen läßt. Die haben ihre Methoden.«

Wir hörten auf zu reden, als jemand mit schweren Schritten durch den Korridor lief und direkt an ihrer Tür vorbeikam. Sie stellte mir noch ein paar Fragen. Dann wurde sie unruhig und lief im Zimmer auf und ab, nahm geistesabwesend Gegenstände in die Hand und rückte sie gerade. Sie setzte sich auf das Bett und sah stirnrunzelnd durch mich hindurch. Sie sah mich an und versuchte zu lächeln; und dann errötete sie und wandte den Blick ab. Ihr Erröten unterstrich unsere Nähe zueinander, die verrückte Lage, in der wir waren.

Ich ging zu ihr, blieb neben ihr stehen und sah auf sie herunter. »Finden Sie jetzt, daß ich mich stellen soll?«

»Ich weiß es nicht. Ich weiß es einfach nicht.«

»Solange sie mich suchen, werden sie nicht nach demjenigen suchen, der es wirklich war.«

»Ich weiß, aber werden sie überhaupt noch nach ihm suchen, wenn sie Sie erst einmal haben?«

»Das bezweifle ich.«

»Jemand hat sie getötet, Clint.«

»Das weiß ich.«

»Mr. Raymond?«

»Das glaube ich nicht. Unter all seiner knabenhaften Gutmütigkeit steckt zuviel Kälte. Zuviel Berechnung. Er täte nichts derart Dummes. Warum hätte er sie umbringen sollen? Er war absolut zuversichtlich, daß sie ab und zu mit ihm ins Bett springen würde.«

»Es ist alles so ... schmutzig«, sagte sie und sah zu mir auf.

»Stimmt.«

»Clint, ich glaube nicht, daß Sie sich jetzt schon stellen sollten.«

»Und was soll ich sonst tun?«

Sie errötete noch heftiger als vorher. »Sie können heute nacht hierbleiben. Morgen kann ich herausfinden, wie ... wie fest man von Ihrer Schuld überzeugt ist. Wenn sie nicht vollkommen sicher sind, dann sollten Sie hingehen. Wenn sie glauben, daß sie Sie ... hinrichten können, dann werden Sie verschwinden müssen. Ich kann Sie irgendwie von hier fortschaffen. Ich weiß, daß ich das hinkriege.«

Es könnte daran gelegen haben, wie sie das sagte. Oder an dem Blick, mit dem sie mich ansah. Aber es könnte auch sein, daß eine Menge von Dingen, die ich nur unterbewußt wahrgenommen hatte, sich urplötzlich in meiner Vorstellung zu einem verblüffenden Gesamtbild zusammenfügten. Vielleicht lag es auch nur daran, was sie war, wie sie war und wer sie war. Und sie war ganz eindeutig jemand. Sie war Toni MacRae. Sie war auf eine großartige und einzigartige Weise sie selbst. Jedenfalls ist es mir in dem Moment zugestoßen. Wie es angeblich jedem passiert, wenn man glaubt, was man so liest.

Vor einem Moment war sie noch ein gutaussehendes Mädchen mit einem scharfen Verstand und Geschmack und weit reizvoller als der Durchschnitt. All das zugleich war sie in diesem Moment – und dann war sie im nächsten Moment plötzlich Toni MacRae. Kein Zeitvertreib, nichts für nebenbei, kein Ziel, das ich für die Nacht anpeilte. Toni. Ein Teil meines Lebens. Der größte Teil meines Lebens. Mein ganzes Leben.

Liebe auf den ersten Blick ist zu banal. Wenn es passiert, schleicht es sich nicht an. Es stürzt sich auf einen. Es ist noch nicht einmal Liebe, wie ich mir Liebe vorgestellt habe. Es ist etwas ganz anderes. Es ist eine Notwendigkeit. Etwas Zwangsläufiges. Es ist ein Punkt auf einer Wegstrecke. Man kommt dort an, biegt halbrechts ab und schlägt einen Weg ein, den man vorher nie gesehen hat.

Sie wurde urplötzlich Toni MacRae, unbestreitbar, unersetzlich, unwiderruflich – so lebensnotwendig für mich wie meine Lunge, meine Beine, mein Blut. Anders kann man es nicht ausdrücken.

Ich stand da und starrte sie an. Sie bestand nur aus Wundern. Lippen, Beine, Augen, Brüste. Alles Wunder, alles kostbar.

Sie war immer noch rot. »Bloß weil ich sage, daß Sie hierbleiben können, heißt das noch nicht...«

»Ich weiß.«

»Was wissen Sie?«

»Urplötzlich, einfach so, weiß ich, was du sagen willst, ehe du auch nur ein Wort gesagt hast. Wir könnten wortlos dasitzen und endlose Gespräche führen. Deine Augen sind wunderbar.«

»Nicht so laut!« zischte sie.

»Entschuldige.« Ich hockte mich auf den Fersen auf den Boden, um in ihr Gesicht aufblicken zu können. Ich nahm ihre Hand. Sie versuchte, sie zurückzuziehen, und ließ sie dann teilnahmslos in meiner Hand liegen. »Toni«, sagte ich. »Toni!«

»Nicht so laut!«

»Schau mal, es ändert nichts, ob du mich in deinem Badezimmer einschließt, oder ob ich unter dem Bett schlafe. Eine Nacht zählt doch gar nicht. Wir haben zehntausend Nächte vor uns.«

»Sind Sie verrückt geworden?«

»Ich habe es dir doch schon gesagt, ich bin nicht sicher. Es bleibt uns nichts anderes übrig, als zu heiraten, Toni.«

»Uns bleibt nichts anderes als... was?«

»Wir stehen ohnehin vor vollendeten Tatsachen. Sollen sie doch ein Blatt Papier für die Akten abstempeln. Toni, Toni.«

Sie riß ihre Hand los. »Ganz gleich, was das heißen soll – ich finde das überhaupt nicht komisch, Mr. Sewell.«

»Ich weiß, daß es nicht komisch ist. Toni, ich habe am falschen Ende angefangen. Ich bin durcheinander. Fangen wir mit dem üblichen Ende an. Ich liebe dich.«

»Ja, sicher«, sagte sie argwöhnisch.

»Urplötzlich. Du hast einfach dagesessen, so, wie du bist, ein absolutes Wunder, und es ist mir aufgegangen, als sei mir etwas auf den Kopf gefallen.«

»Das liegt alles nur daran, daß...«

Ich wippte auf meinen Fußballen. »Nur daran, daß ich heute hierbleibe? Ein starker Spruch. Den bringe ich bei allen Mädchen, die mich vor den Bullen verstecken. Hier gibt es kein Feuer, in das ich meine Hand legen könnte. Ich bin aus dem Alter heraus, in dem ich mir die Hand aufs Herz lege und ausspucke. So ziemlich die einzige Möglichkeit, um dir zu zeigen, daß es mir ernst ist, besteht darin, daß ich jetzt gehe. Back mir einen Kuchen, und bring ihn mir in den Knast. Sie können Sewell nicht auf den elektrischen Stuhl setzen. Er muß unbedingt heiraten. Plötzlich bin ich zuversichtlich. Sogar Kruslov liebt mich.«

Ich schloß die Tür auf, öffnete sie und lief durch den Korridor. Sie packte meinen Arm mit erstaunlicher Kraft und drehte mich zu sich um. Ihr Gesicht war kreideweiß. Sie zog mich zurück in ihr Zimmer, schloß die Tür ab, lehnte sich dagegen und machte die Augen zu. Langsam kam wieder Farbe in ihr Gesicht. Sie schlug die Augen auf und sah mich an. Sie sah mich fest und lange an. Ich erwiderte ihren Blick. Ich sah sie an, bis sich alles um sie herum auflöste und nur noch ihre Augen da waren.

Mit drei kleinen, zaghaften Schritten stand sie vor mir. »Ist das wahr?« flüsterte sie.

»Es ist wahr«, sagte ich.

Sie legte die Hände auf meine Schultern. Ich berührte sie nicht. Sie legte ihren Kopf leicht zur Seite, sah mich immer noch an, war immer noch auf der Hut, immer noch zaghaft. Sie legte ihre Lippen ruhig und sicher auf meine – fest-weich, warm-kühl. Ihre ganze Verletzbarkeit, so bezaubernd, daß man hätte weinen können. Ich hielt etwas Besonderes in meinen Armen. Ich hielt ein fantastisches Mädchen in meinen Armen. Dann lehnte sie ihr Profil mit dem schwarzen Haar an meine Wange, und wir hielten einander in einer untergehenden Welt fest. Sie schauderte zusammen, und dann ging es vorüber, und dann kam es wieder und immer wieder.

»Was ist mit dir?« flüsterte ich.

»Ich weiß es nicht. So lange Zeit... Das... das Eis vielleicht, das jetzt herausläuft?« Sie beugte sich zurück, um mich verschmitzt anzulächeln, doch ihr Lächeln verwandelte sich in ein gepeinigtes Kindergesicht, über das Tränen liefen. Sie ließ sich mit dem Gesicht nach unten diagonal auf das Bett fallen und warf sich so heftig hin, daß es federte. Ich setzte mich neben sie und rührte sie nicht an.

Sie konnte unmöglich dasselbe empfinden. Ich versank in

einem grauen Sumpf – liebend und ungeliebt. Dann kämpfte sie gegen die Tränen an, drehte sich um, rollte sich zusammen, schnappte mich und zog mich zu sich herunter. Diesmal war es ein salziger Kuß. Er wurde von Worten begleitet, und die Worte taten gut. Bei ihr war es vor ein paar Monaten dazu gekommen, und sie hatte ihre Gefühle mit sich herumgetragen und ohne allzu große Hoffnung gewartet.

Wir lagen da und sahen einander an; unsere Nasen berührten sich, und ihre Augen waren wie geschwärzte Untertassen. Wenn sie ausatmete, sog ich ihren warmen Atem tief in meine Lunge ein. Meine Hände lagen auf dem konkaven Einschnitt ihrer zarten Taille. Ihre Fäuste ruhten auf meiner Brust. Wir sagten einander, wie wunderbar es war. Ganz langsam wurde alles glühender, dringlicher, erregter. Wir hatten begonnen, auf einer gefährlichen Spirale hinabzugleiten. Ich rückte von ihr ab.

Wir flüsterten bis eins. Dann machten wir mein Bett bereit, zusätzliche Decken auf dem Fußboden unter den Fenstern, ein Bettuch und ihr Wintermantel als Zudecke und ihr Ersatzkopfkissen unter meinem Kopf. Ich lag wohlig zugedeckt in dem dunklen Zimmer auf dem Fußboden, als sie aus dem Bad kam und von hinten angestrahlt wurde. Ihren sommerlichen Schlafanzug hätte eine Spinne, die etwas auf sich hielt, zwischen zwei Sträuchern aufhängen können. Sie schaltete das Licht aus, und der Fußboden quietschte, als sie zu mir kam. Sie kniete sich hin und küßte mich.

»Schlaf gut, mein Liebling«, hauchte sie an meiner Wange. Sie roch nach sämtlichen Sommergärten meiner Kindheit, mit einem kräftigen Spritzer Pepsodent angereichert. Ich legte meinen Arm um ihre Taille. Sie wich ein wenig zurück.

Dann kuschelte sie sich in meinen Arm, gab einen seltsamen Laut von sich, der ganz tief aus ihrer Kehle kam, und kam zu mir.

Es war ein leidiges und dummes Mißgeschick, das der Hast und der Gier entsprang. Es hätte billig sein können. Es hätte viel zuviel kaputtmachen können.

Aber es war märchenhaft.

8

Am Morgen wachte ich in dem wuchtigen Bett auf, für meine Begriffe sehr früh und ohne jeden Schock, weil ich irgendwelche Zusammenhänge aus den Augen verloren hätte. Ich wußte genau, wo ich war und warum ich dort war, und alles, was damit zusammenhing. Ich wußte, daß sie hinter mir lag.

Mit der allergrößten Behutsamkeit drehte ich mich um. Sie hatte die Bettdecke über ihre Schulter gezogen und unter das Kinn geklemmt. Eine schöne, klare Linie lief von ihrer Schulterspitze zum Einschnitt ihrer Taille und wölbte sich dann sachte über den Hüften. Eine Strähne ihres schwarzen Haars lag über ihrer Wange. Sie bewegte sich bei jedem der leichten Atemzüge. Ihr Gesicht war glatt und zart, hellbraun und ohne jeden Schönheitsfehler, ohne jede Narbe oder irgendein Mal des Lebens.

Der Wecker hinter mir gab ein scheußliches Rasseln von sich. Mit geschlossenen Augen stürzte sie sich auf den Wekker und breitete sich dabei auf mir aus. Sie schnappte vor Angst und Schrecken nach Luft, wich ruckartig zurück und riß die Augen auf, die sich benommen und verständnislos umsahen. Ich drehte mich um, packte das metallene Biest und unternahm etwas gegen seine Raserei. Als ich mich wieder umdrehte, um sie anzusehen, waren ihre Augen wieder geschlossen.

»Sieh mich nicht an«, flüsterte sie.

»Aber ich sehe dich doch gern an.«

»Bitte. Ich komme mir so seltsam vor.«

Ich küßte sie und versuchte, sie in den Arm zu nehmen. Sie stieß meine Hände von sich.

»Geh ins Bad«, flüsterte sie.

Ich nahm meine Kleider mit und zog mich dort an. Als ich an dem hauchdünnen Schlafanzug vorbeikam, der vor meinem behelfsmäßigen Bett zerknittert auf dem Boden lag, fand ich, daß er hilflos und verraten wirkte. Nach einer ganzen Weile klopfte sie an die Badtür, und ich kam raus. Sie hatte ihren dicken gelben Bademantel an, und ihr Haar war gekämmt. Sie wollte mir nicht ins Gesicht sehen.

Ich packte sie an den Schultern und schüttelte sie sachte. »Toni! Was ist los mit dir?«

»Ich... ich schäme mich.«

Ich legte meine Knöchel unter ihr Kinn, um es nach oben zu biegen. »Dazu besteht kein Anlaß. Gib mir einen Gutenmorgenkuß.«

Sie ließ sich pflichtschuldig küssen. Aber sie wollte mich immer noch nicht ansehen. Erst als sie sich angezogen hatte, schien sie ihre Selbstachtung wiederzuerlangen.

»Gib mir nicht das Gefühl, daß es ein Fehler war«, flehte ich sie an.

Daraufhin errötete sie. »Das wollte ich nicht, Clint, Liebling. Ich weiß, daß es kein Fehler war. Aber... also, wenn du es unbedingt wissen mußt, ich bin noch nie neben einem Mann wach geworden. Wahrscheinlich ist es dumm von mir. Aber ich bin irgendwie verlegen oder so was. Und noch etwas, Clint...«

»Ja, was?«

»Ich möchte das nicht wieder tun, solange nicht... erst wieder hinterher.«

»Einverstanden.«

Sie sah mich zweifelnd an. »Du bist nicht sauer?«

»Du bist hinreißend, Toni.«

»Ich muß jetzt arbeiten gehen.«

»Dein Boß kommt heute nicht.«

Sie bereitete dem Unsinn ein Ende und erteilte mir meine Anweisungen: Laß die Tür verschlossen; gib keinen Laut von dir, solange ich weg bin; lauf nicht herum, der Boden quietscht; laß kein Wasser laufen; zieh die Jalousien nicht hoch; du darfst nicht husten oder niesen; für den Fall, daß du schnarchst – schlaf nicht ein.

»Schnarche ich denn?«

Sie wandte den Blick ab. »Ich hatte vor, wachzubleiben

und sozusagen... über dich zu wachen, aber ich bin eingeschlafen.«

Sie ging, und der lange Tag begann. Ich hörte Leute im Haus herumlaufen. Jemand schaltete einen Staubsauger ein. Ich war langsam, aber sicher am Verhungern. Ich war vom Hals bis zu den Knien leer. Ich war ein hohler Baum, den Eichhörnchen noch mehr aushöhlten. Ich machte mich an das verzweifelte Experiment, ein Kleenex zu essen; es half überhaupt nichts. Ich wünschte, ich hätte riskieren können, das kleine Radio anzuschalten, um in Erfahrung zu bringen, was sie über mich berichteten. Die zähen, endlosen Minuten schleppten sich dahin. Ich stellte mich ans Fenster und sah durch den Spalt zwischen den Jalousien und dem Fensterrahmen und beobachtete die spärlichen Personenwagen und Lieferwagen, die vorbeifuhren. Vor dem Nebenhaus schob ein alter Mann, der so ausgemergelt und verdörrt wie ein totes Huhn war, einen asthmatischen Motorrasenmäher über das Maigras.

Ich dachte an meinen Schatz. Die runden, festen Brüste und der geschmeidige Satin der Oberschenkel. Der sengende Mund und die kühlen Schultern. Ganz und gar am Leben im flüsternden Dunkel, hellwach und aufnahmebereit, für mich und für alle Zeiten.

Und ich dachte an andere Frauen. Im Rückblick schienen sie mir arme Dinger zu sein – schuppige Haut und strähniges Haar, wabbelige Schenkel und schlaffe Brüste. Nicht so mein Liebling. Nicht stramm und stolz und aufrecht wie mein Liebling.

Er kam um drei Uhr siebzehn. Ich hörte seine Stimme im Korridor, einschmeichelnd und freundlich. »Ich weiß, daß das ungewöhnlich ist, Mrs. Timberland, aber es geht um Arbeit, die sie aus dem Büro nach Hause mitgenommen hat, Dinge, die wir heute noch brauchen. Sie hat gesagt, es sei in Ordnung, wenn Sie mir die Tür aufschließen und dabeibleiben, um sich zu vergewissern, daß ich nichts stehle.« Er lachte, und die Frau lachte auch.

Ein Schlüssel nagte metallisch am Schloß, und sie sagte: »Ich scheine den Schlüssel nicht ins Schloß zu kriegen.«

»Lassen Sie es mich mal versuchen, ja?«

Der Schlüssel, den ich in der Tür hatte stecken lassen, wurde gewaltsam aus dem Schloß gepreßt. Er fiel lautlos auf den Teppich. Ich erwachte zu spät aus meiner Benommenheit, um im Schrank unterzuschlüpfen. Die Tür schwang auf, und Paul France lächelte mich höflich an. Die Vermieterin, eine verhärmte Frau mit der Schnauze eines Boxers, starrte mich mit einer Entgeisterung an, die schnell in Entrüstung umschlug.

»Was haben Sie in meinem Haus zu suchen?« herrschte sie mich an.

France legte sachte eine Hand auf ihre Schulter. »Aber, aber, Mrs. Timberland. Darum werde ich mich kümmern. Ich sorge dafür, daß er Ihr Haus innerhalb von fünf Minuten verläßt. So was können wir doch nicht zulassen, oder?«

Er nickte ihr kurz zu, lächelte sie an, trat ins Zimmer und zog die Tür hinter sich zu. Sie blieb einen Moment lang draußen stehen und lief dann mit sehr, sehr schweren Schritten durch den Gang. Er lächelte immer noch, als er sagte: »Sechs Staaten sind in Alarmbereitschaft versetzt worden, und Sie verstecken sich zwei Häuser weiter. Meine Güte.« Er schnalzte mit der Zunge.

»Wie haben Sie mich gefunden?«

»Mr. Wills von Ihrer Firma hat sich Mr. Pryor gegenüber kooperativ erwiesen und mich in der Fabrik rumgeführt. Er hat mir auch Ihr Büro gezeigt. Als ich angefangen habe, in Ihrem Schreibtisch rumzuwühlen, war die äußerst dekorative junge Dame recht erbost, wenn nicht gar zu erbost. Also habe ich sie mir näher angesehen. Sollte ich sagen, daß sie in frischem Glanz erstrahlte? In ihrer Blüte? Daß sie taufrisch wirkte? Diese Form von Jeanne d'Arc-Aura, die junge Frauen umgibt, wenn sie ein großes Opfer bringen? Als ich von Ihrer Personalabteilung erst ihre Adresse bekommen hatte, war ich so gut wie sicher. Der Schlüssel, der von innen in der Tür steckte, hat den Fall entschieden, Sewell.«

»Und was tun wir jetzt?«

»Der furchtlose Privatdetektiv liefert sie jetzt ab und hat sich damit sein Honorar verdient.«

»Glauben Sie, daß ich es getan habe?«

»Die Polizei glaubt, daß Sie es getan haben.«

Ich trat etwas dichter zu ihm. Ich hoffte nur, daß ich es unauffällig tat. Er wich ein wenig zurück, blieb stehen und lächelte. »Versuchen Sie sich bitte nicht an irgendwelchen Tricks, Sewell. Ich kann Ihnen garantieren, daß es schiefgeht.«

Ich nehme an, er hätte mir für einen Fehlschlag garantieren können, wenn er kein Pech und ich kein gar so großes Glück gehabt hätte. Er sagte, ich solle mich in die Tür stellen, mit dem Rücken zum Zimmer. Ich hörte ein leises Quietschen und Rascheln und vermutete, daß er sich bückte, um den Schlüssel aufzuheben. Ich holte fest aus und trat hinter mich. Ich tat es ohne jede Hoffnung auf Erfolg, eher auf die Art, auf die ein Kind gegen die Wand tritt, nachdem es sich in die Ecke stellen mußte. Es kam zu einer leichten Erschütterung an meiner Ferse und einem wahrhaft theatralischen Geräusch eines Sturzes. Es war derselbe Laut, den sie im Radio einsetzen, wenn der Schuß verhallt. Ich drehte mich um. France lag auf dem Gesicht, und seine Brille lag einen guten Meter von seinem Kopf entfernt. Noch während ich ihn ansah, ächzte er und bewegte den rechten Arm. Ich hob den Schlüssel auf, trat in den Korridor, machte die Tür zu und schloß sie ab.

Mrs. Timberland stand am anderen Ende des Ganges. Sie hatte die Arme verschränkt und das Kinn in die Luft gereckt. »Sagen Sie Ihrer Freundin, daß sie mein Haus noch heute abend zu verlassen hat.«

Ich antwortete nicht darauf. Als ich hinaus in den Sonnenschein trat, hörte ich France, der anfing, an die Schlafzimmertür zu pochen. Eine graue Limousine war vor dem Haus geparkt. Ich warf den Zimmerschlüssel ins Gebüsch.

Die Welt sah anders für mich aus. Die neue und ganz besondere Beziehung zu Toni hatte mir eine Menge Optimismus eingeflößt. Unbegründeten Optimismus. Dort oben im Zimmer war die Erinnerung so frisch und so strahlend gewesen, daß ich schon das Gefühl gehabt hatte, es gebe Gutwilligkeit auf Erden, Kruslov würde mir zuhören und alles ließe sich erklären.

Aber ich hatte meine Zuversicht oben in diesem Zimmer zurückgelassen. Als ich die Treppe runterrannte, hatte ich vorgehabt, mich zu stellen. Dieser Plan löste sich im Sonnenschein in nichts auf. Eine Frau starrte mich von ihrer Veranda aus an, wandte sich dann ab und ging ins Haus. Ich machte größere Schritte. Wenn ich mich stellte, hatten sie alles, was sie brauchten. Jedes kleinste bißchen. Die Begeisterung einer neuentdeckten Liebe hatte mein Urteilsvermögen getrübt. Toni war klüger als ich gewesen, als sie von einem Versuch gesprochen hatte, mich fortzuschaffen. Ich wußte, daß ich mich verdrücken mußte. Ich hatte etwa zwanzig Dollar bei mir, Bartstoppeln im Gesicht und die Kleider, die ich anhatte.

Ich beschloß, daß ich es irgendwie hinkriegen würde, die Stadt zu verlassen. Ich könnte Tory kontaktieren, und er könnte mir postlagernd irgendwohin Bargeld überweisen. Ich hatte dasselbe Gefühl wie auf dem Rasen neben dem Haus in der Nacht, in der Yeagger k. o. geschlagen worden war. Sämtliche Häuser hatten Augen, und all diese Augen beobachteten mich.

Ich würde weit fortgehen, und später könnte ich dann die Verbindung zu Toni aufnehmen, und sie könnte zu mir kommen. Ich geriet in Panik. Meine Hände wurden feucht. Ich lief, so schnell ich es wagte, bog nicht rein zufällig an Kreuzungen in irgendeine Richtung ab, sondern wandte mich nach Südosten, da ich wußte, daß ich im südöstlichen Zipfel der Stadt auf eine Hauptstraße treffen würde. Ich lief durch ärmliche Viertel und kam an Süßwarenläden vorbei, in denen sich Schulkinder drängten. Ich hielt das Gesicht vom Verkehr abgewandt, und der Impuls, ständig nach hinten zu schauen, war kaum noch zu unterdrücken.

Die Häuser begannen sich zu lichten. Auf freien Grundstücken wuchs hohes Unkraut. Schrottwagen rosteten hinter kleinen Autowerkstätten vor sich hin. Endlich kam ich an das Ende einer Sackgasse. Der Bürgersteig war uneben und rissig. Die Leute hatten am Ende der Straße Unrat abgeladen.

Ich schaute nach Süden und sah eine Viertelmeile vor mir dichten Lastwagenverkehr, und ich wußte, daß das die Ausfahrtsstraße war, die ich gesucht hatte. Ich lief quer über Grundstücke mit schlammigem Boden. Zwischendurch mußte ich von einem Erdhügel auf den nächsten springen. Ich glitt aus und versackte bis über die Schuhe in schwarzem Matsch. Ich wischte mir die Füße im Gras ab. Auf halbem Weg zur Straße stieß ich auf ein Mädchen und einen Jungen, die sich auf einer Decke im hohen Gestrüpp ein Nest gebaut hatten. Nach einem flüchtigen Blick sah ich nicht mehr in ihre Richtung. Sie rührten sich nicht und gaben auch keinen Laut von sich.

Als ich die Landstraße erreicht hatte, blieb ich hinter einem Werbeplakat stehen und versuchte, meine Zuversicht wiederzuerlangen. Am liebsten wäre ich in das dichte Gras gekrochen und hätte mich dort versteckt. Es fiel mir viel zu leicht, mir auszumalen, wie sie mich ganz legal umbringen würden, wenn sie mich schnappten. Ich überquerte die Landstraße, stellte mich auf die Böschung und streckte den Daumen aus, um einen Wagen anzuhalten, der nach Osten fuhr.

Pkws fuhren mit hoher Geschwindigkeit an mir vorbei und hüllten mich in heiße Luft und Abgase. Lastwagen zockelten vorüber. Wenn gerade kein Verkehr kam, lief ich mit gesenktem Kopf nach Osten, damit man aus den Fahrzeugen, die in die Stadt fuhren, mein Gesicht nicht sehen konnte.

Ich kam an einer Raststätte vorbei. Die Angst hatte mir jeden Hunger genommen. Aber selbst, wenn ich hungrig gewesen wäre, hätte ich es mir nicht leisten können, soviel Zeit zu verlieren. Immer wieder dachte ich daran, was France über die Alarmbereitschaft in sechs Bundesstaaten gesagt hatte.

Eine halbe Meile nach der Raststätte hörte ich beim Laufen einen Wagen von hinten kommen. Ich drehte mich mit erhobenem Daumen und einem aufgesetzten Lächeln um. Es war eine Polizeistreife. Ich wirbelte herum, und schon währenddessen wurde mir klar, daß allein meine Schnelligkeit an sich Grund genug war, um verdächtig zu erscheinen. Der Wagen fuhr eilig an mir vorbei, und als ich mich gerade wieder etwas sicherer fühlte, ließen die Bremsen die Reifen auf dem trockenen Pflaster quietschen. Ich sah, daß der Wagen kehrtmachen wollte, sowie der Verkehr es zuließ. Ich drehte mich um, sprang über den Straßengraben, setzte über einen niedrigen Zaun und rannte über ein bestelltes Feld. Als ich den Waldrand erreicht hatte, sah ich mich um. Der Streifenwagen hatte auf der Böschung angehalten. Ein Mann stand am Zaun, ein anderer dicht beim Wagen. Der Mann am Zaun hielt unglaublich still. Etwas pfiff an meinem Kopf vorbei. Ein abgerissenes Blatt segelte langsam zu Boden. Ich hörte aus der Ferne einen leisen Knall, dann noch einen.

Ich tauchte in den Schutz des Waldes ein und rannte in meinem Entsetzen. Ich stolperte, fiel hin, wälzte mich weiter, kam wieder auf die Füße und rannte sofort wieder los. Zweige streiften schmerzhaft meine Wangen. Ich verlor jedes Orientierungsvermögen. Ich wußte nur, daß Menschen, die mich töten wollten, hinter mir her waren. Als ich das zweite Mal hinfiel, blieb mir die Luft weg. Ich blieb dort, wo ich hingefallen bin, liegen und lauschte. Ich konnte aus weiter Ferne Verkehrsgeräusche hören. In der Nähe hörte ich einen Vogel, der mühelos ein verzwicktes Lied zwitscherte. Ein Düsenflugzeug flog mit einem leisen Dröhnen über mich hinweg, aber es war so hoch, daß ich es nicht sehen konnte.

Anschließend lief ich langsamer weiter. Der Wald hörte auf. Vor mir lag ein weites Feld, dahinter eine unbefestigte Straße. Ich kauerte mich hin und behielt die Straße lange Zeit im Auge. Nichts kam vorbei. Ich lief in das Feld hinein und auf die Straße zu. Ich hatte den Schutz des Waldes zehn Schritte hinter mir gelassen, als ich einen Wagen kommen hörte. Ich krabbelte zurück. Der Wagen hielt hundert Meter weiter auf der Straße, und ein uniformierter Mann stieg aus. Der Mann sah zum Wald rüber. Ich wußte, daß er mich nicht sehen konnte, aber er schien genau in meine Richtung zu schauen. Ich sah zu, wie er sich auf einen Zaun setzte, sich eine Zigarette anzündete und weiterhin zum Wald hinübersah.

Ich wich in den Wald zurück, bis ich den Mann nicht mehr sehen konnte. Ich bewegte mich parallel zur Straße voran. Bald stieß ich wieder auf einen Mann, der ebenso geduldig wie der erste wartete. Ich schlug wieder die Richtung ein, aus der ich gekommen war. Anfangs war mir der Wald riesig erschienen. Jetzt war er nichts weiter als eine mickrige Ansammlung von Sträuchern, die keine gute Deckung bot. Es dauerte nicht lange, bis ich festgestellt hatte, daß sie mich von allen Seiten umzingelt hatten. Die Sonne stand kurz vor dem Untergehen. Ich wußte, daß ich nicht mehr davonlaufen konnte.

Ich dachte wieder an Toni, und mir wurde klar, daß ich in gedankenloser Panik gehandelt hatte. Toni war wohl schon unter der Anklage auf Beihilfe in Untersuchungshaft. Das hier war eine Menschenjagd, und jeder, der mir beigestanden hatte, würde dafür büßen.

In der Dämmerung kam ich mit hoch erhobenen Händen aus dem Wald und ging wieder auf die Landstraße zu. Dort standen drei Streifenwagen und zwei Polizeifahrzeuge aus Warren. Mir war fast schlecht vor Ermattung. Kruslov war da. Sie durchsuchten mich und steckten mich in einen Wagen.

Im Polizeipräsidium wurde ich registriert, fotografiert und noch einmal durchsucht. Sie nahmen mir alles aus den Taschen, und außerdem nahm man mir meinen Gürtel, die Schnürsenkel und die Krawatte ab und steckte mich in eine kärgliche Zelle. Eine halbe Stunde später wurde ich aus der Zelle geholt und im Obergeschoß in einen kleinen, schmucklosen Raum geführt, der vergitterte Fenster hatte, einen zerschrammten Konferenztisch, sechs Stühle, einen Spucknapf, eine Wanduhr und wieder einen Mädchenkalender. Genauso aufreizende Oberschenkel waren zu sehen, doch diesmal war nicht der Stacheldraht schuld, sondern ein Windhauch hatte ihr den Rock hochgehoben.

Ein junger Streifenpolizist mit rotblondem Haar und eingesunkenen Wangen bewachte mich. Er saß auf dem Tisch, kaute Kaugummi und beobachtete mich aus farblosen Augen. Als ich ihn um eine Zigarette bat, sagte er, er sei Nichtraucher. Auf einer Ecke des Tisches stand ein Telefon. Ein Stück vom Hörer war abgesplittert.

Fünfzehn Minuten später kam Kruslov, Hilver, ein fremder Zivilist und ein Stenograf im Gänsemarsch herein und schlugen die Tür gegen die Wand. Kruslov schickte den Wächter weg. Sie setzten sich alle hin. Kruslov stemmte die breiten Hände in seine Hüften und sah auf mich herunter.

»Also, verflucht noch mal, weit sind Sie wirklich nicht gekommen. Versteckt sich im Zimmer seiner Freundin und versucht dann, per Anhalter die Stadt zu verlassen. Das war nicht gerade geschickt, Sewell.«

»Wo ist sie?«

»Hier stelle ich die Fragen.«

»Sie hatte absolut nichts damit zu tun.«

»Haben Sie die Nacht in ihrem Zimmer verbracht?«

»Das tut nichts zur Sache, Captain.«

Sein Handrücken war wie ein Brett. Es spaltete mir den Gaumen von innen, und ich kippte so weit über, daß ich fast vom Stuhl gefallen wäre. Er lächelte fast freundlich. »Ich werde eine Menge Fragen stellen. Ich will eine Menge Antworten haben. Mir fehlt ziemlich viel Schlaf. Ich bin ungeduldig. Ich will keine altklugen Antworten, und ich will keine altkluge Haltung sehen. Ich will ein wenig Unterwürfigkeit sehen, Sewell. Sie haben ein Mädchen aus der Oberschicht umgebracht, und Sie haben saubere Arbeit geleistet und wären fast damit durchgekommen. Durch geschickte Polizeiarbeit haben wir Sie erwischt. Wir haben uns in den Kofferraum der Wagen aller umgesehen, die mit der Geschichte zu tun hatten, und in Ihrem Wagen haben wir den Beweis dafür gefunden, daß ihre Leiche dort gelegen hat. Sie sind davongelaufen, aber Sie haben sich zu dumm angestellt, und daher haben Sie auf der ganzen Linie verloren. Sie haben Paul France ausgeschmiert, und das kommt nicht gerade oft vor. Aber von da an haben Sie kein Glück mehr gehabt, und Sie werden auch nie mehr Glück haben. Und jetzt werde ich Fragen stellen, und Sie werden sie beantworten. Warum haben Sie sie getötet?«

»Ich habe sie nicht getötet.«

Er schlug mich wieder, an dieselbe Stelle. Ich wischte mir den Mund ab und sagte: »Ich will einen Rechtsanwalt.«

»Sie sind zum Verhör hier. Wir haben noch keine offizielle Anklage gegen Sie erhoben. Wenn wir die offizielle Anklage erheben, steht Ihnen ein Anwalt zu. Bis dahin können Sie sich weigern, Fragen zu beantworten. Wir müssen Ihre Verweigerung selbstverständlich akzeptieren, aber wir werden die Fragen trotzdem stellen. Wenn ich erschöpft bin, wird jemand anderes weitermachen. Wo haben Sie sie getötet?«

»Ich habe sie nicht getötet.«

Diesmal schlug er mich vom Stuhl. Die anderen sahen ohne allzugroßes Interesse zu.

»Stellen Sie sich doch nicht so dumm an, Sewell. Verstehen Sie, wir können beweisen, daß Sie die Leiche im Kofferraum Ihres Wagens liegen hatten.«

»Ich weiß selbst, daß sie dort gelegen hat.«

»Das nenne ich kooperativ. Treiben Sie Ihre Mitwirkung doch ein wenig weiter. Wenn Sie das zugegeben haben, dann geben Sie doch sicher auch zu, daß Sie sie getötet haben?«

»Aber ich habe sie nicht getötet.«

Er lächelte mich an. »Ich weiß. Die Leiche ist mit der Post gekommen. Als Eilsendung. Oder Sie haben sie unter einem Busch gefunden. Wie sind Sie zu der Leiche gekommen, Sewell?«

»Jemand hat sie in der Nacht in meine Wohnung gebracht und sie in meinen Schrank gesperrt. Mary hatte einen Schlüssel. Den habe ich ihr gegeben. Sie sollte mich wecken, falls ich noch geschlafen hätte, wenn sie am Sonntag gekommen wäre, um mich abzuholen. Wir wollten zusammen an den See fahren. Nachdem Ihre Männer weggegangen waren, habe ich die Leiche gefunden. Ich hatte Angst. Also habe ich sie fortgeschafft.«

Er bewegte sich mit der behäbigen Schnelligkeit eines Bären, aber auch mit Bärenstärke. Mit einer Hand an meiner Kehle hob er mich aus dem Stuhl, wirbelte mich herum und schlug mich mit dem Rücken gegen die Wand. Mein Kopf prallte fest dagegen, und mir wurde schwindelig. Durch den momentanen Schleier vor meinen Augen sah ich sein Gesicht, auf dem ein sanftes Lächeln stand, und ich hörte seine zarte Stimme. »Sie haben sie ganz einfach in Ihrem Kleiderschrank gefunden. Einfach so. Tot.«

»Ja«, krächzte ich.

Er ließ mich los, wandte sich mit einem angewiderten Schnauben ab und setzte sich hin. »Setzen Sie sich, Sewell.«

»Das ist die Wahrheit. Sie hatte einen Gürtel von mir um den Hals. Einen roten Stoffgürtel. Er liegt in der obersten Schublade meines Schreibtischs. Und ich vermute, Sie wollen auch die Plane haben, in der ich sie transportiert habe. Die steckt in einem Loch in einer morschen Birke, etwa fünfzehn Meter tiefer im Wald, in einem Loch, das gut zwei Meter über dem Boden liegt. Ich habe die Leiche fortgeschafft. Ich weiß, daß das ein Fehler war. Aber ich habe mich gefürchtet. Ich konnte nicht klar denken.«

Kruslov klopfte mit den Fingern auf die verschrammte Tischplatte. »Sewell, ich erzähle Ihnen, wie es sich zugetragen hat. Sie haben sie aufgefordert, noch mit Ihnen in die Wohnung zu kommen. Sie ist mitgegangen. Sie hat die Männer gern zum Narren gehalten. Sie hat alles dazu beigetragen, Sie aus der Fassung zu bringen und Sie heiß zu machen, und dann hat sie gekniffen. Sie waren betrunken. Sie haben sie umgebracht und sie in den Schrank gesperrt und sind seelenruhig schlafen gegangen.«

»Und was ist mit dem Wagen?«

»Den haben Sie rausgefahren und dort abgestellt.«

»Und dann bin ich fünfzehn Meilen zurückgelaufen? Und überhaupt, wenn ich das getan hätte, warum hätte ich die Leiche dann nicht gleich in ihrem Wagen mitgenommen?«

»Sie waren betrunken. Sie wußten nicht, was Sie tun.« Er beugte sich zu mir vor und lächelte begütigend. »Kommen Sie schon, Clint. Wir sind doch alle Männer von Welt. Wir wissen Bescheid. Wir wissen, wie es zu so was kommen kann. Zum Teufel, wir wissen, daß Sie es nicht vorsätzlich getan haben. Ich werde persönlich dafür sorgen, daß alles Strafmindernde auf Erden für Sie angeführt wird. Ehrlich.«

»Ich habe sie nicht getötet. Jemand anderes hat sie getötet und mir die Leiche untergejubelt.«

Er stand auf und schlug mit seinem Handrücken auf meine andere Gesichtshälfte ein. Es war die wunde Seite. Ich fand das Gleichgewicht wieder und sah zu ihm auf. »Wenn Sie Ihre verdammten Pfoten von mir lassen, kommen Sie weiter.«

Daraufhin schlug er mich vom Stuhl.

Der Zivilist mischte sich ein. Er war ein aalglatter Kerl mit weißem Haar und einem vertraulichen Blick. »Joe, laß mich einen Moment lang mit dem Jungen allein.«

»Okay, Bernie«, sagte Kruslov. Sie marschierten ab und ließen mich mit Bernie zurück. Er bot mir eine Zigarette an und gab mir Feuer. Ich tastete meinen Gaumen ab.

»Mein Sohn, Captain Kruslov ist ein guter Polizeibeamter, aber er ist es gewohnt, mit niederen Elementen umzugehen. Ich sehe auf den ersten Blick, daß er es nicht gewohnt ist, mit einem Mann wie Ihnen umzugehen. Aber er wird seine Methoden Ihretwegen nicht ändern. Er ist unermüdlich. Er wird nicht aufgeben. Er macht Ihnen das Leben zur Hölle, solange Sie nicht mit der Sprache rausrücken. Ganz unter uns, ich glaube, es wäre das Gescheiteste, wenn Sie offen mit ihm redeten. Das glaube ich wirklich. Und er hat es ernst gemeint, als er gesagt hat, daß er sich für Sie einsetzen wird und Ihnen Strafminderung zusichert.«

»Und Sie glauben, ich sollte mit ihm reden?«

Er klopfte mir auf die Schulter. »Ja, ich bin ganz sicher, daß das das Beste ist. Es kann einen krank machen, wie er mit den Leuten umspringt. Aber bisher hat er noch niemandem bleibende Schäden zugefügt. Noch nicht.«

»Von mir aus soll Sie der Teufel holen. Ich habe die Leiche in meinem Kleiderschrank gefunden, und das ist die ganze Wahrheit.«

Bernie war nicht so wie Captain Kruslov; Bernie schlug mit der Handfläche und nicht mit dem Handrücken zu. Ich traf ihn voll zwischen den Augen und tat mir dabei höllisch an der Hand weh. Er kippte rückwärts auf den Tisch, strampelte mit den Beinen, fiel auf der anderen Seite vom Tisch und riß einen Stuhl mit sich, Kruslov, Hilver und Stenograf kamen wieder reingestürzt. Bernie wollte, daß sie mich festhielten, während er es mir heimzahlte. Kruslov sagte ihm, er solle sich hinsetzen und den Mund halten.

Wir fingen wieder von vorn an. Ich blieb verbissen bei der Wahrheit. Sie versuchten immer wieder, mich durcheinander zu bringen. Es ist seltsam, was mit einem passiert, wenn Leute einen immer wieder mit Fragen bestürmen, sie einem einhämmern und über die Antworten höhnen, die man ihnen gibt. Irgendwann kommt man in einen hypnoseähnlichen Zustand. Ihre Köpfe sahen alle so groß wie Fünfliterkorbflaschen aus. Ihre Stimmen schienen in meinem Kopf zu klingen, aus meinem Kopf zu kommen. Ich wußte nicht mehr und mich interessierte auch nicht mehr, wer mich was fragte. Meine Stimme verfiel in heiseres Krächzen. Jemand fing an, jedesmal, wenn ich eine Frage beantwortete, mit den Fingern gegen meine Nase zu schnippen. Ich weiß nicht, wann es dunkel wurde und das Licht im Raum angeschaltet wurde. Meine Nase brannte jedesmal, wenn jemand dagegenschnippte, wie Feuer, aber ich war längst zu erschöpft, um auszuweichen. Ich weiß nicht, wann der Gürtel und die Plane und die Hochglanzfotografien der Leiche gebracht wurden. Ich weiß nur, daß es weiter und immer weiter ging.

Ich saß auf dem Grund eines Brunnens, und Suchscheinwerfer schienen auf mich herab, große Köpfe blickten auf mich herunter. Ich antwortete vom Grund meines Brunnens aus, und meine Stimme war hohl. Ich kauerte mich hin und wußte, daß der Brunnen tiefer und immer tiefer wurde. Ihre Fragen waren weiter weg. Das Licht war gedämpfter.

Plötzlich hörte alles auf. Ich saß mit den Knien auf der Brust da. Es war zu still im Raum.

»Mitternacht, Joe«, sagte jemand.

»Ja«, sagte Kruslov. Er gähnte herzhaft. Ich hatte Schwierigkeiten zu bestimmen, welche Mitternacht es war. Mittwoch mitternacht? Mir fiel wieder ein, daß sie Mary Olan heute nachmittag beerdigt hatten. Es schien, als hätte ich das Begräbnis verpaßt.

»Was meinst du?«

»Laß ihn erst mal wieder zu sich kommen. Wir probieren es dann noch mal. Oder vielleicht auch nicht. Es liegt genug vor. Principi sagt, es läge genug vor, worauf wir uns stützen können. Ich kann sein verfluchtes Gesicht nicht mehr sehen. Führt ihn hier raus.«

Sie zerrten mich auf die Füße. Ich kam mir vor, als sei ich betrunken. Kruslov stand neben der Tür. Als sie mich an ihm vorbeiführen wollten, riß ich meinen rechten Arm los und holte nach ihm aus. Es war ein reichlich lahmer Versuch. Er konnte mühelos ausweichen. Er sah mich an, schüttelte den Kopf, lächelte und sagte: »Ich will verflucht sein! Ihr müßt mich vor ihm beschützen, Leute.« Sie führten mich ab. Sie hatten eine nette Art, mich durch den Gang zu führen. Ich konnte nicht in dem Tempo laufen, das ihnen paßte. Sie schubsten mich entweder in den Rücken, oder sie packten meinen Kragen und rissen mich zurück. Ich schaffte es in die dunkle Sicherheit der kargen, kleinen Zelle. Es gab sie schon seit vollen hundert Jahren, und sie roch wie ein überschwemmter Keller.

In dem schmalen Korridor hing eine nackte Glühbirne. Der Schatten des Gitters warf Streifen auf die Zelle und mich. Ich lag übel mitgenommen in dem Dämmerlicht und versuchte, meinen Stolz wiederzufinden, meine Identität, das Gefühl meiner Einzigartigkeit, das ich verloren hatte. In meiner übermäßigen Unschuld hatte ich die brutalen Methoden der Polizei für eine Erfindung gehalten, für ein Märchen, das an den Zeitungskiosken erzählt wurde. Doch, ja, es konnte sicher vorkommen, daß sie auf junge Rowdies einschlugen, dem arroganten Straßenplebs ein wenig Unterwürfigkeit einbleuten, pickligen kleinen Dieben mit verschlagenen Gesichtern und langem Haar im Nacken Respekt einhämmerten – und denen würde es guttun – aber doch nicht mir. Sewell doch nicht.

Der Stolz der Menschen ist vielleicht eine kritische Angelegenheit. Aber er wird so selten auf die Probe gestellt; man muß ihn so selten als Einsatz riskieren. Ich war ein hilfloses Kind, und die großen Jungen hatten mich in einer Ecke des Schulhofs zusammengeschlagen. Das nimmt einem etwas.

Es gibt einem aber auch etwas.

Irgendwie war ich ein Klugscheißer gewesen. Mir konnte man so was nicht antun. Ich blickte auf die allerletzten Jahre zurück – zuviel Stolz auf mein eigenes richtiges Urteil, auf mein Können, auf den Job und darauf, groß, frei, respektiert und von keinem Makel behaftet zu sein. Jetzt war ich nicht länger etwas Einzigartiges. Sie konnten an mich ran. Sie wußten, wo ich wohnte. Es war kein großes Spiel mehr; es war kein Witz mehr. Mir wurde zum ersten Mal in vollem Umfang bewußt, daß ein Mädchen tot war, und ich wußte, was ihr Tod bedeutete. Man kann den Tod nicht heiter hinnehmen. Heiter und gescheit und unberührt.

Wenn die schweren Hände eines Kruslov nichts anderes ausgerichtet hatten, dann hatten sie doch eins bewirkt. Sie hatten mir meine eigene Verantwortung zum Bewußtsein gebracht – die Verantwortung, der ich noch nicht wirklich ins Gesicht gesehen hatte. Ich mußte dahinterkommen, wer es getan hatte. Ihr Tod war meine Angelegenheit.

In ein paar Stunden war ich um einiges erwachsener geworden, und das meiste davon war längst überfällig. Ich lag auf der dünnen, harten Matratze und versuchte, an dem Gedanken an Toni zu genesen. Aber sie war weit weg, und ich kannte sie noch gar nicht richtig. Es gab andere Dinge, die ich vorher noch erledigen mußte. Das Geld der Olans setzte Kruslov sehr unter Druck. Er hatte diesen Druck an mich weitergegeben. Ich fand das gar nicht mehr komisch.

9

Ich verbrachte den ganzen Donnerstag in der Zelle. In Abständen traf Essen ein, das nach nichts schmeckte. Es gab nichts zu lesen, nichts zu hören. Hier war es still.

Kruslov kam, als das kleine, hohe Fenster in der Maidämmerung grau wurde. Er kam ausgeruht und liebenswürdig in die Zelle und hielt eine zusammengefaltete Zeitung in der Hand.

»Nun, mein Junge, das Büro des Staatsanwaltes hat es gebilligt, daß wir Anklage erheben, und wir halten Sie jetzt nicht mehr zum Verhör fest. Jetzt halten wir Sie unter Mordanklage fest.«

»Was heißt das?«

»Sie gehen davon aus, daß sie genug Material haben. Jetzt können Sie sich einen Anwalt nehmen. Sie haben doch genug Kohle, um sich einen guten leisten zu können, oder?«

»Ich denke schon.«

»Wenn ich in Ihrer Haut steckte, Sewell, würde ich nur Jerry Hyers wollen. Das ist ein harter Kerl, und er ist gerissen. Wenn Sie wollen, rufe ich ihn an. Er kommt überdurchschnittlich oft durch. Manchmal schneiden seine Klienten sogar zu gut ab.«

Er gab mir Rätsel auf. Er wirkte entspannt und freundlich.

»Ich weiß nicht, wen ich haben will.«

»Ich gebe Ihnen einen guten Tip. Schauen Sie mich nicht so mißtrauisch an. Sie sind kein Profi-Killer. Sie haben sich nur mit der falschen Puppe eingelassen. Sie hätten es gestern abend wesentlich leichter haben können, wenn Sie geredet hätten.«

»Der Teufel soll Sie holen, Kruslov.«

»Okay. Seien Sie ruhig sauer. Was soll das bringen? Ich mache meine Arbeit. Mir geht es nicht um persönliche Angelegenheiten.«

Ich sah ihn an und sagte mit möglichst fester, ruhiger Stimme: »Ich habe das Mädchen nicht umgebracht.«

Er lachte: »Hören Sie endlich damit auf, Sewell. Sparen Sie sich das für die Verhandlung auf. Dann können Sie es gebrauchen. Soll ich Jerry anrufen?«

»Von mir aus. Rufen Sie ihn an. Ich werde mit ihm reden.«

»Meine Güte, wie nett von Ihnen!« Er warf die Zeitung auf die Pritsche. »Hier, da können Sie alles über sich selbst lesen.«

Ich las es, nachdem er gegangen war. Sie hatten ein echtes Verbrecherfoto von mir gebracht, das Bild, das an dem Abend aufgenommen worden war, an dem ich vom Polizeirevier nach Hause gekommen und auf dem Weg von Yeagger zusammengeschlagen worden war. Ich stand da und sah mit einem kläglichen Lächeln in die Kamera, der Inbegriff des Schuldbewußtseins.

Die Berichterstattung war entmutigend. Die Zeitung hatte über mich zu Gericht gesessen und mich für schuldig befunden. Die Behörden hatten wenig Zurückhaltung gezeigt, als sie den Fall an die Presse hatten durchsickern lassen. Sie hatten sich sogar ausgemalt, wie ich das mit den Autos geregelt hatte. Nach Angaben der Zeitung waren wir rumgefahren, bis es ihr wieder besser ging, und dann waren wir zum Club zurückgefahren, um meinen Wagen zu holen. Mit zwei Wagen waren wir zur Farm der Pryors rausgefahren und bis Highlands gekommen. Dann hatte ich ihr bedeutet anzuhalten. Irgendwie hatte ich sie überwältigt und sie in meinem Wagen in meine Wohnung zurückgebracht. Das war der Wagen, den Mrs. Speers um vier vorfahren gehört hatte. Ich hatte sie in die Wohnung mitgenommen, sie umgebracht, meinen Wagen wieder zum Club gefahren und war dann die beiden Meilen zu meiner Wohnung zu Fuß gelaufen. Es war absurd, aber auf eine erschreckende Weise klang es einleuchtend. Der Gürtel, die Plane, die Saftdose und der Faden wurden groß herausgestellt. Hübsche, anzügliche Einzelheiten für die Leserschaft.

Mein erster Besucher am Freitagmorgen war Willy Pryor.

Er war seit der Besprechung in seinem Haus um einiges gealtert. In einem Straßenanzug sah er weniger wie er selbst aus. Er war so braungebrannt und wirkte so kräftig wie bisher, aber er bewegte sich nicht mehr auf dieselbe Art. Er bewegte sich wie ein wesentlich älterer Mann. Sein Kopf wackelte ein bißchen, und seine Augen wirkten krank. Es war das idiotischste Gespräch, das ich je mit irgend jemandem geführt habe.

»Mr. Pryor, ich möchte, daß Sie wissen, daß ich Ihre Nichte nicht getötet habe.«

»Mary war ein zügelloses, leichtsinniges Mädchen, Mr. Sewell.«

»Ich habe sie nicht getötet.«

»Nachdem meine Schwester krank wurde, haben Myrna und ich unser Bestes getan, um Mary zu helfen. Wir haben ihr ein gutes christliches Zuhause gegeben. Wir haben sie gelehrt, Recht und Unrecht zu unterscheiden. Aber sie hatte diese Unbändigkeit an sich. Ich vermute, es war nichts dagegen zu machen. Sie war promiskuitiv, Mr. Sewell. Sie war verrucht.«

»Das würde ich nicht sagen.«

»Sie hat für die Wollust und die körperlichen Genüsse gelebt. Das müssen Sie wissen, Mr. Sewell. Sie sind mit ihr ausgegangen. Sie hatten mit Sicherheit Geschlechtsverkehr mit ihr.«

»Nein. Das hatte ich nicht. Ich bin, wie man so sagt, nie über die Gürtellinie hinausgekommen. Ich glaube, daß sie sie zu schlecht hinstellen.«

Er sah mich an. Eine alttestamentarische Strenge ging von ihm aus, die ich bisher nie an ihm gesehen hatte. »Streiten Sie ab, sie besessen zu haben, Mr. Sewell?«

»Allerdings. Und umgebracht habe ich sie auch nicht.«

»Mit dem Tod ist sie in die ewige Verdammnis eingegangen. Das war das Blut ihres Vaters, Mr. Sewell. Er war ein gottloser Mann. Sie hat mit vielen Männern gesündigt. Ich habe getan, was ich konnte. Ich habe drei junge Töchter, die ich aufziehen muß. Sie war ihnen ein schlechtes Beispiel in meinem eigenen Haus, aber ich war für sie verantwortlich. Ich trauere nicht um sie, Mr. Sewell. Ich bemitleide sie. Wer sie auch getötet haben mag – er hat als ein Instrument Gottes gehandelt.«

Allmählich lief es mir bei seinen Worten kalt über den Rükken. »Ich habe sie nicht getötet. Ich habe nicht mit ihr geschlafen. Was haben Sie eigentlich vor? Wollen Sie mich dazu bringen, daß ich behaupte, ich hätte es getan?«

»Nein, Mr. Sewell.« Er stand auf und sah auf mich hinunter. Die weißen Augenbrauen zitterten, und die Nasenflügel waren gebläht. »Gott sei Ihnen gnädig.«

»Warten Sie einen Moment.«

»Seien Sie guten Glaubens«, sagte er. »Verzweifeln Sie nicht.«

Sie ließen ihn raus, und er ging.

Jerome B. Hyers kam etwa zehn Minuten später geschäftig und wichtigtuerisch in meine Zelle gestürmt. Er war ein kleiner, stämmiger Mann in den Fünfzigern mit einer hohen, gewölbten Stirn und schwarzem Haar, das an den Seiten lang genug war, um es über den kahlen Schädel zu kämmen. Er hatte einen Mund, der so groß wie ein Eimer war, eine volltönende Baritonstimme und kleine, braune, stechende Augen. Wir verstanden uns absolut nicht. Jedesmal, wenn ich ihm erklärte, daß ich sie nicht getötet hatte, sprach Hyers von den vertraulichen Gesprächen, die ein Klient mit seinem Anwalt führen dürfe. Dann versuchte er, mir zu erklären, der fehlende Vorsatz erschwere es beträchtlich, eine Anklage auf Mord aufrechtzuerhalten. Wir schrien einander rund fünfzehn Minuten lang an. Er lief in der kleinen Zelle auf und ab und gestikulierte heftig. Plötzlich ließ er all seine Affektiertheiten fallen. Er setzte sich, holte ein großes, weißes Taschentuch raus, wischte sich den Mund ab und sah mich ruhig an.

»Sie waren es also nicht, was?«

»Nein! Ich habe ...«

»Schon gut. Schon gut. Lassen Sie mich nachdenken. Ein wunderbarer Indizienbeweis. Einfach wunderbar! Der Streit im Club. Ihr Gürtel. Das Wegschaffen der Leiche.«

»Ich gebe ja zu, daß ich die Leiche weggebracht habe.«

Er lächelte eher traurig. »Junger Mann, ich könnte behaupten, daß ich keine allzugroße Vorfreude empfinde, wenn ich meine Verteidigung auf der Mutmaßung aufbauen soll, jemand sei in Ihre Wohnung gekommen, während Sie schliefen, und hätte die Leiche in Ihren Kleiderschrank gesperrt.«

»Aber genau das ist passiert!«

»Seien Sie so freundlich, sich nicht ständig zu wiederholen. Ich akzeptiere das. Lassen Sie mich mal sehen. Mai. Ich habe bis Anfang Dezember Zeit, um mich darauf vorzubereiten.«

»Dezember! Können Sie mich hier rausholen?«

»Bei Mordanklage gibt es keine Freilassung gegen Kaution. Sie bleiben bis dahin hier.« Er sah sich in der Zelle um und zog die Nase hoch. Dann sagte er: »Natürlich können wir dafür sorgen, daß Sie es wesentlich behaglicher haben als hier.«

»Kruslov und seine Leute haben ziemlich übel auf mich eingeschlagen. Nutzt Ihnen das irgend etwas?«

»Das bezweifle ich. Wenn Sie ein Geständnis unterschrieben hätten, könnten wir anfangen, über körperliche Nötigung nachzudenken. Aber da Sie nichts unterschrieben haben, müssen wir das einfach vergessen. Mein Honorar, junger Mann, kostet Sie fünftausend Dollar und Spesen zusätzlich, falls ich mich entschließen sollte, einen Privatdetektiv einzuschalten.«

»Das ist verdammt viel Geld.«

»Ich bin ein verdammt guter Anwalt, mein Junge.«

Ich grinste ihn an. »Geht in Ordnung.«

»Ich werde mir ein paar Gedanken machen und die Fakten noch einmal durchsehen, die wir an der Hand haben, und dann komme ich wieder und bringe einen Kassettenrekorder mit, und dann werden wir in die Einzelheiten gehen, junger Mann.«

»Was ist aus ... Miß MacRae geworden, meiner Sekretärin? Es ist mir wichtig, sie aus der Geschichte rauszuhalten.«

»Dieser Privatdetektiv, France, er hat gemeldet, wo er Sie gefunden hat. Kruslov hat sie holen lassen. Sie war hier, als man Sie hergebracht hat. Kruslov wollte sich gern davon überzeugen lassen, daß sie mit dem Mord nicht das geringste zu tun hatte. Er kennt ihren Vater, und ich glaube, sein Bruder kennt sie. Er hat mit France darüber geredet. Daher ist noch nichts an die Zeitungen durchgesickert. Aber ich glaube, sie werden es erfahren, wenn es zur Verhandlung kommt. Die Anklage wird aufzeigen wollen, daß Sie sich wie ein Schuldiger benommen haben. Dazu gehört auch, daß Sie sich versteckt haben – und wer Sie versteckt hat.«

»Die Firma wird sie feuern.«

Er sah mich traurig an. »Ihnen wird die Firma auch nicht unbedingt einen Orden verleihen, Mr. Sewell.«

Circa um sechs wurde ich in denselben Raum gebracht, diesen schäbigen, runtergekommenen Raum, in dem es nach Gewalttätigkeit roch und in dem sie es mir gegeben hatten. Toni wartete dort auf mich. Sie schlossen die Tür und ließen uns allein. Ich vermutete, daß Jerry Hyers seinen Einfluß geltend gemacht hatte, um diese hübsche Regelung durchzusetzen.

Wir küßten uns und redeten beide gleichzeitig und küßten uns dann wieder. Sie legte zarte Fingerspitzen auf mein geschwollenes Gesicht und weinte über meine Behandlung, über uns und über die ganze schreckliche Misere.

»Das kann doch nicht wahr sein, Clint. Es ist so gräßlich. Es kann doch nicht wirklich wahr sein.«

»Ein Teil davon ist wirklich geschehen.«

Sie errötete. »Ja. Oh, ja. Weißt du, sie sind in die Firma gekommen und haben mich geholt. Captain Kruslov hat schreckliche Dinge über mich behauptet, ich hätte dir geholfen und so. Mr. France war auch da. Er war schrecklich wütend auf dich. Du hast ihm einen Zahn ausgeschlagen. Hinterher habe ich mich mit Mr. France unterhalten. Ich habe ihn gefragt, ob sein Auftrag abgeschlossen sei, und er hat gesagt, vermutlich, ja. Ich habe ihn gefragt, ob er für dich arbeiten würde. Er war so wütend, daß ich nicht geglaubt habe, er könne ja sagen, aber er hat gesagt, er täte es, und ich werde ihn dafür bezahlen.«

»Versuch bloß nicht, sein Honorar zu bezahlen.«

»Ich will es so haben. Wenn mir das Geld ausgeht, kannst du ihn ja bezahlen. Aber ich will jemanden haben, der versucht, dir zu helfen, Clint. Captain Kruslov ist derart sicher, du seist es gewesen, daß es mich erschreckt.«

»Du weißt, daß ich es nicht getan habe.«

»Ja, Liebling, ich weiß es.«

»Zweifle nie daran. Zweifle nur nie an mir.«

»Das könnte ich gar nicht. Sag so etwas nicht.« Sie sah mir direkt in die Augen. »Und zweifle du nicht an mir. Nichts wird sich je ändern. Ich werde auf dich warten. Ich werde mich dafür einsetzen, dich freizukriegen.«

Wir wurden gewarnt, mehr als zwei Minuten könne man uns nicht mehr gestatten. Sie sagte, sie sei am kommenden Morgen im Büro, am Samstagmorgen, um alle möglichen Kleinigkeiten aufzuräumen, und falls ich Gelegenheit hätte, sie anzurufen, würde sie dafür sorgen, daß ich über das Telefon in meinem Büro auch nachts mit ihr verbunden würde. Sie sagte, sie käme am Samstagnachmittag zu Besuch und würde mir Kleider zum Wechseln und Toiletteartikel mitbringen. Sie sagte, sie müsse mir noch etwas erzählen, aber jetzt sei keine Zeit mehr, um es mir zu erklären. Dann mußte sie gehen, und ich wurde in eine Zelle zurückgebracht, die kälter, kärglicher und beängstigender war, nachdem ich Gelegenheit gehabt hatte, mein großes, warmes Mädchen in den Armen zu halten, ihre Stimme zu hören und ihr in die Augen zu sehen. Jemand muß an einen glauben. Jemand muß sich etwas aus einem machen. Irgend jemandem muß man wichtig sein. Oder das Leben ist nichts weiter als ein routinemäßiger Ablauf.

Am Samstagmorgen um zehn Uhr fünfzehn wurde ich freigelassen. Hyers stand ungeduldig da, während ich die Schnürsenkel wieder in meine Schuhe fädelte, den Gürtel durch die Schlaufen meiner Hose zog und mir die Krawatte um den schmutzigen Hemdkragen band. Ich riß den braunen Umschlag auf und nahm die Brieftasche, die Schlüssel, das Feuerzeug, das Kleingeld und die Zigaretten wieder an mich.

»Was ist passiert?« fragte ich Hyers.

»Lassen Sie uns ein paar Häuser weiter einen Kaffee trinken.«

Ich war froh, daß es ein kleines, schmuddeliges Lokal war. Mit einem Viertagebart und einem schmutzigen Hemd sah ich wie ein Penner aus. Wir setzten uns in eine Nische dicht an der Rückwand.

Jerry Hyers bestellte Doughnuts und Kaffee und sagte zu mir: »Die hätten Sie das ganze Wochenende dringelassen. Zu mühsam, die Bürokratie in Bewegung zu setzen und Sie rauszuholen.«

»Würde mir jemand freundlicherweise erzählen, was, zum Teufel, hier vorgeht?«

»Wissen Sie es denn noch nicht? Sie haben Raymond heute morgen gefunden. Am frühen Morgen. Ein paar Kinder, die einen ganztägigen Ausflug machen wollten, haben eine Abkürzung über die Pryor-Farm eingeschlagen. Sein Wagen stand auf einem der Wege. Er hatte seinen Strick genommen, war auf das Wagendach gestiegen, hatte den Strick über einen Ast geschwungen und festgebunden, und dann hat er sich die Schlinge um den Hals gelegt und ist vom Wagen gesprungen. Die Kinder hätten den Strick selbst dann nicht erreichen können, wenn ihnen danach zumute gewesen wäre. Sie ließen ihn dort hängen und liefen zum Farmhaus. Er hatte in der einen Tasche die Brieftasche der kleinen Olan und in der anderen den fehlenden Schlüssel zu Ihrer Wohnung. Kruslov nahm sich Mrs. Raymond auf der Stelle vor. Als sie erfuhr, was geschehen war, gab sie zu, daß sie in bezug auf die Nacht, in der die kleine Olan ermordet worden war, gelogen hatte. Offensichtlich war Raymond bis fünf Uhr morgens außer Haus gewesen. Und sie sagte Kruslov auch, daß Raymond als Ihr Boß die Verabredungen mit der kleinen Olan für Sie arrangiert hatte, um sie selbst öfter sehen zu können. Sie sagte Kruslov, sie wäre ganz sicher, daß ihr Mann irgendwo ein Zimmer oder eine Wohnung gemietet hätte, um dort die kleine Olan treffen zu können. Hier haben Sie eine Quittung. Wenn Sie mit der zur Polizeigarage in der 4. Straße gehen, wird Ihr Wagen freigegeben. Die Anklage gegen Sie ist zurückgezogen worden.«

»Ich dachte an Dodd, aber ich konnte nicht glauben, daß...«

»Ein netter Kerl. Wenn er die Nerven nicht verloren hätte, könnten Sie jetzt alles ausbaden, junger Mann. Ihr Scheck über dreihundert begleicht meine Bemühungen.«

»Ich schicke ihn am Montag ab.«

»Danke. Ich muß los.« Wir gaben einander die Hand, und er eilte gewichtig und geschäftig davon.

Ich trank meinen Kaffee aus, zahlte die Rechnung und machte mich auf die Suche nach der Polizeigarage. Nach einem gelangweilten Blick auf die Quittung sagte man mir, mein Wagen stünde gleich hinter dem Haus. Gehen Sie einfach durch die Seitengasse, Mister. Ich fuhr zu meiner Wohnung und rief in meinem Büro an.

Toni meldete sich. »Apparat Mr. Sewell.«

»Hier spricht Mr. Sewell, Miß MacRae. Ich habe nur angerufen, um Ihnen zu sagen, daß ich heute morgen nicht ins Büro komme.«

»Clint! Dann ist es also wahr? Es geht das Gerücht um, daß Mr. Raymond...«

»Sind genug Leute da, um ein Gerücht in Umlauf zu setzen?«

»Clint, sag mir, was los ist, und hör auf mit dem Quatsch. Bist du draußen?«

»Ich bin draußen, und du solltest samstags nicht arbeiten. Heute ist ein großartiger Tag für ein Picknick. Wohin fahren wir?«

»Clint!«

»Hör zu, Liebling. Ich kann dich wohl nicht in der Firma abholen. Ich muß mich frisch machen, und dann fahre ich zu Nancy Raymond. Sagen wir, ich hole dich etwa um zwei bei dir ab.«

»Von wo aus rufst du an?«

»Von meiner Wohnung aus.«

»Tja, also... verstehst du, Liebling, dort wohne ich.«

»Was?«

»Mrs. Timberland hat mich rausgeworfen. Mit groben Worten. Ich habe ein langes Gespräch mit Mrs. Speers geführt. Das war das, was ich dir noch sagen wollte, als wir keine Zeit mehr hatten. Wir fanden, es sei das Einfachste, wenn...«

»Zufällig klopft Mrs. Speers gerade im Moment an meine Tür.«

»Dann wird sie es dir erzählen. Bis später, Liebling.«

Ich machte Mrs. Speers die Tür auf. Sie starrte ehrfürchtig meinen Backenbart an und sagte: »Ich habe es im Radio gehört. Das mit Mr. Raymond. Ich habe diesen dämlichen... äh... Bullen gesagt, Sie hätten das Mädchen nicht umgebracht. Sie hat aus einer vornehmen alten Familie gestammt, aber sie hat nichts getaugt. Dieses ewige Trinken.«

»Ich weiß Ihre Haltung wirklich zu schätzen.«

»Mir graut schon bei dem Gedanken, jemand könnte eine Leiche in meinem Haus verstecken. Mr. Sewell, ich habe ein langes Gespräch mit Ihrer Miß MacRae geführt. Die Timberland, diese Zicke, hat sie rausgeworfen, mit Sack und Pack. Wir haben uns über Sie unterhalten, Mr. Sewell. Sie ist ein prachtvolles Mädchen. Wir haben beschlossen, es sei das Einfachste, wenn sie hier wohnt, während wir... alles versuchen, um Ihnen aus der Patsche zu helfen.«

»Das hat sie mir gerade am Telefon erzählt.«

»Oh, Sie haben mit ihr gesprochen! Das erleichtert es mir. Ich wollte nicht, daß Sie glauben, ich hätte mir zu große Freiheiten herausgenommen, als ich ihr erlaubt habe, die Wohnung zu benutzen. Es versteht sich von selbst, daß Sie nicht beide hierbleiben können. So was kann ich nicht dulden. Sie werden sich ein Hotelzimmer suchen müssen, bis sie eine andere Bleibe gefunden hat, Mr. Sewell.«

»Ja, ich...«

»Wissen Sie, was? So leid es mir tut, aber ich bin ein wenig enttäuscht darüber, daß man Sie so schnell wieder freigelassen hat. Ist das nicht scheußlich von mir? Soviel Aufregung habe ich seit... seit ewigen Jahren nicht mehr gehabt. Ich kann mir vorstellen, daß Sie sich nach diesem gräßlichen Gefängnis frisch machen wollen, nicht wahr? Der arme Mr. Raymond. Sie muß ihn um den Verstand gebracht haben. Ihre Mutter war eine ganz reizende Person, die Arme. Aber ihr Vater war ein liederlicher Rumtreiber. Denken Sie an das Hotelzimmer. Daß Sie es mir nicht vergessen!« Sie schalt mich affektiert mit einem Finger aus, lächelte geziert und wich aus der Tür zurück.

Ich duschte, rasierte mich und zog mich um. Ich war unwillkürlich in Ferienstimmung. Sie fiel von mir ab, als ich in die Auffahrt der Raymonds einbog und neben dem Seiteneingang parkte. Mrs. Raymonds dicker, alter Wagen stand da. Sie war vom See zurückgekommen.

Die muskulöse irische Krankenschwester machte mir die Tür auf. Ich sagte, ich wolle Mrs. Dodd Raymond sehen. Die Krankenschwester flüsterte und führte mich in ein kleines Arbeitszimmer, in dem ich warten sollte. Ich wartete volle fünf Minuten, bis Nancy in der Tür auftauchte. Sie trug Schwarz und bewegte sich wie ein Roboter.

Sie streckte eine kühle Hand aus. »Es ist sehr nett von dir, vorbeizukommen, Clint.«

»Nancy, es tut mir entsetzlich leid für dich.«

»Setz dich doch, ja? Mutter Raymond nimmt es sehr schlecht auf. Der Arzt ist erst vor kurzem gegangen.«

»Kann ich irgend etwas für dich tun?«

»Ich habe schon daran gedacht, dich zu bitten, ob du einen der Sargträger abgeben würdest, aber dann habe ich beschlossen, daß wir das unter den gegebenen Umständen besser bleiben lassen. Das Begräbnis findet am Montag um zwei Uhr nachmittags statt. In der Leichenhalle Upmann.«

Ich kam nicht zu ihr durch, nicht unter die geschliffene Oberfläche. Sie sagte genau die Artigkeiten, die sich gehörten.

»Nancy!«

Sie sah mich an, und ihre Augen wurden etwas größer. »Mit mir ist alles in Ordnung. Mit mir ist wirklich alles in Ordnung. Ich bin sehr gefaßt, Clint. Heute morgen um neun habe ich die offizielle Identifikation der Leiche vorgenommen. Im Lauf des Tages werden sie sie an Upmann freigeben, wenn sie mit ihr fertig sind.«

»Dein Benehmen wirkt nicht so, als sei alles in Ordnung mit dir.«

»Ich komme bestens zurecht. Ich weiß gar nicht, was du willst. Das Familiengrab ist natürlich hier, in Warren. Mr. Upmann hat gesagt, er würde die notwendigen Vorkehrungen treffen. Mutter Raymond möchte, daß Reverend Doctor Lamarr die Messe liest. Ich habe ihn angerufen. Anfangs schien er zu zögern, aber dann hat er eingewilligt. Er hat gesagt, er sähe keinen Grund zum Anstoß. Mutter Raymond hat immer auf gutem Fuß mit der Kirche gestanden. Ich glaube, er hielt es für schwierig, weil die Pryors der selben Glaubensgemeinschaft angehören.«

»Nancy, erinnerst du dich noch an mich? Ich bin Clint. Ich bin dein Freund. Ich bin nicht gekommen, um dir einen normalen Beileidsbesuch abzustatten.«

Ihr Gesicht verzog sich, und sie fing an zu weinen. Sie weinte sich aus, bis sie völlig erschöpft war. Sie lag auf dem Ledersofa in dem kleinen, trostlosen Arbeitszimmer, und ich saß neben dem Sofa und hielt ihr die Hand. Es dauerte lange, bis sie wieder sprechen konnte.

»Vorher habe ich gar nicht geweint«, sagte sie tonlos.

»Sicher tut es dir gut.«

»Ich wollte fortgehen. Ich wollte ihn verlassen. Und er hat in Schwierigkeiten gesteckt. Er hätte mit mir darüber reden sollen.«

»Darüber konnte er nicht mit dir reden.«

»Irgendwie habe ich ihn im Stich gelassen, Clint. Ich habe seinen... seinen Ansprüchen nicht genügt. Er wollte mehr, als ich ihm geben konnte.«

»Bei Mary Olan hätte er es auch nicht gefunden.«

»Ich hätte etwas ahnen müssen. Er hat sich so merkwürdig verhalten.«

»Was war denn?«

»Ich glaube nicht, daß er in den letzten drei Nächten mehr

als zwei oder drei Stunden geschlafen hat. Er ist zu jeder Nachtzeit durch das Haus gelaufen. Zweimal habe ich versucht, ihn im Büro anzurufen, aber er war nicht da. Die Firma schien ihn überhaupt nicht mehr zu interessieren. Er schien sich etwas zu überlegen, in irgendeinem Punkt zu einem Entschluß zu kommen. Er wollte nicht mit mir darüber reden. Gestern nachmittag redete er dann... wild drauflos. Ich konnte mir keinen Reim darauf machen. Er hätte so früh am Nachmittag gar nicht zu Hause sein dürfen. Das schien ihm überhaupt nichts auszumachen. Seine Hände waren ganz schmutzig, als er nach Hause kam. Er schien den Schmutz gar nicht zu bemerken, bis ich ihn darauf ansprach. Dann sah er seine Hände, lächelte ganz komisch und sagte: ›Der Staub vergangener Jahre, Liebling. Du kannst ihn aber auch Goldstaub nennen. Das trifft es genausogut.‹ Er wusch sich die Hände und kam dann zu mir in die Küche. Er machte den Eindruck, als sei er zu einem Entschluß gekommen. Er sagte: ›Ich habe mir alles zurechtgelegt, Schätzchen.‹ Er wollte mir nicht erklären, was er damit meinte. Er sah mich mit einem irren Lächeln an. ›Die C. P. P. soll der Teufel holen‹, sagte er. ›Jetzt steigen wir wirklich ins Geschäft ein.‹ Er nickte immer wieder und lächelte vor sich hin. Nach dem Abendessen fuhr er weg. Er sagte mir nicht, wohin er ging. Ehe er fortgegangen war, hatte er einen Anruf gemacht, aber ich hörte nicht, mit wem er sprach oder was er sagte. Ich... ich werde ihn nie mehr lebend sehen.«

»Sachte, Mädchen.«

Sie sah in die Ferne. Sie hielt meine Hand fest umklammert. »Jetzt ist alles vorbei, oder?«

»Ja, es ist vorbei, Nancy.«

Sie wandte ihr Gesicht von mir ab. »Ich denke immer wieder schreckliche Dinge«, sagte sie mit zaghafter Stimme.

»Wie zum Beispiel?«

»Zum Beispiel, daß ich jetzt warten muß, bis all das vorüber ist. Sechs Monate. Oder vielleicht sogar ein Jahr. Und dann werde ich wieder leben wie früher und eine Möglichkeit finden, mir eine schöne Zeit zu machen.«

»Wie meinst du das?«

Sie wandte sich mir abrupt zu, und ihre Augen loderten fast. »Wir müssen fast gleichaltrig sein, Clint. Ich wüßte, wie ich dir guttun könnte, geschäftlich und auch sonst in jeder Hinsicht. Ich kenne das Leben. Wir haben Tests gemacht, verstehst du. Es lag nicht an mir, ich kann Kinder bekommen. Diesmal würde alles stimmen. Junge Leute, die alle zusammenleben. Und Versetzungen an neue Orte. Ich kenne das alles. Du könntest stolz auf mich sein, auf jemanden wie mich. Ich war immer aktiv in allen möglichen Ausschüssen und so. Ich habe jede neue Wohnung schön eingerichtet. Alles war gut, bis wir hierher kamen. Das ist das Schreckliche, was ich mir immer wieder überlege.«

Ich sagte nichts dazu und ließ ihre Hand nicht los. Sie wandte ihr Gesicht wieder ab.

»So was Dummes, nicht?« sagte sie.

»Du bist verwirrt.«

»Es geht nicht um dich. Ich will einfach nur dieses Leben wiederhaben. Ich will wieder so sein wie früher, nur diesmal mit Kindern. Es tut mir leid, Clint.«

»Es braucht dir nicht leid zu tun.«

»Du würdest es nicht mit mir versuchen, oder?«

»Tut mir leid, Nancy.«

Sie zog ihre Hand zurück. Ich stand auf und verabschiedete mich von ihr. Sie rührte sich nicht, antwortete nicht und sah mich auch nicht an. Ich ging allein zur Tür. Als ich gerade an meinem Wagen angekommen war, fuhr Kruslov vor. Er und noch ein weiterer Mann gingen auf das Haus zu. Ich ging ihnen entgegen und schnitt ihnen den Weg ab.

»Was ist denn jetzt?« fragte Kruslov. Er wirkte behäbig, abgestumpft und übermüdet.

»Jetzt will ich wissen, wie stolz Sie auf sich sind, Kruslov. Ich will wissen, wieviel gegen Sie vorliegt, weil Sie mich verprügelt haben.«

Er musterte mich kühl. »Erwarten Sie eine Entschuldigung?«

»Sie könnten mal ausprobieren, ob Ihnen das steht.«

»Niemals, Sie verdammter Idiot. Sie haben eine Leiche gefunden und sie weggeschafft. Welches Recht, zum Teufel, hat ein Zivilbürger wie Sie, sich in die Polizeiarbeit einzumischen? Sie erschweren mir die Arbeit, reißen den Mund weit auf und kommen dann dahergetänzelt und wollen, daß man sich bei Ihnen entschuldigt. Es gibt Gesetze, die sich mit dem beschäftigen, was Sie getan haben, und wenn Sie mir zu sehr auf die Nerven gehen, kann ich mal sehen, ob sich nicht ein paar davon auf Sie anwenden lassen. Und jetzt gehen Sie mir aus dem Weg, und scheren Sie sich zum Teufel.«

Ich ging ihm aus dem Weg, ehe er mich mit einer seiner kräftigen Schultern zur Seite schob. Er ging auf das Haus zu. Ich kam mir vor wie ein versohltes Kind. Ich stieg in meinen Mercedes und fuhr fort.

Ich hatte bei der Auseinandersetzung mit Toni gewonnen und einen Teil meiner Sachen in ein zweitklassiges Hotelzimmer gebracht. Ich hatte gewonnen, weil ich ihr gesagt hatte, so, wie ich die C. P. P. kenne, hätte ich meinen Job höchstens noch ein paar Tage. Wir hatten eine Tüte mit Käsebrötchen und Leberwurst-Sandwichs und einen kalten Sechserpack Bier weit aufs Land mitgenommen. Vor unserer Abfahrt hatte ich zwei Reporter mit mehr Schnelligkeit als Raffinesse abgeschüttelt.

Vom grasbewachsenen Ufer aus konnten wir Brotkrumen in den Fluß werfen. Elritzen stürzten sich grimmig auf die Krumen. Ich legte mich ins Gras zurück, und Tonis Oberschenkel, der in einer weiten Hose steckte, paßte in mein Genick, als sei er genau zu diesem Zweck entworfen worden.

»Schau nicht so finster«, sagte sie sanft.

»Ich kann nichts dagegen tun.«

»Jetzt ist alles vorbei.«

»Ein kaltblütiger Kerl, Toni. Jemand, der jeden Gesichtspunkt genau durchdacht hat. Ein skrupelloser Typ. Konnte er einen Mord begehen? Ja, wenn er sich dadurch einen großen Vorteil verschaffen und sich von der Logik her ausrechnen könnte, daß er damit davonkommt. Würde er sich umbringen? Vielleicht, aber nur dann, wenn ihm klar wird, daß man ihn schnappen wird. Wie also paßt alles zusammen? Überhaupt nicht. Marys Tod bringt ihm keinen Vorteil. Und geschnappt hätten sie ihn auch nicht so schnell.«

»Um es in den unsterblichen Worten des Barden zu sagen: Laß es auf sich beruhen.«

»Das kann ich nicht.«

»Vielleicht ist alles ganz anders, als es aussieht, Clint, Liebling. Na und? Wir haben nichts mehr damit zu tun. Du bist niemandem etwas *schuldig*. Jetzt laß uns nur noch an uns denken.«

»Weibliche Logik. Vor zehntausend Jahren hättest du deine eigene handliche Keule an der Höhlenwand gleich neben dem Eingang lehnen gehabt. Und ungeladene Gäste – bum.«

»Und vor zehntausend Jahren hättest du gesehen, wie nah du einem Säbelzahntiger kommen kannst. Ha! Männliche Logik!«

»Aber ich kann es nicht dabei belassen, Mädchen. Das Päckchen ist zu ordentlich verpackt. Die Schnur ist zu sorgsam gebunden. Vielleicht ist sie zu sorgfältig um Dodds Hals zugezogen.«

»Laß das!«

»Ich bin nicht in sein Andenken verliebt. Ich verspüre nicht den geringsten Drang, ihn zu entlasten. Der gesunde Menschenverstand sagt mir dasselbe wie du. Laß es auf sich beruhen. Und dann verbringe ich so ziemlich jede ruhige Stunde meines restlichen Lebens damit, mich zu fragen, was war.«

Sie fuhr mit einem zarten Daumen über eine meiner Augenbrauen, dann über die andere. Sie seufzte tief: »Immer mußt du dich einmischen.«

»Ich weiß.«

»Du bist ein gewaltiger Dummkopf.«

»Auch das weiß ich.«

»Wenn du es tun mußt, dann mußt du es eben tun.«

»Mhm. Mit dir habe ich mir etwas ganz Besonderes eingehandelt, MacRae.«

»Die große Sparpreispackung.«

»Dreidimensional, farbig, mundgerecht und mit natürlichen Aromastoffen.«

Wir küßten uns, bis der Fluß bergauf floß. Die Elritzen gafften uns an. Sämtliche Bäume applaudierten, und eine braunweiß gefleckte Kuh schlenderte zum Fluß hinunter, um uns mit feierlichem Ernst zu beobachten. Wir gaben ihr ein übriggebliebenes Sandwich. Sie fraß es mit der Würde einer Baronin. Dann gingen wir zum Wagen zurück. Toni hängte sich bei mir ein. Ihre Finger klammerten sich fest. Ihre dunklen Augen bearbeiteten meine Seele wie ein Punktschweißer.

»Paß auf dich auf«, sagte sie.

Ja, ich würde auf mich aufpassen. Aber das war etwas, was ich tun mußte. Ich mußte es wissen. Sie hatten mich verändert – Kruslov und seine Hände, die feuchte Zelle, das tote Mädchen. Ehe ich mich verändert hatte, hätte ich mir sagen können, daß es mich nichts anginge. Aber ich hatte mich verändert und mich in verstärktem Maß auf das Leben eingelassen. Wie bei John Donne, wenn er davon redet, daß kein Mensch eine Insel ist.

Der Tod war mir sehr nah gekommen, schwarze Gazeflügel hatten mein Gesicht gestreift. Ich konnte mir nicht einreden, daß alles vorbei war. Nicht, solange ich diese nagenden Zweifel hatte. Ich konnte nicht zulassen, daß Dodd Raymond mit diesem Makel behaftet ins Grab gelegt wurde.

Und ich würde auf mich aufpassen. Denn hinterher kam Toni.

10

Es gibt wenige Orte, an denen sich ein Mann die Hände mit dem Staub der Vergangenheit beschmutzen kann. Nachdem ich Toni abgesetzt hatte – ein ziemlich untröstliches, aber verständnisvolles Mädchen – machte ich mich auf den Weg in die öffentliche Bücherei von Warren. Sie hatte dasselbe Baujahr wie das Polizeirevier. Die junge Dame, die mir zu Hilfe kam, trug einen weißen Angorapullover, der große Mühe damit hatte, zwei der gewaltigsten und unwirklichsten Brüste zu beherbergen, die ich je gesehen hatte. Sie marschierte stramm hinter ihnen her und setzte sie als Angriffswaffen ein. Ich fragte mich, wie sich irgend jemand je daran erinnern konnte, weshalb er hergekommen war und was er sie hatte fragen wollen. Sie führten ein Eigenleben – säugetierhaft, einfach unglaublich – Objekte, die weit jenseits des Reichs der Begierde lagen und lediglich Ehrfurcht und Verblüffung wachriefen.

Es gelang mir, stammelnd meine Frage nach alten Aufzeichnungen und Zeitungen vorzubringen. Sie deutete mit diesen Brüsten auf eine Nebentreppe und sagte, dort oben gäbe es Kabinen und Mikrofilmprojektoren und ein Mädchen, das mir helfen würde. Ich stieg die Treppe hinauf.

Das Mädchen oben war vollkommen anders gebaut. Wenn man halbe-halbe aus den beiden gemacht hätte, wären zwei ganz normale Modelle dabei herausgekommen. Sie erklärte mir das System und sagte mir, wenn ich wüßte, was ich wollte, könne sie mir die Rollen holen, und ich könnte eine Empfangsbescheinigung unterschreiben. Ich sagte ihr, ich wüßte nicht, was ich wollte. Ich sagte ihr, ich wollte die Rollen sehen, die sich ein Mr. Dodd Raymond gestern nachmittag angesehen hatte. Sie wurde skeptisch und unkooperativ. Sie hatte von Mr. Raymond gehört und hatte den Namen augenblicklich wiedererkannt. Ich gestand, daß ich nicht bei der Polizei war. Schließlich räumte sie ein, sie könne in den Unterlagen nachsehen und es mir sagen. Ein paar Minuten später kam sie mit einem erleichterten, eisigen Lächeln von ihrem Schreibtisch zurück und sagte mir, Mr. Raymond habe keine Empfangsquittung unterschrieben. Genau das hatte ich erwartet. Die unterkühlte Dame hielt ihr Reich fleckenlos rein.

Ich bedankte mich bei ihr und stieg die Treppe wieder hinunter und verließ das Haus – nicht ohne einen Versuch, noch einen letzten Blick auf die Dame im Angorapullover zu werfen. Sie war verschwunden.

Das *Ledger*-Building war ein dreistöckiges Rechteck, relativ neu, aus Klinkerstein und Aluminium. Ein Zitat über die Pressefreiheit war in Bronze neben den Haupteingang gemeißelt. Ich kam ein paar Minuten nach fünf dort an. Die Zeitung hatte Geschäftsschluß, und die Leute, die eine geregelte Arbeitszeit hatten, gingen gerade. Lastwagen bogen aus dem Hinterhof mit der Spätausgabe auf die Straße.

Ein Mädchen hinter einem Anzeigenschalter im Erdgeschoß setzte ihren himbeerroten Lippenstift gerade so lange ab, um mir mit vorsätzlicher Unverschämtheit mitteilen zu können, es sei schon spät, und vielleicht fände ich das, was ich wollte, im ersten Stock.

Die Ausgabe mit den gebundenen Nummern stand in einem kleinen Raum neben dem Archiv. Ein lebhaftes, dunkelhäutiges Mädchen mit Bergkristallen in der Brillenfassung sah mich genau an und sagte dann, ich könnte mich bedienen.

»Gibt es irgendwelche Aufzeichnungen darüber, wer diese Bände einsieht?«

»Nein, so was haben wir nicht. Sie werden nicht mehr oft benutzt, nur noch manchmal von den Mitarbeitern der Zeitung. Die öffentliche Bücherei hat die alten Ausgaben auf Mikrofilm, komplett seit 1822, als der *Ledger* erstmals als Wochenblatt erschienen ist. Warum sehen Sie nicht dort nach? Die Filme sind viel handlicher und sauberer.«

»Na ja, jetzt bin ich schon mal hier.«

»Geht in Ordnung. Behandeln Sie die alten Ausgaben bitte sorgfältig, ja? Sie sind schon ziemlich spröde.«

Sie ließ mich in dem kleinen Raum allein. Eine Ausgabe der gebundenen Nummern nahm eine Wand des Raumes ein, und vor den Buchdeckeln waren Leisten angebracht, damit man die Bände nicht aus dem Regal nehmen konnte; eine andere Ausgabe war frei zugänglich. Ich mußte dahinterkommen, für welchen Band sich Dodd Raymond interessiert hatte – falls ich mit meiner Vermutung richtig lag. Ich fand den Schalter für die Deckenbeleuchtung und stellte mich dicht vor die Bücher. Die neueren Jahrgänge waren relativ staubfrei. Ich verfolgte sie systematisch über die Jahre zurück. Ein Band fiel mir auf, weil der größte Teil des Staubs vom Buchrücken verschwunden war. Ich zog ihn raus und nahm ihn mit an den Tisch.

Als ich ihn gerade hinlegte, traten zwei Männer ein, die so sehr in eine hitzige Auseinandersetzung vertieft waren, daß sie mich kaum mit einem Blick bedachten. Sie griffen nach einem der neueren Bände, klappten ihn auf und blätterten die Seiten mit gebanntem Schweigen um. Dann deutete einer mit dem Daumen auf eine Stelle und sagte: »Ha!«

»Ist ja schon gut. Dann habe ich mich eben geirrt.«

»Also zahlst du.«

Sie stellten den Band zurück und gingen. Ich fing an, meinen Band durchzublättern. Das Papier war vergilbt, die Ecken waren brüchig, das Schriftbild verschnörkelter als in den heutigen Ausgaben.

Nach einer halben Stunde und zwei Dritteln des Bandes fand ich es. Ich las den Artikel sorgsam durch. Damit mußte die Zeitung reichlich Furore gemacht haben.

Ich las ihn und las dann alle Fortsetzungen in den folgenden Ausgaben. Die letzte kleine Notiz war eine Meldung auf Seite acht, in der von Mrs. Rolph Olans Umverlegung aus einem Ortskrankenhaus in eine private Nervenheilanstalt berichtet wurde, entsprechend dem richterlichen Beschluß.

Ich lehnte mich zurück, zog die Erdnußdose, die als Aschenbecher diente, näher und zündete mir eine Zigarette an. Es war keine schöne Geschichte. Mary Olan war an einem Oktobernachmittag um halb drei von dem Chauffeur der Olans in Mrs. Olans Wagen aus der privaten Grundschule abgeholt worden, die sie besuchte. Das kleine Mädchen war ins Haus gelaufen. Sie hatte den Wagen ihres Vaters in der Einfahrt stehen sehen und konnte es kaum erwarten, zu seinem Vater zu laufen. Ihr kleiner Bruder hielt seinen Mittagsschlaf. Der Koch und das Dienstmädchen hatten am Mittwochnachmittag frei. Sie lief durch die Haustür. Ihre Mutter, Nadine Pryor Olan, stand auf der untersten Treppenstufe in der Eingangshalle. Sie hielt ein blutiges Küchenmesser in der Hand. Ihr Mann lag auf dem Rücken vor ihr auf dem Boden, mit durchbohrtem Herzen und tot. Nadine Olan stand unter einem schweren Schock und war nicht vernehmungsfähig.

Es wurde festgestellt – wenn die Zeitung auch nur äußerst zögernd darüber berichtete – daß Rolph Olan ein reges außereheliches Leben geführt hatte und daß dies ein Grund für Unstimmigkeiten zwischen den beiden gewesen war. Abgesehen von dem schlafenden Kind waren sie allein im Haus gewesen. Man war nicht in der Lage festzustellen, warum Mr. Rolph Olan während seiner Arbeitszeit nach Hause gekommen war. Kurz vor seinem Aufbruch hatte er im Büro einen Anruf bekommen, und man glaubte, es sei seine Frau gewesen, die ihn aufgefordert hatte, nach Hause zu kommen, wenn sich das auch nicht beweisen ließ. Er hatte die Gewohnheit, seine Anrufe persönlich entgegenzunehmen, vielleicht wegen seiner nebeneinander bestehenden Liebesaffären.

Anfangs hatte Nadine Olan, die immer von zarter Gesundheit war, auf die Behandlung angesprochen. Sie behauptete, sie hätte erst den Wagen ihres Mannes vorfahren gehört und kurz darauf das Geräusch eines Sturzes. Sie sagte, sie hätte sich im Schlafzimmer neben dem Kinderzimmer ausgeruht. Sie hätte sich wenig bei dem Geräusch gedacht, ihrem Mann etwas zugerufen und erst angefangen, sich Sorgen zu machen, als er nicht darauf antwortete. Sie wäre nach unten gegangen, hätte ihn gefunden und vermutete, daß sie das Messer instinktiv aus seiner Brust gezogen hatte. Das Nächste, was sie wußte, war, daß ihre Tochter ins Haus gelaufen war und angefangen hatte zu schreien.

Ein paar Tage lang war sie sehr ruhig gewesen, und dann, vielleicht als sie feststellte, daß alle mit ziemlicher Sicherheit davon ausgingen, daß sie ihn getötet hatte, hatte sie schnell den Geist aufgegeben. Ich vermutete, es könnte an ihrer eigenen Unsicherheit gelegen haben, ob sie ihn nun getötet hatte oder nicht. Wenn jemand vor einem derart unlösbaren Problem stand, war ein Rückzug in die Unwirklichkeit nicht unerklärlich, und schon gar nicht im Falle einer leicht erregbaren, gefühlsbetonten, unglücklichen Frau.

Während Mrs. Olan ihre Phase der relativen Ruhe durchlebte, stellte die Zeitung Spekulationen zu zwei Fakten an, die ihrer Schuld anscheinend widersprachen. Ein Mann, der Rolph Olan vom Sehen kannte, hätte fast schwören können, er habe einen weiteren Mann gesehen, der am betreffenden Nachmittag mit Mr. Olan nach Hause gefahren war. Und eine Nachbarin berichtete, am selben Nachmittag habe ein Mann ihr Grundstück überquert, der durchaus vom Haus der Olans hätte kommen können.

Als Mrs. Olan jedoch den Geist aufgab, ehe sie sich in das stille Dunkel zurückzog, in dem sie unerreichbar war, legte sie eine Art Geständnis ab. Auszüge daraus waren in der Zeitung abgedruckt. Es war wüstes, unzusammenhängendes Zeug. Von Todesengeln und der Rache des Herrn, von Sünde und Vergeltung war die Rede. Ihr offensichtlicher Wahnsinn gebot weiteren Spekulationen, sie könne doch unschuldig sein, Einhalt.

In den Tagen, die unmittelbar auf den Mord folgten, verbrachte Mr. Willis Pryor, der Bruder der Angeklagten, zahllose Stunden an ihrer Seite und wachte sogar nachts über sie, und er verkündete unermüdlich ihre Unschuld. Er schrieb einen Brief an die Zeitung, in dem er die Trägheit der Polizei kritisierte. Nach Nadine Olans Zusammenbruch und dem medizinischen Befund, die Prognose sei ungünstig, gab Willis Pryor seine Bemühungen um sie auf, zog sich aus vielen

Gemeindeveranstaltungen zurück und reichte seinen Rücktritt aus dem Vorstand etlicher Körperschaften ein.

Ich sichtete, was ich in der Hand hatte. Es war nicht viel. Es war mit Sicherheit weniger als das, was Dodd Raymond in der Hand gehabt hatte. Er hatte genug gewußt, und das hatte ihn das Leben gekostet. Das hier war seine Stadt; er mußte Kleinigkeiten gewußt haben, die nicht in der Zeitung standen. Vielleicht hatte er die Zeitung dazu benutzt, seine eigenen Erinnerungen noch einmal zu bestätigen. Und er hatte Mary Olan gut gekannt. Mit ihm mußte sie über solche Dinge geredet haben, obgleich sie es mit mir nicht getan hatte.

Ich hatte nichts weiter in der Hand als einen vagen Anhaltspunkt. Den vagen Verdacht, daß Selbstgerechtigkeit zu Unheil geführt hatte.

Ich ging an diesem Samstagabend mit Toni essen. Ich nehme an, ich war ein miserabler Begleiter. Ab und zu schloß ich mich unserem Zweiergrüppchen eine Zeitlang an, und alles war in Ordnung. Und dann hing ich wieder ganz meinen Gedanken nach, die abschweiften. Toni merkte das, und sie war belustigt und verletzt zugleich. Ich tat mein Bestes, brachte sie wieder in meine Wohnung und verkroch mich in meinem Hotel. Ich rief sie an, als ich im Bett lag und das Licht ausgeschaltet hatte. Ich konnte sie vor mir sehen, wie sie neben meinem Telefon saß. Sie sagte, sie hätte wieder einen dieser köstlich durchsichtigen Schlafanzüge an, und auch sie säße im Dunkeln da.

Wir sagten die Dinge, die man sich unter diesen Umständen selbst ausmalen kann, und es war wirklich alles ganz prima.

Zwei Stunden später riß mich ein Alptraum aus dem Schlaf. Ich kam mir so bloßgestellt und furchtsam und nackt vor, als sei mir die Haut abgezogen worden. Wovor ich Angst hatte, war mir entfallen; ich konnte mich einfach nicht mehr daran erinnern. Ich konnte mich nur noch daran erinnern, in Zeitlupe davonzulaufen, während etwas hinter mir her war, was sich schneller und immer schneller bewegte.

Die Farm der Pryors war auf ihre Weise ebenso sehr ein Prunkstück wie das Haus. Fette, schwarze Rinder weideten hinter ausgeblichenen, weißen Zäunen auf saftigem Gras. Die Aluminiumdächer der Kuhställe blinkten in der Sonntagmorgensonne. Ich fuhr langsamer, um ein Rudel Pferde zu beobachten, das teuflisch schnell an mir vorbeirannte. Grundlos. Es machte ihnen einfach Spaß. Es war ein Morgen von der Sorte. Zwei große Pfosten aus Sichtbeton markierten die Einfahrt. Der Kiesweg führte von der Einfahrt direkt zum Haupthaus. Hinter dem Haus standen auf einem sachte abfallenden Hügel die zwei Ferienhäuser, in denen die Pryors wohnten, wenn sie sich auf der Farm aufhielten. Die Scheunen und Silos machten sich hinter dem Haupthaus breit.

Ich mißachtete die strikten Schilder ›Privatgrund‹ etc. und fuhr weiter und parkte neben dem Haupthaus. Ein neuer, roter Traktor stand in seiner steifen, eckigen Würde da wie ein fremdartiges Insekt vom Mars.

John Fidd kam um das Haus herum und sah mich angewidert an. »Ja?« sagte er.

»Vom See zurück, was?«

»Diesen Sommer gibt's da oben keine Pferde und keine Boote. Wegen Miß Mary. Und diesem nichtsnutzigen Yeagger. Gut so. Ich hab' hier schon genug zu tun, ohne da oben den Stallknecht zu spielen. Ich muß die Landarbeiter hier beaufsichtigen.«

»Ich würde mir gern die Stelle ansehen, an der man Mr. Raymond gestern morgen gefunden hat.«

John Fidd fauchte vor Entrüstung. »Hier wäre niemand nachts rumgefahren, wenn ich dagewesen wäre. Ich kann Ihnen die Stelle jetzt nicht zeigen. Zuviel zu tun.«

»Wie finde ich sie?«

»Gar nicht«, sagte er.

Das schien es gewesen zu sein. Er sah durch mich hindurch. Ein gelber Jeep bog auf den Kiesweg ein, und die Hinterräder schleuderten bedenklich. Er wurde von einer der Pryor-Töchter gesteuert.

»Welche ist das?« fragte ich.

»Das ist Miß Skeeter, die älteste. Und auch die beste von allen, wenn jemand meine Meinung hören will.«

Sie hielt neben meinem Wagen an und sprang aus dem Jeep. Sie trug eine abgewetzte Khakireithose und eine sportliche, gelbe Bluse. Ihr braunes Haar hatte von der Sonne hellere Strähnen bekommen. Sie sah so pummelig, braun, gesund und unkompliziert aus wie ein junger Koalabär. »Hallo, John. Tag, Mr. Sewell. John, ich dachte, ich verschaffe Simpy Bewegung.«

»Sie sind früh unterwegs, Miß Skeeter.«

»Ich bin heute ganz früh zur Kirche gegangen. Die anderen waren gerade erst aufbruchsbereit, als ich zurückgekommen bin, um mich umzuziehen. Dad wird die anderen später wahrscheinlich alle mit rausbringen.«

»Mr. Sewell wollte sehen, wo sich der Kerl erhängt hat. Ich habe im Moment keine Zeit, ihn hinzuführen.«

Sie sah mich zweifelnd an. »Wenn Sie die Stelle wirklich sehen wollen, zeige ich sie Ihnen. Warten Sie, bis ich das Pferd gesattelt habe, und dann können Sie im Jeep hinter mir herfahren. Oder würden Sie vielleicht auch lieber reiten?«

»Nein, danke. Der Jeep ist mir sehr recht.«

Sie trabte zum Stall. Ich lehnte mich an den Jeep. Fidd ging weg. Etwa fünf Minuten später kam sie auf einem großen Rotschimmel aus dem Stall, der ganz und gar Hengst und halb so hoch wie ein Haus war. Er war dazu aufgelegt, seitlich auszuscheren. Sie ruckte an den Zügeln, bis er Vernunft annahm, gab ihm einen kleinen Klaps mit einer kurzen Reitpeitsche und kam in einem leichten Galopp auf den Jeep zu.

»Wenn wir das Gitter hinter uns gelassen haben, schneiden wir querfeldein den Weg ab. Sie sollten lieber auf Vierradantrieb schalten. Sie wissen, wie das geht?«

»Ja.«

»Fahren Sie nicht zu dicht hinter Simpy her. Das macht ihn nervös.«

Sie ließ ihn umdrehen und setzte zu einem schnellen Galopp an. Es bestand keinerlei Gefahr, daß ich ihm zu nahe kommen konnte. Es war schon schwierig genug, ihn nicht aus den Augen zu verlieren. Weit vor mir ritt sie auf eine unbefestigte Straße zu und schwang sich vom Sattel. Die andere Straßenseite war von Bäumen gesäumt. Ich fuhr hin, hielt an und stieg aus.

»Das hier ist der Baum, und dort ist der Ast. Sehen Sie, er hatte den Wagen ziemlich genau hier stehen, und das heißt, daß der Ast etwa drei Meter über dem Dach des Wagens und etwa eineinhalb Meter dahinter war. Es war einfach, das Seil über den Ast zu werfen.«

»Ich frage mich, warum er hierher gekommen ist.«

»Es heißt, er sei vor Jahren oft hier draußen gewesen. Hier sind sie zusammen ausgeritten. Damals hatte er keine richtigen Rendezvous mit Mary. Ich nehme an, sie war noch zu jung.«

Simpy nagte unablässig an Grashalmen. Skeeter schien es eilig zu haben, aufzusteigen und loszureiten. Ich wollte sie dazu bringen, mit mir zu reden, und ich wußte nicht so recht, wie ich das anstellen sollte.

»Ich nehme an, sie mußten eine Leiter holen, um ihn abzuschneiden.«

»Ja, das denke ich auch.«

»Wie sehen Sie das Ganze, Skeeter?«

»Wie meinen Sie das?«

»Die Sache mit Mary und Dodd Raymond.«

»Ich habe ihn nicht allzu gut gekannt. Gerade so gut, daß wir einander gegrüßt haben. Jedenfalls tut es mir ganz bestimmt nicht leid, daß er tot ist, Mr. Sewell. Ohne Mary kommt mir alles so abgestumpft vor. Sie war einfach wunderbar. Wir haben sie geliebt, meine Schwestern und ich. Es ist entsetzlich, daß ihr das passieren mußte.«

»Ja, das denke ich auch.«

»Simpy will Bewegung haben. Sie können den Jeep vor dem Haus abstellen.«

»Wie alt sind Sie, Skeeter?«

»Siebzehn.«

»Das letzte Mal habe ich Sie heute vor einer Woche gesehen.«

Ihre Augen schienen eine bleichere Farbe anzunehmen. »Ich weiß. Das war, als Sie an den See gekommen sind, nachdem Sie Marys Leiche ins Gebüsch geworfen haben, und oben am See haben Sie so getan, als sei nichts geschehen. Ich kann mich noch sehr gut daran erinnern, Mr. Sewell.«

»Das war ein Fehler von mir. Es war ein Trugschluß. Ich hatte den Kopf verloren.«

»Am See haben Sie einen reichlich ruhigen Eindruck gemacht.«

»Skeeter, ich habe mich zu Tode gefürchtet. Ehrlich.«

Sie wog das sorgsam ab. »Es kann sein, daß Sie allen Grund dazu hatten. Aber Sie haben etwas Schlimmes angestellt.«

»Das weiß ich. Aber mir sollte etwas angehängt werden ... ich habe mich gezwungen gesehen, etwas zu unternehmen.«

»Sie war so lebhaft.«

»Ich weiß.« Ich gab mir einen Ruck, lächelte und sagte: »Ein wenig zu lebhaft für ihren Onkel Willy, nehme ich an.«

»Ich glaube nicht, daß ich weiß, wovon Sie reden«, sagte sie mit jugendlicher Würde und schloß mich energisch aus allen Familienangelegenheiten aus.

»Aus manchen Dingen, die sie mir erzählt hat, habe ich geschlossen, daß Ihr Vater nicht allzu glücklich über ihre Lebensführung war.«

»Das hat Mary Ihnen erzählt?«

»Wir haben viel miteinander geredet. Vergessen Sie nicht, daß ich sie recht gut gekannt habe, Skeeter.«

»Haben Sie eine Zigarette für mich? Ich kann keine mit mir rumtragen, weil ich nicht rauchen darf.«

Ich gab ihr eine Zigarette und Feuer und zündete mir auch eine an. Sie rutschte in ihrer engen Hose auf die flache Oberfläche des vorderen Kotflügels des Jeeps. »Sie hat Daddy fast um den Verstand gebracht. Er ist uns gegenüber schrecklich streng. Er hat versucht, mit Mary genauso umzugehen, aber das hat nicht geklappt, weil sie volljährig war und ihr eigenes Geld hatte. Er hatte keine Mittel, sie so wie uns zu bestrafen oder sie zu zwingen, daß sie sich einschränkte.

An Weihnachten hat Daddy Jigger dabei ertappt, daß sie

einen Jungen geküßt hat. Sie hat nichts weiter getan, nur einen Jungen geküßt! Man hätte glauben können, daß sie in Sünde lebte oder so was. Jigger hat überhaupt kein Taschengeld mehr bekommen, und sie durfte sich sechs volle Wochen lang mit niemandem verabreden und nicht ausgehen, noch nicht mal ins Kino. Nach dem Abendessen mußte sie sofort in ihr Zimmer gehen und bis zum Schlafengehen lernen. Und Dusty und mir hat er auch zwei Wochen lang alles verboten, bloß, weil er Jigger ertappt hat. Ehrlich!«

»Dann müssen er und Mary regelrechte Kämpfe ausgefochten haben!«

»Wenn man das als Kämpfe bezeichnen kann. Daddy hat sie entweder angeschrien oder gar nicht mehr mit ihr geredet. Sie schien sich nie aus der Ruhe bringen zu lassen. Sie tat so, als sei das ein Witz. Ich bin nie dahintergekommen, warum sie nicht fortgegangen ist und sich selbst eine Wohnung genommen hat, wo sie tun konnte, was ihr paßte, ohne daß Daddy etwas davon erfahren hätte. Das hätte ich an ihrer Stelle getan. Und das werde ich auch in dem Moment tun, in dem ich alt genug bin. Manchmal kam es mir so vor, als sei sie nur bei uns geblieben, um Daddy zu ärgern. Ich glaube, es gab irgendeinen juristischen Grund, aus dem er sie in seinem Haus aufnehmen mußte, solange sie bleiben wollte.«

»Sie hat ihn geärgert?«

»Ich weiß nicht genau, wie sie es angestellt hat, aber sie konnte ihn absolut auf die Palme bringen. Wenn er wieder wegen etwas, was sie getan hatte, oder was sie seiner Meinung nach getan hatte, außer sich geraten war, dann hat sie immer eine Gelegenheit gefunden, etwas zu ihm zu sagen. Sie hat nie einen von uns mithören lassen, was sie zu ihm gesagt hat, aber es muß wirklich ziemlich hart gewesen sein. Manchmal ist Daddy aus dem Haus gegangen und stundenlang nur rumgelaufen, nachdem so etwas passiert war. Oder er hat sich in seinem Arbeitszimmer eingeschlossen, und wir konnten hören, wie er dort drinnen laut aus der Bibel gelesen hat. Wissen Sie, ich habe mir immer gedacht, daß sie... daß sie ihm etwas über... über Männer erzählt hat.«

Sie errötete unter ihrer Sonnenbräune. »Was?« sagte ich.

»Über Männer. Weil Daddy mir, meine Güte, Dutzende von Malen gesagt hat, daß ich mir keine schmutzigen Geschichten von Mary anhören und auf der Stelle zu ihm kommen und es ihm sagen sollte, wenn sie es doch täte. Natürlich hat sie es nie getan. Aber mit ihm muß sie so geredet haben. Daddy ist stark, und manchmal ist er schrecklich aufbrausend. Wie damals, als er Dusty den Arm gebrochen hat, weil sie...« Sie unterbrach sich abrupt. »Aber das geht Sie nichts an. Ich hätte es nicht sagen sollen.«

»Das meiste haben Sie schon gesagt. Vielleicht würde es gleich besser klingen, wenn Sie es mir erklären.«

»Eigentlich ist sie hingefallen.«

»Gestoßen worden?«

»Ja, so ungefähr. Aber er wollte ihr nicht absichtlich den Arm brechen. Ich nehme an, ich erzähle Ihnen besser die ganze Geschichte. Ich verstehe es immer noch nicht. Es war vor drei Jahren. Mary war von einem Ausflug zurückgekommen. Es war ein warmer Tag Anfang Oktober, und wir sind zum See raufgefahren, alle sechs. Ich denke, daß Dusty geglaubt hat, Daddy und Mutter seien oben im großen Haus. Jigger und ich waren noch im Wasser. Mary war zur Dusche für Mädchen oben im Bootshaus gegangen. Dusty hatte sich entschlossen, sich heimlich in das Zimmer zu schleichen, in dem die Männer schlafen, und sich ein paar Karikaturen anzusehen, die dort an der Wand hängen. Wir sollen sie nicht anschauen, und wir dürfen gar nicht erst wissen, daß sie dort hängen. Sie sind eigentlich gar nicht schmutzig, eher ziemlich albern.«

»Ich habe sie selbst gesehen.«

»Dusty hat sich raufgeschlichen, und Daddy stand mit einem Fernglas oben am Fenster und hat zum Schlafraum der Mädchen rübergesehen. Er ist wütend geworden und hat Dusty die Treppe runtergejagt und sie gestoßen. Sie ist hingefallen und hat sich den Arm gebrochen. Das mit dem Fernglas hat sie uns erst viel später erzählt. Er hätte versuchen können, Mary beim Anziehen zuzuschauen, aber das wäre völlig unsinnig. Er haßt solche Dinge. Es ist mir nie gelungen, dahinterzukommen, was er da oben getan hat. Einmal habe ich sogar Mary danach gefragt. Sie hat mich verblüfft angesehen, und dann hat sie gelacht und gelacht. Sie hat so sehr gelacht, daß ihr Tränen über die Backen gelaufen sind. Sie wollte mir nicht sagen, was so komisch daran ist. Beim Abendessen am selben Tag hat sie Daddy angesehen und wieder angefangen, fürchterlich zu lachen. Er ist so wütend geworden, daß er nichts essen konnte. Er ist vom Tisch aufgestanden und gegangen.«

Ich hatte fast alles zusammen. Fast alles, was ich brauchte. Das Schema war allzu durchsichtig. Ich sah das stupsnäsige, gesunde Mädchen und hatte Mitleid mit ihr. Aber vielleicht hatten sie und ihre Schwestern die Kraft, die sie brauchen würden. Vielleicht war Myrnas Blut stark genug, rein genug und normal genug. Und doch konnte wahrscheinlich nichts dieses Mädchen je davon abhalten, mich zu hassen.

»Es muß ziemlich hart für Ihren Vater sein, wenn man bedenkt, was seiner Schwester zugestoßen ist und was jetzt seiner Nichte zugestoßen ist. Soweit ich weiß, haben Ihr Vater und seine Schwester einander sehr nah gestanden.«

»Sie waren nur ein Jahr lang voneinander getrennt. Als sie noch jung waren, waren sie unzertrennlich. Ich glaube, er ist fast gestorben, als sie sie fortschicken mußten. Ich war damals natürlich noch ein Baby. Aber Mutter redet heute noch davon, wie krank er damals war.«

»Heute macht er einen recht kräftigen Eindruck.«

»Oh, ja. Für einen Mann in seinem Alter ist er *sehr* gesund. Wissen Sie, was er im letzten Herbst getan hat? Er hat ganz allein, nur mit der Axt, einer Handsäge, einem Vorschlaghammer und Keilen Bäume gefällt und sie in Stücke gesägt und mehr als vierzehn Klafter Holz gehackt. Es war so viel mehr, als wir brauchten, daß John Fidd sechs Klafter in der Stadt für zwölf Dollar das Klafter verkauft hat.«

»Ich denke, er packt hier draußen ganz schön zu.«

»Oh, ja.«

Ich gab mir noch einmal einen Ruck und bemühte mich, es

beiläufig klingen zu lassen. »Ich nehme an, er war hier und hat gearbeitet, als ich Sie das letzte Mal oben am See gesehen habe. War Ihre Mutter auch hier?«

»Lassen Sie mich mal überlegen. Stimmt, sie war mit uns am See, aber sie ist früh zurückgefahren, als Daddy wegen Mary angerufen hat. Daddy mag nicht, wenn wir allein am See sind, obwohl Mrs. Johannssen und Ruth dort sind. Mutter ist nicht so streng mit uns. Daddy ist in der Stadt geblieben. Ich weiß nicht, ob er zu Hause oder hier war. Vielleicht war er hier.«

»Und dieses Wochenende ist niemand raufgefahren?«

»Nein, wir sind alle in der Stadt geblieben.«

»Ist Ihr Vater am Freitagabend hiergeblieben?«

»Nein. Er war am Freitag hier draußen, aber er ist nach Hause gekommen... warum stellen Sie mir eigentlich all diese Fragen?«

»Ich vermute, ich versuche nur, mich mit Ihnen zu unterhalten.«

Sie sah mich wieder zweifelnd an. Ich bemühte mich, so höflich wie möglich zu lächeln. »Ich finde ganz prima, daß Sie das Pferd so gut festhalten. Ich würde mich vor ihm fürchten.«

Sie rutschte vom Kotflügel. »Er ist lammfromm. Er ist ein ganz Süßer, der alte Simpy.«

Sie griff nach den Zügeln, stieg auf, winkte mir zu und ritt los. Seine Hufe trommelten auf den Maiboden. Ich sah den Baum an. Dodd Raymond hatte dort gehangen, mit Morgentau auf den Schultern und dem welligen Haar, neunzig Kilo am Ende eines Stricks, als die Dämmerung anbrach und die Vögel erwachten.

Ich fuhr mit dem Jeep denselben Weg zurück, den ich gekommen war, und folgte meinen eigenen Reifenabdrücken auf dem Weideland.

Wie Toni gesagt hätte, es war nicht meine Angelegenheit. Aber man kann so etwas nicht auf sich beruhen lassen. Nicht, wenn man seiner Sache fast sicher ist.

Ich wartete eine volle Stunde auf ihr Eintreffen – Onkel

Willy, Tante Myrna und die beiden anderen Mädchen. Als der Wagen vorfuhr, kam Skeeter gerade in einem leichten Galopp wieder auf den Stall zu. Die Mädchen stiegen aus, warfen mir flüchtige unbeteiligte Blicke zu und rasten zum Stall. Willy hielt sie mit einem kurzen Anpfiff zurück. Sie kehrten brav um, nahmen die beiden Picknickkörbe und trugen sie zu einem der Wochenendhäuser. Myrna Pryor starrte mich an und folgte den Mädchen.

Willy kam auf mich zu. Seine polierten Stiefel glänzten schwarz in der Sonne. Seine Reithose war tadellos sauber und frisch. Das weiße Hemd war aufgeknöpft, und die Zipfel waren in der Taille zusammengeknotet wie an einem mexikanischen Strand. Sein Haar setzte sich unglaublich weiß gegen seine Sonnenbräune ab. Er war ein Hemingway, fünfzig, unwahrscheinlich straff und elastisch und stolz auf seinen Körper.

»Hallo, Sewell. Kann ich etwas für Sie tun?«

Die Niedergeschlagenheit, die ich in der Gefängniszelle an ihm bemerkt hatte, war restlos verschwunden. Seine Augen waren klar und hellwach.

»Ihre Älteste hat mir den Baum gezeigt, an dem man Dodd gefunden hat.«

Er legte die Stirn in Falten. »Hatten Sie mit ihr vereinbart, sie hier zu treffen, Sir?«

»Nein, ganz und gar nicht. Ich kam nur zufällig etwa gleichzeitig mit ihr an. Ein reizendes Mädchen.«

Sein Gesicht war unfreundlich. »Ja, das ist sie.«

»Sie haben drei prächtige Töchter, Mr. Pryor.«

»Sind Sie hergekommen, um mir das zu sagen, Sewell? Ich könnte sagen, daß ich keine allzu große Lust habe, die... Begleiter meiner verstorbenen Nichte zu empfangen. Es ist vorbei, und ich will, daß meine Töchter es so schnell wie möglich vergessen. Die ganze Geschichte war schmutzig und unselig.«

»Ja, das kann man wohl behaupten.«

»Und jetzt würde ich Sie bitten, zu gehen. Wir veranstalten heute ein Familienpicknick hier.«

»Unter demselben Baum?«

Er starrte mich an. »Wenn das ein Scherz sein soll, Sewell, dann finde ich ihn etwas befremdlich. Sollte es kein Scherz sein, dann kann ich Ihnen versichern, daß ich in der Lage bin, Sie mit eigener Kraft in Ihren Wagen zu werfen.«

»Ja, das glaube ich Ihnen sofort.«

»Und jetzt gehen Sie bitte, ja?«

»Ich will mit Ihnen reden.«

»Mir fällt absolut nichts ein, worüber wir uns unterhalten könnten.«

»Ich habe mich nur gefragt, ob nicht ein anderer in das günstige Geschäft einsteigen könnte, das Dodd Ihnen gegenüber erwähnt hat, Mr. Pryor.«

Er stand da, die Sonne im Gesicht, und sah mich an, die Fäuste in den Hüften, die braunen Arme muskulös. Ich könnte nicht behaupten, daß eine äußerliche Veränderung zu erkennen war. Ich sah keine Veränderung. Aber ich spürte eine Veränderung, die sich in ihm vollzog. Ich spürte eine Verlagerung, eine Umbewertung, ein neues Gleichgewicht der Kräfte. Ein Mann hätte mit derselben Regungslosigkeit am Pokertisch sitzen können, aus den zurückhaltenden Einsätzen die Gewißheit schöpfen können, daß er das beste Blatt hatte, und dann mußte er zusehen, wie eine erhebliche Summe gesetzt wurde.

»Ich bin nicht sicher, ob ich weiß, wovon Sie reden.«

»Dodd wollte sich mit Ihnen unterhalten. Das hat er mir erzählt. Soweit ich weiß, hatten Sie vor, ihn zu finanzieren.«

»Ich bin nicht an neuen geschäftlichen Investitionen interessiert.«

»Er sagte, für sein Geschäft würden Sie sich interessieren.«

»Dann hat er Sie angelogen, denn ich habe nie einen Vorschlag von ihm zu hören bekommen. Ich dachte, er sei mit seiner Stellung zufrieden.«

»Vielleicht sollte ich es anders formulieren. Er hat gesagt, für sein Projekt würden Sie sich *zwangsläufig* interessieren.«

»Eine merkwürdige Äußerung.«

»Ja, nicht wahr.«

»Versuchen Sie, sich bewußt unverständlich auszudrükken? Was Sie sagen, ist mir zu hoch, junger Mann.«

»Ich kann mir nicht vorstellen, daß es das Geld war, was Sie davon abgehalten hat. Ich vermute, Ihnen ging es darum, daß jemand davon weiß. Aber vielleicht haben Sie auch diese merkwürdige Art von verzerrtem Ehrgefühl, das darin eine Möglichkeit gesehen hat, mich aus einem Gefängnis zu holen, in dem ich nichts zu suchen hatte. Die Chancen, daß ich für den Mord an ihr auf den elektrischen Stuhl komme, standen gut. Das wäre Ihnen nicht recht gewesen. Das Gewissen ist etwas Seltsames, Mr. Pryor. Sogar Ihr krankes Gewissen.«

»Das ist der größte Blödsinn, den ich je gehört habe.«

Ich maß die Entfernung zwischen uns und sagte dann leise: »Wie hat sie durch das Fernglas ausgesehen, Willy? Üppig und begehrenswert? Sie wissen schon, von welchem Tag ich rede. Damals, als Sie Dusty den Arm gebrochen haben.«

»Sie müssen den Verstand verloren haben.« Er sagte es entmutigend ruhig.

»Das liegt an der Hitze, Willy. Ich frage mich allerdings auch, wie sich Ihr Gewissen um eine andere Geschichte winden konnte – Ihr allzu elastisches Gewissen. Wie...«

»Warum gehen Sie nicht, ehe ich Sie von meinem Grund und Boden werfe?«

»Wie kommen Sie damit zurecht, was Ihrer Schwester zugestoßen ist? Sie waren es nämlich, der es getan hat. Sie haben den Vater getötet und dann gesehen, wie das Blut des Vaters sich in der Tochter gezeigt hat. Sie haben es Ihrer geliebten Schwester Nadine angehängt.«

Wieder saßen wir am Pokertisch. Er hatte bei dem hohen Einsatz mitgezogen. Jetzt deckte der Fremde seine Karten auf. Er sah durch mich hindurch. Sein Mund bewegte sich und hielt dann wieder still. Seine Augen sahen nichts.

»Es werden noch mehr Leute werden«, sagte ich. »Ein anderer wird als nächster darauf kommen. Vielleicht eine Ihrer eigenen Töchter. Vielleicht Ihre Frau. Aber vielleicht hat sie ohnehin schon einen Verdacht. Es gibt keine Geheimnisse, Mr. Pryor. Nicht, wenn es um so was geht.«

Seine hochgezogenen Schultern, sein gesenkter Kopf und die Muskeln in seinem Nacken erinnerten an einen Stier. Er stürzte sich mit der abrupten, unbezähmbaren Wut eines Stiers auf mich. Ich hatte ihn etwas zu weit getrieben. In seinem Verstand war kein Raum für kalte Planung und Projekte. Dort war für nichts Raum, nur noch für seine Wut, die Wut der tiefen Verzweiflung.

Ich hatte seine Welt zerstört, und folglich mußte ich zerstört werden. Eine Faust wie ein Vorschlaghammer betäubte meinen linken Arm. Ich schlug einmal zurück, und ein zweiter Hieb drückte mir die Rippen ein, und dann hatte er mich. Seine Arme schlossen sich um mich, der Kopf preßte sich von unten gegen mein Kinn, seine Knöchel bohrten sich in mein Kreuz. Ich stolperte und fiel schwerfällig hin, und er lag auf mir, und mir blieb die Luft weg, als er über mich herfiel. Ich war jung und halbwegs kräftig, aber gegen eine solche Wut kann man nicht ankämpfen. Eine solche Wut kann noch nicht einmal überleben. Er preßte ein eckiges Knie in meinen Magen, und kräftige, braune Hände schlossen sich um meine Kehle. Ich spannte meine Halsmuskulatur an und versuchte, einen Finger zu packen, um ihn umzubiegen, damit er seinen Griff lockerte. Meine Hände waren verschwitzt, und ich konnte nicht zupacken, keinen Halt finden. Das letzte bißchen Luft kam krächzend aus meiner Kehle, und dann verschlossen seine Hände meine Luftröhre. Meine Brust schnürte sich zusammen. Die Sonne verschwamm und wurde finster, und ich schlug mit Händen, die wie die zerbrechlichen Schwingen eines Spielzeugsegelfliegers aus Balsaholz und Papier gemacht waren, kraftlos auf sein Gesicht ein.

Er wurde von mir gezerrt. Ich setzte mich auf und würgte und hustete, und dann kam wieder Farbe in die Welt. Ich sah Pryor taumeln und sich zum wohl zweiten oder dritten Mal auf Paul France stürzen und versuchen, ihn in die Finger zu kriegen. Er schlug dreimal auf Pryor ein, als Pryor sich auf ihn stürzen wollte, wich ihm mühelos aus und schlug noch zweimal zu, während Pryor an ihm vorbeikam. Der letzte

Hieb war der ausschlaggebende. Pryors Beine trugen ihn noch drei Schritte weit, ehe er mit dem Gesicht nach unten hinfiel. Die vier Damen kamen von dem Wochenendhaus auf uns zugerannt, und eine von ihnen stieß bei jedem Schritt kurze, abgehackte Laute aus. John Fidd erschien mit einer Schrotflinte.

Ich zog mich auf die Füße. Unmengen von kleinen, weißen Punkten schwirrten um mich herum wie ein Bienenschwarm und verblichen langsam. France sagte: »Ihre Freundin hat gesagt, ich solle Sie suchen und im Auge behalten, Junge.«

»Danke.«

Er strich sich mit dem Finger über ein rotes Mal auf seinem Kinn und sagte versonnen: »Denken Sie sich nichts dabei. Am besten machen Sie sich nichts daraus.«

»Treten Sie zurück«, knurrte Fidd. »Lehnen Sie sich an den Wagen, alle beide.«

France ging direkt auf ihn zu, griff nach der Schrotflinte, entrang sie seinen Händen und murmelte leise: »Ganz ruhig, Opa. Ganz ruhig.«

Die Mädchen hatten ihren Vater auf den Rücken gedreht. Mrs. Pryor verlangte eine Antwort auf ihre Frage, was passiert sei.

»Ich sagte zu France: »Ich habe gehört, daß eine Zivilperson eine andere Zivilperson verhaften kann. Ist das wahr?«

»Die rechtliche Möglichkeit besteht. Was haben Sie gegen ihn vorzubringen?«

»Er hat Rolph Olan, Mary Olan und Dodd Raymond ermordet.«

Skeeter stürzte sich wie ein fettes braunes Rotkehlchen auf mich – ein Rotkehlchen mit Klauen. »Das ist eine gemeine Lüge!« schrie sie. »Sie sind ein großer Lügner!«

Willy Pryor hatte die Augen nicht aufgeschlagen und sich nicht von der Stelle gerührt. Er machte den Mund auf und sagte: »Es ist keine Lüge. Es ist die Wahrheit.« Er stand langsam und mit sicheren Bewegungen auf, schob seine Frauen zur Seite und kam auf uns zu. »In welchen Wagen soll ich einsteigen?«

France hielt die Tür seiner grauen Limousine auf. »Hier, bitte.«

Ich fuhr hinter dem grauen Wagen her. Der Wagen der Pryors, in dem die vier Frauen und John Fidd saßen, folgte mir. Es war ein strahlender Sonntag, und nach Warren waren es siebzehn Meilen, von denen der erste Abschnitt durch reizvolles Weideland führte. Wir fuhren mit unserer Fracht Kummer durch die Landschaft. Die Kühe interessierten sich nicht dafür. Die Bienen interessierten sich nicht dafür. Die Vögel machten sich einen Dreck daraus. Es war Mai, und der Sommer rückte näher.

Kruslov ließ zu, daß ich dabei war. Er verhielt sich wie ein Mann, dem man einen schweren Hieb auf den Schädel verpaßt hatte. Er starrte Pryor immer wieder an und schüttelte kaum wahrnehmbar den Kopf. Es war Sonntag, und es dauerte eine Zeitlang, die offizielle Runde zusammenzutrommeln. Willy Pryor saß unerschütterlich da und dominierte den kleinen Raum mit einer Art von trauriger Macht und Würde, und er wartete regungslos und ernst. Er wirkte wie ein Aufsichtsratsvorsitzender, der mit eiserner Geduld auf unpünktliche Mitglieder wartet.

Der Stenograf mit dem teigigen Gesicht zog die Kappe von einem riesigen, prähistorischen Füllfederhalter, der in einem besonders giftigen Orangeton gehalten war. Von dort aus, wo ich saß, konnte ich dunkle Quetschwunden auf Willy Pryors linker Kieferhälfte sehen.

»Ich schätze, wir sind soweit, Mr. Pryor«, sagte Kruslov kleinlaut.

»Soll ich all das so erzählen, wie es sich zugetragen hat?«

»Ja, bitte, Sir.«

»Meine Schwester Nadine heiratete Rolph Olan. Kurz nach der Eheschließung fing er an, ihr das Leben zur Hölle auf Erden zu machen. Sie vertraute sich mir an, da wir einander immer sehr nahegestanden hatten. Ich redete im Lauf der Jahre etliche Male mit Rolph. Er ignorierte mich. Er schien sich über mich zu amüsieren. Seine Treulosigkeiten wurden notorisch. Das war kein Leben für meine Schwester. Am Tage seines Todes rief ich ihn in seinem Büro an. Ich sagte, ich müßte ihn sprechen. Ich beharrte darauf. Ich hatte gebetet und mich ratsuchend an den Herrn gewandt. Ich wollte Rolph eine letzte Chance geben. Er holte mich an der Kreuzung ab, die ich ihm genannt hatte. Er sagte, wir könnten uns in seinem Haus unterhalten. Ich hatte die Hoffnung, Nadine in das Gespräch hineinziehen zu können. Nadine ruhte gerade. Wir unterhielten uns leise im Arbeitszimmer. Er sagte mir, Nadine sei in seinen Augen so reizlos wie dünner Tee. Er sagte, er hätte nicht vor, sein Leben an die lebenden Toten gekettet zu verbringen. Er sagte, er hätte sich entschlossen, sich von ihr scheiden zu lassen. Das war seine Antwort. Ich entschuldigte mich und sagte, ich wolle mir ein Glas Wasser holen. Ich brachte das Messer aus der Küche mit. Er war in die Eingangshalle gekommen, denn er wollte nach oben gehen, sie wecken und ihr seinen Entschluß mitteilen. Ich rammte das Messer in ihn. Er sah auf das Messer herunter, hob die Hand, berührte den Griff und versuchte, etwas zu sagen, und fiel um. Ich verließ das Haus durch den Hintereingang.

Ich wäre nie auf den Gedanken gekommen, man könne Nadine verdächtigen. Ich hatte gehofft, die Polizei würde einen Streuner oder einen Geschäftsfeind verdächtigen. Als ihr Geist sie verlassen wollte, sagte ich ihr, daß ich es getan hatte. Ich habe ihr auch gesagt, warum. Ich kam aber nicht an sie heran. Sie verstand nicht, wovon ich sprach. Das hatte ich ihr angetan. Sowie ich wußte, daß sie unheilbar krank war, schien ein Geständnis keinen allzu großen Sinn mehr zu haben. Ich mußte an meine eigene Frau denken, an eine winzige Tochter und an ein zweites Kind, das unterwegs war. Ich spielte mit dem Gedanken an Selbstmord. Ich war lange Zeit krank an Geist, Seele und Leib. Schließlich bin ich dann wieder genesen. Hätte Rolph nicht so gottlos gehandelt, hätte Nadine nicht den Verstand verloren. Sowie ich zu diesem Schluß gekommen war, war es mir möglich, meine körperliche und geistige Gesundheit wiederzuerlangen.«

Er schwieg lange Zeit. Kruslov ruckelte auf seinem Stuhl herum, sagte aber nichts. Pryors Gesicht war regungslos, und er war weit weg, tief in alten Erinnerungen versunken.

Pryor sah abrupt auf und zuckte einen Moment lang zusammen. »Rolphs Tod und Nadines Zuammenbruch haben dazu geführt, daß ich die Verantwortung für das Schulkind Mary und den Säugling John übernehmen mußte. Mit John habe ich nie die geringsten Schwierigkeiten gehabt. Er ist hochintelligent, fleißig und metaphysisch veranlagt. Aber sein Geist ist stärker als sein Körper. Er hat nie die Schwächen des Fleisches gezeigt. Mary war ein ganz anderes Problem. Ich habe mir viele Gedanken über sie gemacht. Sie ist alt geboren worden. Sie wurde mit dem Wissen um das Böse geboren. Sooft ich sie auch geschlagen habe, ich konnte das Böse in ihr nie unterdrücken. Erst als sie volljährig war und ihr eigenes Einkommen hatte, hatte ich sie nicht mehr in meiner Gewalt. Sie hat mich gehaßt. Sie hat mich für die Strafen gehaßt, die ich ihr um ihrer selbst willen auferlegt habe. Mit dem teuflischen Wissen ihres schwarzen Herzens hat sie begonnen, mich zu strafen. Sie hat sich entschlossen, mich und meine Töchter sittlich zu verderben.

Sie hat mir von ihren sexuellen Affären erzählt. Sie hat ihren Körper betont vor mir zur Schau gestellt. Sie hat mich ausgelacht und versucht, in mir Gelüste auf ihr Fleisch wachzurufen. Sie hat über meine Schwester gesprochen, ihre Mutter, und angedeutet, die Beziehung zwischen uns beiden sei krankhaft und unnatürlich gewesen. Ich habe immer wieder stundenlang auf spitzen Steinen gekniet und gebetet und den Herrn um Rat ersucht. Ich hatte begonnen, sie zu begehren, und ich konnte mir dieses sündige Verlangen nicht aus dem Herzen schneiden.«

Anfangs hatte er knapp und sachlich gesprochen. Jetzt war seine Stimme tiefer geworden, und seinen Worten haftete fast ein biblischer Tonfall an.

»Wenn sie fortgegangen war, setzte bei mir die Heilung ein, aber bei ihrer Rückkehr kam ich wieder auf Irrwege. Zuletzt verhöhnte sie mich mit der Affäre, die sie mit einem verheirateten Mann hatte, Dodd Raymond, dem Sohn alter Freunde. Damit verhöhnte sie mich, wie sie mich mit den scheußlichen Einzelheiten ihrer Affäre mit dem jungen Yeagger schon verhöhnt hatte. Sie hatte den Wunsch, mich für die eingebildeten Grausamkeiten zu bestrafen, die ich an ihr begangen hatte, als sie jünger war. Sie sprach von einer Wohnung, die Raymond gemietet hatte, um sie dort zu treffen. Ich sah, daß sie ihr Leben damit zubringen würde, ihre eigene Form des Bösen auszubreiten. Ich sagte ihr, ihr Vater sei ein gottloser Mensch gewesen und sei gestorben. In dem Moment sah sie mich mit einer speziellen Form von Erkenntnis an. Vielleicht hatte ihr mein Gesicht zuviel verraten. Ich wußte, daß sie begonnen hatte, mich zu verdächtigen. Von da an wußte ich, daß auch sie sterben mußte. Sowie ich zu diesem Entschluß gelangt war, fühlte ich mich geläutert.

Als meine Familie am vergangenen Samstag, gestern vor einer Woche, an den See gefahren war, parkte ich in der Nähe des Locust Ridge Club und folgte ihrem Wagen, als sie aufbrach. Ich dachte, sie wäre mit Raymond zusammen. Ich dachte, sie würden zu der Mietwohnung fahren, von der sie gesprochen hatte. Ich folgte ihnen, bis sie in der Altstadt in eine Einfahrt einbogen. Um mich zu vergewissern, wendete ich, fuhr zurück und bog in die Einfahrt. Die Scheinwerfer meines Wagens waren auf sie gerichtet, und ich sah sie deutlich in einer fleischlichen Umarmung. Ich kehrte nach Hause zurück, um sie dort zu erwarten. Ich rechnete damit, daß sie sehr spät kommen würde. Sie kam wesentlich eher, als ich erwartet hatte. Wie mit ihrem Vater hatte ich auch mit ihr Erbarmen und entschloß mich, ihr noch eine letzte Chance zu geben. Ich sagte ihr, ich wolle mit ihr reden.

Sie hat mir lange Zeit und recht geduldig zugehört. Ich sagte ihr, wie sie gegen das Böse ankämpfen müsse, das sie geerbt hatte. Ich sprach ruhig mit ihr. Als ich fertig war, lachte sie mich aus. Sie verspottete mich und sagte unverzeihliche Dinge zu mir. Zitternd wandte ich mich von dem Wagen ab.

Ich ging ins Haus, holte eine Socke aus meinem Schlafzimmer, nahm sie mit ins Freie und füllte sie mit grober Erde. Als sie auf das Haus zuging und vor sich hin summte, schlug ich so fest ich konnte zu, fing sie auf, als sie stürzte, und setzte sie wieder in den Wagen.

Ich dachte lange nach. Raymond hatte Gelübde gebrochen. Ich fand einen fremden Schlüssel in ihrer Handtasche. Ich fuhr wieder zu der Wohnung und ließ sie im Wagen. Der Schlüssel paßte ins Schloß. Ich betrat die Wohnung und fand ihn im Bett vor. Er atmete schwer und roch nach Alkohol. Ich schlug zweimal zu, so fest ich konnte, um zu verhindern, daß er wach würde. In der Dunkelheit war sein Kopf deutlich auf dem Kissen zu sehen. Sein Atem veränderte sich, und das war alles. Ich trug sie in die dunkle Wohnung. Sie schien überhaupt nichts zu wiegen. Ich setzte sie in den Kleiderschrank. Ich zündete ein Streichholz an und sah einen Gürtel dort hängen. Ich legte ihn um ihren Hals und zog ihn zu. Ich kniete im Dunkeln in der Schranktür. Ich hörte einen schwachen, pfeifenden Atem. Ich zog den Gürtel noch etwas enger zu, und dann konnte ich nichts mehr hören.

Ich wartete lange Zeit und begann zu zittern. Ich stieß sie tiefer in den Schrank, schloß die Tür, schloß die Wohnungstür und fuhr weg. In der Nacht konnte ich nicht schlafen. Am frühen Morgen rief ich meine Frau am See an und sagte, Mary sei nicht nach Hause gekommen, und ich machte mir Sorgen. Myrna kam vom See zurück. Minuten vor ihrer Ankunft sah ich zufällig Marys Handtasche dicht neben der Auffahrt liegen, an der Stelle, an der ich sie niedergeschlagen hatte...«

»Der Wagen. Ihr Wagen«, sagte Kruslov behutsam.

»Ich fuhr ihren Wagen aus Sewells Auffahrt und ließ ihn in der Nähe von Highlands stehen. Ich lief zwei Meilen zur Farm und fuhr mit einem der Jeeps wieder zu mir nach Hause. Ich rieb mit den Händen über die Stellen des Wagens, die ich berührt hatte, um meine Fingerabdrücke zu verschmieren. Ich versteckte ihre Handtasche und den Schlüssel in meinem Schreibtisch. Nachdem meine Frau vom See zurückgekommen war und wir Stine angerufen hatten, wartete ich darauf, daß Raymond mit der Leiche in dieser Wohnung aufgefunden würde. Wir sagten Stine, Mary sei mit den Raymonds im Club gewesen. Aber dann stellte sich heraus, daß ich Sewell erwischt hatte. Als die Leiche nicht aufgefunden wurde, vermutete ich, daß Sewell sie irgendwie weggeschafft hatte. Ich wollte keine Strafe für Sewell. Ich hatte den Verdacht, daß er und Mary miteinander intim waren, aber ich hatte keine Beweise dafür.

Ich wollte mit Sewell reden, um dahinterzukommen, ob auch er Strafe verdient hatte. Eines Nachts habe ich in der Nähe seiner Wohnung gewartet, in der Nacht, in der Marys Leiche gefunden wurde. Er fuhr mit Yeagger vor. Ich stand hinter einem Baum. Sie kamen ganz in meine Nähe und kämpften miteinander. Ich holte einen Wagenheber aus meinem Wagen. Yeagger würgte Sewell. Ich habe ihm den Wagenheber von hinten über den Schädel geschlagen. Ich dachte, ich hätte ihn umgebracht. Sewell atmete noch. Ich ging.

Sewells Verhaftung bereitete mir große Sorgen. Ich besuchte ihn in seiner Zelle. Er schien aufrichtig zu sein. Er bestritt, in geschlechtlichen Beziehungen zu meiner Nichte gestanden zu haben. Ich fürchtete, wie im Fall von Nadine könnte wieder einmal ein Unschuldiger bestraft werden. Ich fing an, an ein Geständnis und einen Selbstmord zu denken. Ich war das Instrument der Rache des Herrn, aber Er wollte nicht, daß ich die Unschuldigen bestrafte.

Als Raymond mich anrief, um einen Ort auszumachen, an dem er mich ungestört sprechen könnte, hatte ich keine Ahnung, was er von mir wollte. Ich sagte ihm, er solle mich am Freitagabend auf der Farm treffen. Er drückte sich behutsam aus. Plötzlich wurde mir klar, was er wollte. Mary hatte ihm gegenüber angedeutet, sie hätte den Verdacht, daß ich ihren Vater getötet haben könnte. Sie hatte ihm von der Beziehung zwischen ihr und mir erzählt. Raymond hatte eine Geschäftsgründung ins Auge gefaßt. Ich sollte das Kapital bereitstellen. Er sagte, er könne mir gute Gewinne gewährleisten. Andernfalls würde er mit seinen Verdächtigungen zur Polizei gehen, und er hätte das Gefühl, sie seien ausreichend, um den Fall noch einmal aufzunehmen und zu untersuchen. Ich sagte ihm, ich müsse es mir noch überlegen. Ich sagte ihm, er solle dort warten. Er zeigte mir die Waffe, die er bei sich trug.

Ich ging ins Haus und holte Marys Handtasche aus ihrem Versteck. Die Socke, die mit schwerer Erde gefüllt war, hatte sich so gut bewährt, daß ich sie noch einmal einsetzte. Es dauerte nicht lange, bis ich ihn überrumpeln konnte. Ich sprach von großen Geldsummen, und seine Habgier zerstreute seine Vorsicht. Er war sehr kräftig, aber als ich ihn trug, wirkte er wie Mary erstaunlich leicht. Ich zog meine Schuhe aus, um keine Spuren auf dem Dach seines Wagens zu hinterlassen. Das Schwierigste war, ihn aufrecht zu halten, während ich den Strick um seinen Hals knotete. Als ich ihn dort festhielt, kam er gerade wieder zu Bewußtsein. Ich steckte ihm Marys Brieftasche in die eine Seitentasche, den Schlüssel in die andere.

Ich stieß ihn vom Wagen. Er packte den Strick über seinem Kopf mit beiden Händen, und als er zurückschwang, scharrten seine Füße am Wagendach, aber er schaffte es nicht. Als er das zweite Mal zurückschwang, kam er nicht dicht genug an das Dach. Er hielt sein Körpergewicht mit seinen Händen, schwang an dem Strick hin und her und drehte sich langsam im Kreis. Ich hatte mit einer Taschenlampe den geeigneten Ast ausgesucht und die Höhe eingeschätzt, in die ich den Strick werfen mußte. Ich richtete den Lichtschein auf ihn. Er pendelte, drehte sich langsam, sah mich mit einem entsetzlichen Gesicht an. Ich schaltete die Taschenlampe aus. Ich zog meine Schuhe an und blieb im Dunkeln neben dem Wagen stehen. Bald hörte ich sein Röcheln. Ich ging zur Farm zurück und fuhr nach Hause. Ich wußte, daß alles vorbei war. Sewell würde freigesetzt werden. Die Schuldigen waren bestraft worden. Ich fühlte mich wieder geläutert, wie in dem Moment, in dem ich beschlossen hatte, meine Nichte zu töten.

Als Sewell heute mit mir redete, war ich blind vor Wut. Ich wußte, daß in einem anderen Sinn alles vorbei war. Ich war wütend, weil ich ihn verschont hatte und er es mir auf die Weise heimzahlte.«

Pryor stand langsam auf. Die Gesichter der Zuhörer veränderten sich. Der orangefarbene Füllfederhalter gab ein leises Kratzgeräusch von sich, als die letzten Worte festgehalten wurden.

Pryor wandte sich an Kuslov. »Da Sie jetzt alle Beweggründe kennen, Captain, und da ich Ihnen jetzt alles bis in jede Einzelheit erklärt habe, ginge ich jetzt gern wieder nach Hause. Ich wüßte es zu schätzen, wenn nichts davon an die Öffentlichkeit vordränge.«

Ich schwöre, daß Kruslov so schockiert war, daß er beinah ja gesagt hätte. Er fuhr sich mit der Zunge über die Lippen und sagte: »O nein, Mr. Pryor! Sie können nicht nach Hause gehen.«

»Beabsichtigen Sie, mich in Gewahrsam zu nehmen? Hier?«

»Ich fürchte, mir bleibt nichts anderes übrig.«

»Dann regeln Sie Ihre Formalitäten doch so schnell wie möglich. Werde ich heute abend nach Hause gehen können?«

Ich sah, daß Kruslovs Verstand wieder zu funktionieren begann. Er stand auf, lächelte und sagte: »Mr. Pryor, Sie können versichert sein, daß wir all das nach bestem Wissen handhaben werden. Wenn Sie jetzt bitte mit mir kämen, Sir?«

Sie verbeugten sich andeutungsweise voreinander. Als sie gemeinsam durch die Tür gingen, sagte Willy Pryor: »Aber denken Sie daran: Nichts an die Öffentlichkeit. Und ich würde gern sobald wie möglich mit Jud Sutton reden. Bringen Sie ihn bitte zu mir.«

»Gleich hier entlang, Mr. Pryor«, sagte Kruslov sanft.

Wir blieben alle im Raum zurück. Jemand seufzte. Dann gingen wir einer nach dem anderen aus dem Haus, ohne einander anzusehen. Und alle verband dasselbe unsägliche Schuldbewußtsein miteinander. Wir alle hatten die prächtigen Gebilde einstürzen, die Straßen verwittern, die Mauern bröckeln sehen. Wir wollten nichts miteinander zu tun haben. Vielleicht hatten wir alle ein wenig Abstand von der menschlichen Rasse genommen.

Der junge John Olan stand im Korridor, als ich ging. Niemand schien mich zu wollen, und daher ging ich fort. Ein Reporter hatte sich an mich herangeschlichen, und ich hatte ihn angefaucht. John Olan starrte ein kleines Reiseschachspiel an.

»Noch mehr vorausgedachte Variationen?«

Ich hatte ihn verblüfft. Er erkannte mich und lächelte mich an. »Ja, stimmt.«

Er wies mit einer Kopfbewegung auf das andere Ende des Korridors. »Er hat es getan? Bei meinem Vater und meiner Schwester?«

»Ja. Tut mir leid.«

Seine Augen waren dunkle Spiegel, die nichts reflektierten. Sein Mund verzog sich einen Moment lang gequält, doch der Ausdruck wich sofort wieder von seinem Gesicht.

Er sah wieder auf das Schachbrett in seiner Hand. Ich existierte nicht mehr. Er war wieder in einer ganz besonderen, reinen, geometrischen Welt, in der der Gott der Verstand war, in der die Göttin die Logik war und in der Herzen Prismen waren, kalt und wahr und sorgsam geschliffen. Vielleicht war es eine gute Welt, um darin unterzuschlüpfen.

Ich ließ ihn stehen und ging in der späten Nachmittagssonne langsam auf meinen Wagen zu. Eine Gewitterfront zog am Himmel auf, und die Sonne wurde langsam verhangen, und die Stadt war in einen orangefarbenen Lichtschein getaucht, flackernd und unheilverkündend.

11

Ich verpaßte Dodds Beerdigung. Toni fuhr mich in meinem Wagen zum Flughafen raus, und ich erwischte den Flug Nummer 818 nach New York um dreizehn Uhr zwanzig am Montag, der sich logisch aus dem kurzen und bündigen Telegramm ergeben hatte, das mir zugestellt worden war.

SEIEN SIE HEUTE UM SIEBZEHN UHR DREISSIG IN MEINEM BÜRO

STACE

Ich trat den Flug nicht kapitulierend an, auch nicht unterwürfig, eher mit einer aufgestauten Wut, die unter den Kohlen, von denen sie bedeckt war, verhalten glimmte und schwelte.

Die Zeit war knapp. Ich kam vom Kennedy Airport aus in dichten Verkehr und stieg um zwanzig nach fünf vor dem C. P. P.-Gebäude in der Madison Avenue nahe der Fünfzigsten Straße aus dem Taxi.

Die Aufzüge spuckten ihr volles Soll an aufgeweckten Mädchen aus den Büros aus. Die riesige Fototapete im Sepiadruck von der Fabrik in Fall River über dem Firmenschild, gegenüber den Aufzügen, sah aus wie immer. Die Hauptgeschäftsstellen spezialisieren sich durch die Abwicklung und die Atmosphäre darauf, einen schrumpfen zu lassen. Vom Geröllbrocken im Feld wird man zum Kieselstein im Schuh, wenn man in die Führungsbüros kommt.

Auf meiner Liftfahrt in die gedämpfte, beigefarbene Pracht des Empfangs im achtzehnten Stock war ich allein. Eine Herzogin mit sanfter Stimme, die ihr gepolstertes Nest gerade für heute verlassen wollte, beäugte mich aus einem halben Meter Entfernung über meinem Kopf, nahm ein laubgrünes Telefon von einem ungewöhnlich geformten, beigefarbenen, dekorativen Schreibtisch und bestätigte meinen Termin mit einem verkümmerten, kleinen Akzent, der einfach köstlich war. Ich sagte, ich wüßte, wo es langginge, und mein Stimmungsbarometer sank zusehends. Ich trottete durch weniger geweihte Hallen zu dem Eckbüro, und ein bezauberndes Mädchen öffnete die fünf Zentimeter dicke Tür, um mich einzulassen. Homer Stace, der geschäftsführende Direktor, zuständig für die Produktion, Vorstandsmitglied, saß selbstsicher und selbstgefällig mit dem Rücken zu all dem Glas und einem Stück des Flußlaufs und einem fernen Schlepper mit Farben, die sich strahlend hell und klar gegen den nachmittäglichen Smog absetzten.

»Setzen Sie sich, Sewell«, sagte er. Mr. Stace war ein kräftiger, rosiger Mann, der mit Schmiere an den Händen angefangen hatte. Auf dem Weg hatte er ein scheinbar britisches Gehabe kultiviert, eine aufgesetzte Dämlichkeit in seiner Optik und eine polternde Heiterkeit in seinem Auftreten. Er genoß es, unterschätzt zu werden. Er war so brutal und treffsicher wie ein Eispickel.

Ich bekam nicht die Fensterdekoration ab, die Manierismen, die polternde Heiterkeit. Ich bekam den kühlen Blick ab, eisig wie ein Gletscher, den man irgendwo in Grönland ausfindig gemacht und in einen Block Quecksilber eingeschweißt in tiefgefrorenem Zustand importiert hat.

Ich setzte mich.

»Zu was für Ausschreitungen kommt es bei euch da draußen? Was, zum Teufel, stellen wir heutzutage eigentlich ein? Playboys? Sexbesessene? Seit wann wird eine verantwortungsvolle Position bei der C. P. P. zur Schaufensterdekoration für eine Karriere im Nachtleben, Sewell? Ihr jungen Salonlöwen, ihr macht mich krank. Was für ein dämlicher, gottverdammter Grund fällt Ihnen ein, um mich davon zu überzeugen, daß ich Sie weiterhin auf der Gehaltsliste stehen lassen sollte, und sei es nur, damit Sie die Waschräume schrubben?«

Es wirkte wie eine Frischluftzufuhr. Es warf den Blasebalg unter meinem eingedämmten Feuer an. Ich dachte gar nicht daran, sitzen zu bleiben. Ich stand auf und schlug mit beiden Fäusten auf seine Schreibtischplatte.

»Wie kommen Sie überhaupt auf den Gedanken, ich wollte auf Ihrer verfluchten Gehaltsliste bleiben?«

Er kam auf mich zu und stellte sich dicht vor mich hin. »Leute wie Sie gibt es wie Sand am Meer, Sewell.«

»Stecken Sie mich in keine Schublade, verdammt noch mal.«

»Ich vermute, Sie sind einzigartig!« Er schnaubte es mit der monströsen Arroganz eines Nashorns.

»Ja!«

»Unersetzlich?«

»Ja!« Ich schlug wieder auf seinen Schreibtisch. »Ich habe es nicht nötig, für diesen Laden zu arbeiten. Ich kann für jeden anderen auch arbeiten. Ich komme zurecht.«

Wir funkelten einander wütend an. Seine Stimme veränderte sich. »Setzen Sie sich, verdammt noch mal«, sagte er freundlich. Wir setzten uns beide hin. Er vollzog eine Vierteldrehung auf seinem breiten Stuhl, holte ein Pfefferminzbonbon aus seiner Schreibtischschublade, warf es sich in den Mund, drehte sich noch ein bißchen weiter um und sah aus seinem Eckfenster. Ich sah auf sein stures, dickes Genick.

Schließlich stand er ächzend auf, ging in die Ecke seines Büros, öffnete einen kleinen Wandschrank und holte eine Flasche irischen Whisky raus, die halb voll war. Er hob sie hoch und zog fragend eine Augenbraue nach oben.

»Mit Wasser«, sagte ich.

Er nahm das Eis aus einem kleinen Kühlschrank mit Walnußholzfurnier. Er schenkte zwei großzügige Portionen ein, kam mit ihnen zurück, gab mir eine und spuckte das, was von seinem Pfefferminz übrig war, in einen ledernen Papierkorb.

»Skal.«

»Skal.«

Er ließ sich reichlich Zeit und sah mir nie direkt ins Gesicht. Schließlich sagte er: »Sewell, was glauben Sie, was aus jungen Männern wird, die sich als Material für die C. P. P. so offensichtlich perfekt eignen?«

»Sie werden eines Tages Vorstand. Zum Teufel mit ihnen.«

Er trank noch einen Schluck. »Schlecht geraten. Sie kommen voran. Sie werden Werksleiter. Und sie steigen in verschiedenen Bereichen auf. Sie werden mit erfreulichen Rentenzahlungen pensioniert und haben ganz reizende Enkel.«

»Und?«

»Und was wird aus den unmöglichen Außenseitern?«

»Die feuern Sie persönlich.«

Er nickte. »Ich feuere viele von ihnen. Viele von ihnen gehen zu anderen Firmen. Es gelingt uns, ein paar von ihnen zu behalten. Das muß sein.«

»Warum? Damit man zur Abwechslung was zum Lachen hat?«

»Nein. Weil wir sie irgendwann für das Spitzenmanagement brauchen. Damit sie den Fabriksdirektoren, den Abteilungsleitern und all den anderen, die es beinah zu etwas gebracht haben, Druck machen. Irgend etwas stimmt nicht mit unserem System, Sewell, mit dem gesamten System, nach dem in der Industrie Männer ausgesucht und wegen exakt der Charaktereigenschaften befördert werden, die es verhindern, daß sie je wirklich an die Spitze aufrücken – auf den Berggipfel, auf dem es verdammt kalt, rauh und einsam ist. Für unseren zukünftigen Erfolg sind wir gezwungen, ein paar der Außenseiter zu behalten, zu hegen und zu pflegen. Typen wie Sie.«

»Ich bitte um Entschuldigung.«

»Sie werden nicht viel Gelegenheit haben, sich auszuruhen, Sewell. Ich werde Ihnen persönlich Druck machen. Wenn ich Ihnen zu übel zusetze, können Sie gehen und sich zum Teufel scheren.«

»Sehen Sie, ich…«

»Halten Sie mal einen Moment den Mund. In fünf Jahren hole ich Sie, falls Sie es durchstehen, hierher. Dann wird es wirklich hart. Sie werden vorerst Raymonds Job übernehmen.«

»Danke.«

Er sah mich mürrisch an. »Ist das Ihr Ernst?«

»Nicht wirklich. Ich habe ihn mir verdient.«

»Sie haben es aber auch verdient, den Kopf hinzuhalten.«

»Das weiß ich auch.«

»Trinken Sie Ihr Glas leer.«

Ich trank es leer und stand auf. Wir gaben einander die Hände. In seinen Augen stand ein zufriedener, selbstgefälliger Glanz. Ich stellte zu meinem Erstaunen fest, daß ich mir sogar vorstellen konnte, diesen Mistkerl zu mögen.

Als ich vor seiner Bürotür stand, sah ich noch einmal zurück. Er schaute aus seinem Fenster.

»Ich heirate übrigens meine Sekretärin.«

Er rührte sich nicht und drehte sich auch nicht zu mir um. »Mir ist es egal, auch wenn Sie eine saudumme Putzfrau heirateten. Alles, was ich von Ihnen will, sind vierzehn Stunden am Tag.«

Ich schloß die Tür fester als nötig. Tory hatte auf mich gewartet. Ich berichtete ihm alles ausgiebig. Wir betranken uns. Er setzte mich in ein Flugzeug, das um Mitternacht abflog. Um acht Uhr zwanzig am Dienstagmorgen war ich im Geschäft. MacRae heiratete ich am Samstag darauf. Wir werden nach Brookways ziehen, bis sie uns in die nächste Stadt versetzen.